KEITAI
SHOUSETSU
BUNKO
SINCE 2009

野いちご

お前だけは無理。

* あ い ら *

スターツ出版株式会社

イラスト／覡あおひ

「お前だけは絶対無理」
「うざい、俺(おれ)に近寄んな」
　あなたは、私だけに冷たい態度をとるくせに……。
「お前、あいつはやめとけ」
　……どうして、そんなことを言うの？
「こいつは俺が送っていく」
「汚ねぇ手でこいつに触んな……！」
　どうして……いつも、助けてくれるの？

　……ひどい男？
　なんとでも言え。
　あいつが笑顔でいられるなら、全部ハッピーエンドなんだから。

　じれったさ全開。
　一途すぎる２人の、切ない胸キュンラブストーリー。

「もう……無理だっ……。お前が他の男のものになるなんて、堪えられない……っ」
　俺は、お前じゃなきゃ無理なんだ。

白川雪 (しらかわゆき)

高校1年生。人見知りで内気な美少女。幼なじみの和哉が忘れられず、同じ高校に追いかけてくるが…。

笹川瞳 (ささかわひとみ)

雪のクラスメイト。ボーイッシュで頼りになるお姉さんタイプ。幼なじみに片想い中。

contents

プロローグ　　　　　　　　　　8

第1章　お前だけは絶対無理
願いごと　　　　　　　　　　10

新しい環境　　　　　　　　　22

どうすればいい？　　　　　　31

あなたは……　　　　　　　　47

第2章　絡まる赤い糸
君を想う心　　　　　　　　　66

限りなく切ない恋　　　　　　78

不協和音を奏でて　　　　　　93

足音は2つ　　　　　　　　114

過ち　　　　　　　　　　　129

彼と彼の友達と　　　　　　137

第3章　犠牲の上の幸せ
一度あることは二度ある　　144

温もり、匂い、そのすべて　154

崩壊寸前マインド　　　　　163

第4章　追憶
出逢い　　　　　　　　　　176

別れ　　　　　　　　　　　188

第5章　そしてあなたさえも

私だけが止まった世界	220
失う恐怖	231
希望のあとの絶望	242

第6章　お前じゃなきゃ無理

私を知らないあなた	256
幸せを願う愛	274
さよなら、私のすべて	282

第7章　ただ、守りたかったもの

俺のすべてになった日	294
君の幸せを願った日	312
お前しか無理	335
ねぇ……	338

最終章　お前じゃないと嫌だよ

家族	344
何よりも愛しい人	352
愛しい時間	360
ともに歩んでいこう	370
エピローグ	376
あとがき	382

プロローグ

　世界でいちばん好きな人は、かっこよくて、優しくて、誰よりも温かくて……。
「俺、お前だけは無理」
　——世界でいちばん、私のことが大嫌いな人。

第1章
お前だけは絶対無理

ついてくるから突き放した。
「そばにいたい」と言うから離れた。
「好きだ」と言うから「嫌い」と言った。

――俺には、そうするしかなかった。

願いごと

　七夕の短冊、初詣(はつもうで)の願いごと、希代の流れ星……。
　願うのは、ずっと変わらず同じこと。
「高校生、か……」
　鏡に映っている、指定の制服を身に纏(まと)う自分の姿。
　今日から高校生だというのに、なんだかまったく実感が湧(わ)かない。
　ずっと憧(あこが)れていた高校……。
　今日から、高校生活が始まるんだ。
　この日をどれだけ待ちわびただろう。
　もう、今日からの"1年間"が楽しみで仕方ない。
「行ってきます」
　指定のカバンを手に持ち、家を出る。
　私の言葉に、返ってくる声はない。

　学校は、家を出て徒歩20分程度でつく場所で、登校時間は極めて短い。
　かといって、家に近い学校を受験したというわけではなく、私の場合は学校に近い場所に引っ越した。
　まだ慣れない通学路を歩き、すぐに到着した学校。
　少し早く来すぎたかな……まあいっか。
　とりあえず、クラス表を見に行こうと思い、私はあたりを見渡した。

第 1 章　お前だけは絶対無理　》11

　　人だかりができている場所を発見し、足をそちらのほうへ向ける。
　　あそこかな……と思い行ってみると、案の定クラス表が大きく張り出されていた。
　　1組から自分の名前を探していくと、3組に【白川雪】の文字を発見。
　　とくにこだわりがあるわけでもなく、自分のクラスにどうこうと思うことはなかったけど、ただ、クラスに馴染めるだろうかという不安が少しあった。
　　中学の同級生……ましてや知り合いなんて皆無で、学年にはたぶん顔見知りすらいない。
　　人見知りが激しい私に、友達なんてできるかな……。
　　でも、たとえできなくても、この高校に入れた時点で幸せだった。
　　この高校へ来た目的はただ1つ。
　　"あの人"に会うためだから。
　　それでも本音を言えば、やっぱり友達と遊んだり、ガールズトークをしたり……そんな生活もできたらいいなと思いながら、私は他の生徒とは別の方向へと歩き出した。

　　――コン、コン、コン。
「失礼します」
　　ドアをノックし、校長室と札のかけられた部屋へ入る。
　　真っ先に視界に入ったのは、1人でぽつんとイスに座る、きれいな女性。

校長先生と会うのは、一度お話した以来だ。
「あら白川さん、久しぶり。早かったわね」
「思ったより早くついてしまって……」
「クラスは確認したの？」
「はい。さっき見に行ってきました」
「そう。それにしても……」
　その先の言葉を濁し、ゆっくりとこちらに近づいてくる校長先生。
　なんだが怖いその表情に、反射的に一歩あとずさる。
　な、なんだろう……。
　みるみる縮まっていく距離。
　気づけばすでに目の前にいる先生を、訳がわからずじっと見つめた。
　それが、逆効果であったとも知らず……。
「んふふ……たまらない、たまらないわね。その怯えた表情……ほんっとに、あなたいつ見てもかわいすぎる！」
「えっ……わっ!?　こ、校長？」
「んふふ、なぁに？　わからないことや困ったことがあれば、なぁーんでも聞いてっ」
「あ、あの……新入生代表のことで……」
「……あら。そういえばそうだったわね、忘れてたわ」
　語尾にハートや音符マークがついているかのようにウキウキと話す先生に要件を伝えれば、ハッと我に返って私を抱きしめる手を解く。
　息苦しさから解放された私は、ふぅ……と息を吐いて胸

第1章　お前だけは絶対無理　>> 13

を撫でおろす。

　び、びっくりした……そういえば、前に来た時も抱きつかれたんだった……。

　この学校の校長先生は、少し変わった方らしい。

「えーと、あっ！　これよこれ」

　何やら机の引き出しをガサゴソと漁りながら、突然声を上げた先生。

「はい！　今日は新入生代表よろしくね、雪ちゃん」

　先生は引き出しから出した用紙を私に渡し、ニコッとほほ笑む。

「あ、は、はい……」

　生徒を"ちゃんづけ"で呼ぶ校長先生……本当に変わった人だな、すごくきれいな人なのに。

　もったいない……と思ったのは、内緒だ。

　もらった用紙を開き、書かれている内容に目を通す。

　【新入生代表による宣誓】と書かれた紙。これを、入学式で読み上げなければいけない。

　新入生代表だなんて、正直自信ないな……。声も小さいし、あがり症だし……。

　さっそく自信喪失に陥りながらも、私は校長先生にペコッと頭を下げる。

「ありがとうございます。それじゃあ、失礼しました」

　それだけ言って出ていこうとすると、背後からかかる先生の声。

「えー、もう行っちゃうのー！」

続けて「まだ時間あるからゆっくりしていってー！」と手をグイグイ引っ張ってくる先生に、私は苦笑いを浮かべたのだった。

「……新入生、入場」
　司会のアナウンスとともに、新入生が体育館に入る。
　いったん全員教室に集まり、そこから出席番号順に並んできたらしい。
　新入生代表の宣誓があるため、私は自分のクラスのいちばん後ろにぽつんと座った。
　前のクラスメートを見渡せば、女の子同士で楽しそうに話をしている子たちがたくさん目に入る。
　みんな教室で顔合わせしたから、もう仲よくなっているんだ……あぁ、ただでさえ人見知り激しいのに、出遅れちゃった……。
　少し凹みながら、じっと席に座る。
　……ただ、なんだか気になって仕方ない。いろいろなところから感じる目線。
　なんだろう……こそこそ言われている気がする……。1人だけ変なところに座っているからかな……恥ずかしい。
「なあ、あの子かわいくね？」
「思った！　もしかしてモデルかなんかじゃない？」
「超きれいじゃん。3組だってさ」
　まさかそんなことを言われているなんて知る由もない私は、静かに式の進行を待った。

第1章 お前だけは絶対無理

「……以上で、校長による式辞を終了いたします」
　どんどんと入学式は進んでいき、そろそろ呼ばれる頃かな、と席を立つ用意をする。
　あー……緊張するっ……しっかりしろ、私……！
　心の中でそう活を入れた時、
「新入生代表による、宣誓」
　体育館に響く、司会の声。
「新入生代表……白川雪」
　名前を呼ばれ、立ち上がる。
「はい」
　少し声が裏返った気もしたけれど、気にせず壇上へと歩き出した。
　一気に集まる視線。
　人前に出るのが苦手な私は、内心逃げ出したくていっぱいだ。
　でも、改めて実感できる。
　あぁ私、やっと高校生になれたんだって。
　少しだけど、やっと……追いつけたんだって。
　本当はね、自分が描いていた未来予想図と、まったく違うんだ。
　それは3年半前、あなたが私の前から去っていったから。
　いつも引っ張って、守ってくれたあなたがいなくなったあの日から、これからどうしていいかわからなくなった。
　でもね、私、諦めたくない。
　どんなに嫌われたって、嫌がられたって……。

……諦められないよ……。
　　だから、和(かず)くんが通う高校に私も入学したんだ。
「……本日は誠にありがとうございました」
　　長々と代表の挨拶(あいさつ)を読み上げ一礼をすると、館内が拍手に包まれる。
　　今にも恥ずかしさに倒れてしまいそうな私は、少し早足で自分の席に戻った。
　　や、やっと終わった……。
　　今日はもう、早く帰って休もう。
　　それで明日、和くんに会いに行こう。
　　３年生の教室に。びっくりさせてやるんだ。
「次は、在校生代表からの歓迎の言葉……」
　　明日、３年半ぶりに和くんに会える。
　　やっと……やっと明日……。
「在校生代表、水谷和哉(みずたにかずや)」
　　……自分の耳を、疑った。
　　……え？　何？
　　今……和、くんの、名前……。
　　──嘘(うそ)。
　　待って、少し待って。
　　まだ、心の準備が……できていない……。
　　急激に、速くなる心臓の鼓動。
　　苦しいくらいの胸をギュッと押さえながら、じっと壇上を見つめる。
　　和くんっ……。

「えー……失礼いたしました。在校生代表、水谷和哉に代わりまして……瀧川真人(たきがわまさと)」
　……え？　どうして……？
　たしかに、水谷和哉って言った……のに……。
　代わり……って。
　もしかして……私？
　私が新入生代表に出たのを見て、体育館から出ていってしまったのかもしれない……。
　普通は、そんなことくらいで出ていくなんて発想は浮かばない。
　それでも、和くんなら……ありえる。
　だって和くんは、それほど私を——。
　——下唇を、ギュッと噛(か)みしめた。
　わからない、わからないけど……もしかするとまだ、和くんがこの辺にもいるかもしれない。
　急いで立ち上がり、体育館の出口に向かって走り出す。
　在校生の挨拶が始まった中、私の行動にあたりが騒ついたのがわかった。
　入学早々、悪目立ち……。
　でも、いいんだ。
　和くんに会いたい……。
　会うために、この高校に来たんだもんっ……。

　体育館を出て、あたりを見渡す。
　出たところに人影はなく、体育館裏に向かった。

和くん……。和、くん……。和くんっ……。
「……っ、あ」
　──息が、止まった。
　心臓が、脈が、体中が……ドクンと音を立てて震えたのがわかった。
「和、くん」
　目の前に、いる。
　ずっとずっとずっと……会いたくて仕方なかった……和くんが……いる。
　壁にもたれかかり、顔を手で覆いながら頭を抱えるように座り込んでいる。
　最後に会った時と比べて、身長も伸びていて、髪型も少し変わっていて、でも……それでも……確信した。
「和くんっ……！」
　……目の前にいるのは絶対、和くんだと。
　私が待ち望んだ、世界でいちばん、大好きな人だと。
　めいっぱいの声で名前を呼べば、びくりと揺れる和くんの体。
　顔から手を離して目を大きく見開くと、ゆっくりとこちらのほうを向いた。
「……ゆ……！　っ……」
　そして、私を見ながら、何かを言おうとしてグッとこらえた和くん。
『雪』って言いそうになったのかもしれない。
　昔から、和くんは私のことをそう呼んだ。

ゆっくりと和くんに近づいたのも束の間、
「来るな」
　久しぶりに聞く、和くんの声。
　それは、敵意のこもった拒絶だった。
「和くん、あのね……」
「和くんってなんだよ、お前……誰？」
　私の言葉を遮る、冷たい一言に体が硬直した。
　何それ、知らないふりなんて。
　さっき私の名前、言っちゃいそうになっていたのがバレバレだよ……。
　それに、和くんが私のこと……忘れるはずない。
　だって、私はあなたに"傷"として、深く刻み込まれているはずだから。
「和くん」
「だから……俺は、お前なんて知らない」
「あのね……」
「新入生だろう。こんなところで何をやってる……今すぐ式に戻れ」
「お願い、聞いて和く……」
「……うるさい、黙って式に戻れ。早く」
　和くんの表情から、ひどく動揺しているのが手に取るように伝わってきた。
　どうしてお前がここにいるんだって、言いたそうな顔。
「どうして……在校生代表の挨拶、しなかったの……？」
「……少し体調が悪くなっただけだ……」

「嘘。私がいたから……」
「違う。お前には関係ない。もういいから早く戻れ」
「ねぇお願い……話を聞いて」
「……あー……もううるせぇな。早く俺の前から消えろって言ってんだろ」
　心底鬱陶そうな和くんに、体がビクッと震える。
　もう、私の話なんて聞いてはくれない。
　あの時もそうだ。
　勝手にいなくなった。
　だから私……会いに来たの。
　どれだけ鬱陶しがられたって、諦めないって覚悟して、追いかけてきたのっ……。
「嫌。行かない」
「っ……」
「和くんに会いたくて……この高校に来たんだもんっ!!」
　私がそう叫んだのと同時くらいだった。
　ドン！っと大きな音が響いたのは。
　それは和くんが壁を殴った音で、私はその光景に目を見開いた。
「ギャーギャーうるせぇって言ってんだろ。迷惑なんだよ。言ったよな？　なぁ、忘れたのか？」
「和、くん……？」
「俺はな、お前が死ぬほど嫌いなんだ。頼むから……今後いっさい俺に近づくな」
　……何を言ってるの和くん。

和くんに言われたことを、忘れた？
　私、が？
　そんなはず、ないのに。
　私が……忘れられるわけないのにっ……。
　私の話なんて、聞いてくれないってことも、迷惑がられることも、嫌がられることだって、全部全部……わかっていて、ここへ来たんだよ。
　和くんが、私のこと忘れるはずないもの。
　だって私は……。
　……あなたにとって世界でいちばん、嫌いな女……っ、でしょう？
　不機嫌そうに去っていく和くんの背中を、ただただ見つめながら立ち尽くす。
　あの時と、同じ光景だ。
『今後いっさい、俺に関わるな。お前の顔なんて……一生見たくもない』
　七夕の短冊、初詣の願いごと、希代の流れ星……。
　願うのは、ずっと変わらず同じこと。
『大好きな和くんとずっと一緒にいられますように』

　この願いはもう、叶うことはない……？

新しい環境

　和くんが去ったあと、私は1人体育館裏にいた。
「新入生、退場——」
　体育館の中からそんな声が聞こえ、そろそろ戻ろうかな……と思い歩き出す。
　出口から出てきた新入生に混じって、1年の教室へ。
　今日は、もう……疲れた。
　早く帰りたい。
　せっかく和くんに会えたのに、何も言えなかった……。
　ていうより、聞いてもらえなかった。
　けど、"仕方ない"。
　こんなふうになるだろうと、思っていなかったわけじゃない。
　無視されるだろうな……って覚悟はしていたんだ。話せただけ、まだ……よかったほう。
　自分にそう言い聞かせながらも、思わず泣きたくなって下唇を噛みしめる。
　うー……こんなことで、めげてちゃダメ……！
　一度だけ頬をパチンっと叩き、活を入れる。
　俯（うつむ）いていた顔を上げると、【1年3組】という教室札が目に入り、私は教室に入った。
　私の席は……いちばん後ろだ。
「あー！　あんた！」

突然、背後からそんな声が聞こえる。

……？

自分じゃないと思って席につくと、叫んだ張本人が私のもとに駆け寄ってきた。

「おい、あんただって！」

わ、私っ……？

目の前で私をじっと見つめる、小柄だけど見るからにパワー溢れる女の子。

そして、その隣で呆れたように女の子を見つめる……ボーイッシュな女の子？　かな？

私はその勢いに圧倒されながらも、どうして声をかけられたのかわからなくて首をかしげる。

「うっわー、間近で見るとさらに美人だな！　あんた、さっき新入生代表してたヤツだろ？」

じーっと見つめられて、あわあわする私。

「こら楓、困ってるじゃん」

「えっ……あ、あのっ……」

「おー！　ごめんごめん、なんかまわりにいない感じだったから珍しくてさ」

彼女はお友達に注意され、頬をぽりぽりかきながらニコッとほほ笑んだ。

なんだか、すごく明るい子だなぁ……。

私も自然と笑顔になって、ほほ笑み返す。

すると、目の前の２人が驚いたように目を見開いた。

何をそんなに驚いているんだろう……？

不思議に思っていると、肩をポンッと叩かれる。満面の笑みを浮かべた小柄なほうの彼女によって。
「……へー！　そういう顔するんだ！　美人だったから性格悪いのかと思ってたけど、誤解してた！　お前いいヤツそうだ！」
「……楓、あんたはっきり言いすぎ……」
　まるで漫才のようなテンポのいいツッコミに、思わず笑ってしまう。
　えへへ……なんだか、面白い人たち。
「オレ、小泉楓！　男っぽいってよく言われるけどちゃんと女子だからなー！　で、こっちのイケメンが腐れ縁の笹川瞳。こいつも一応、女」
「『一応』って何？　……はぁ、ごめんね。こいつ騒がしくって」
「疲れるでしょ？」と言いながら、心底呆れたような表情をする笹川さんと呼ばれる女の子。
　私は笑顔で左右に首を振って、えへへっと笑った。
「小泉さんは明るいね。見てると元気になる」
　どちらかというと、私はあまり感情を表に出せないタイプだから、とても憧れる。
　きっとこんな女の子が隣にいてくれたら、男の子も幸せになれると思うなぁ。
　そんなことを思っていると、突然、小泉さんに抱きつかれた。
　それはそれは、力いっぱいギューっと。

「お前っ……超いいヤツ!! 今日からオレたち親友だぞ!! つーか名前でいいから。楓って呼んで!」
「あたしも瞳でいーよ。なんかほんと、最初に楓が声かけた時はさ、頭よさそうだし、あたしらなんか相手にしてくんないだろーなーと思ってたんだけど、見当違いだった」

「仲よくなれそう」とつけ足し、ふわっと柔らかい表情を浮かべる笹川さん。

と、友達……？

う、うれしいっ……！

さっそく友達ができて、私はうれしくて頬が緩むのを抑えられない。

「え、えっと……楓ちゃんと、瞳ちゃんっ……よろしくお願いします！ ……あ！ 私、白川雪って言うの……！」
「おー、雪！ 名前まで麗しーのな！」
「そ、そうかな……？」

麗しいという表現とは、ほど遠い気がするけれど……。

言われて悪い気はしない。

それに雪という名前が、私は気に入っていた。

お父さんとお母さんが私に遺してくれた、唯一のもの。

……って、これじゃあ、まるでどっちも亡くなったみたいな言い方。

2人のことを考えるのは、やめよう。

「オレら、席も近いみたいだぜ！」

楓ちゃんは少し離れた黒板に貼られている座席表を指さしながらそう言った。

席順は、名前の順のようで、楓ちゃんが小泉で廊下側のいちばん後ろ、その隣が白川で私、その前の席が笹川で瞳ちゃん、という座り。

　うれしいっ……！

　そんな偶然に感謝して、3人で席に座った。

「楓ちゃんと瞳ちゃんは腐れ縁って言ってたけど、中学も一緒なの？」

「おー！　一緒一緒！　つーか、幼稚園から一緒なんだよ！」

「まったく……いつまでガキのお守りなんかしなきゃいけないのか……」

　はぁ……と、ため息をつく瞳ちゃんに「誰がガキだ！」と突っかかる楓ちゃん。

　幼稚園から一緒……！

　そんなに長く一緒の友達がいることが、私にとってはすごく羨ましくて、2人の話に耳を傾ける。

　何度か引っ越しを繰り返していたので、友達ができてもすぐにお別れ。

　仲よくなった矢先に離れることになって、すごく悲しかったのを覚えている。

「事実じゃない。あたしがこの高校に入るっていうから、楓は必死に勉強してたもんね？」

「なっ……！　オレだってもともと第一志望がここで……」

「はいはい。素直にあたしと同じ高校に行きたかったって言えばいいのに」

「お、お前こそ、男を追いかけて志望校を選ぶなんて不純な動機くせに!!」

　ガタッと音を立てながらイスから立ち上がり、楓ちゃんが瞳ちゃんを指さした。

　……男?

　あ、あれ、もしかして……恋話(こいばな)……!

「ひ、瞳ちゃん彼氏いるのっ……?」

　私はその話に食いつき、じーっと瞳ちゃんを見つめる。

　瞳ちゃんはバツが悪そうな顔をしたあと、頬を赤らめてゆっくりと口を開いた。

「た、ただの幼なじみ……付き合ってない」

「なっがい片想(おも)いだなー!　早く告ればいいのにさ!」

　……幼なじみ……?　片想……い?

「瞳……ちゃん」

「な、何……?」

「私も、なの。私も幼なじみに……片想いしてるの……」

　誰かにこの話をするのは初めてで、なんだか恥ずかしくなった私は視線をそらすように俯く。

　同じ境遇にいる人と初めて出会って、親近感が湧いた。

　思わず言ってしまったけれど、私と瞳ちゃんの片想いは、少し違うかもしれない……。

　だって私は……。

『もう俺に関わんな』

『お前だけは、絶対無理』

　……はっきりと、フラれてしまっているから。

「……え？　雪、片想いしてんのか？」
「う、うんっ……」
　……？
　そんなに、驚くことかな……？
　"ありえない"とでも言うかのような表情をする２人の、視線が痛い。
　私……そんなに恋してなさそう？
「雪が片想いって……相手どんなイケメンなわけ？」
「早く告白しちゃいなよ。絶対、大丈夫だって」
　──ズキン。
　もうフラれちゃった……なんて言ったら、絶対に空気が悪くなっちゃう……。
　きっと背中を押すために、そう言ってくれているんだろう２人の厚意は踏みにじりたくない。
　私……いちばんの対象外なんだよ。
　……なんて言えない。
　この高校へ来たのも、フラれて、しかも嫌われちゃっている人を追いかけてきた……なんて気持ち悪いよね……。
　私は、あははっと苦笑いして話を濁した。

　その後、これからの学校行事のことや、この高校のことを３人で話していた。
「ねぇねぇ、君、新入生代表してたよね？」
　……？
　突然、楓ちゃんとは逆隣の席の人から話しかけられ、驚

いて振り返る。
　えっ……と。
「おい浩太ー！　抜けがけずりーぞ！」
「なになに？　なんの話してんの？」
　浩太と呼ばれる人が私に話しかけてきたのを合図に、なぜか男の子がわらわら集まってきた。
　え、えっ……。
「おいおい……雪が困ってんだろ」
　どうしていいかわからなくてオロオロしていると、楓ちゃんが男の子たちにそう言ってくれる。
　か、楓ちゃんっ……！
「へぇー、雪ちゃんって言うんだ!?」
「超かわいい子いるなって思ってたんだよね！」
「同じクラスとかラッキー！」
　次々にそんなことを言われ、思わず体を縮こませた。
「あ、あの……ありがとうございます……」
「え？　なんか反応ウブ……かっわいー」
「ねぇ、彼氏いる!?」
「お前、直球すぎるだろ！」
　……ほ、ほんとにどうしよう……。
　和くん以外の男の子とはあまり関わったことがなく、苦手意識のある私。
　困っていたら、ちょうど教室の扉が開いて、担任の先生らしき人が入ってきた。
「おーい、席につけー！」

先生が教卓前に立ちながらそう言えば、まわりにいたクラスメートたちが「また話そうね？」などと言いながら自分の席に戻っていく。
　はぁ……よかった……。
「まあ、こうなって当たり前か」
「……雪、早く彼氏を作らないと、ひたすら男に言い寄られるよ」
　ホッと安心している私に、楓ちゃんと瞳ちゃんが謎のセリフを吐く。
　……？
　首をかしげると、またしても驚いた反応をする２人。
「瞳、こいつ自覚ねーぞ」
「……この顔で無自覚って、どうかしてるよ……」
　……な、なんだろう、その、かわいそうな人を見るような視線っ……。
　結局、２人のセリフの意味はわからないまま、先生の話が始まったのだった。

どうすればいい？

「はぁー！　終わった終わった！　あの担任、話なげーっつーの！」
「オヤジ担任って、やーね……」
　やっと帰りの挨拶が終わり、うんっと伸びをする。
　担任の先生は5、60代の冴えない感じのおじさんで、クラスのみんなは、あからさまに残念がっていた。
　でも、決して悪い先生ではなさそうだ。
　むしろ、少しかわいそうで同情してしまう。
「雪！　帰ろーぜ！」
「うん！」
　カバンを持って教室から出ていこうとする楓ちゃんと瞳ちゃんに笑顔で頷き、私も席を立ち上がった。
　途端……。
　——ギュッ。
　……え？
　突然後ろから手を握られ、反射的に振り返る。
　振り返った先にいたのは、隣の席の……たしか、浩太と呼ばれていた人。
　な、なんだろうっ……。
「あ、あの……？」
「あのさ、さっきちゃんと言ってなかったなーっと思って……俺の名前、早見浩太」

「あ……私は、白川雪です」
　笑顔で自己紹介されて、とっさに私も名乗る。
「雪ちゃんって呼んでいい？」
「は、はい……」
「俺のことも浩太って呼んでー！　これからよろしくね、雪ちゃん？」
「よろしく、お願いします……」
　ハイテンションな浩太くんに、半ば押しきられるような形で頭を下げる私。
　浩太くんはもう一度、うれしそうに笑った。
　浩太くん……いい人そうだけど、スキンシップは……遠慮したい。
　触れられた部分がなんだかゾワゾワして、少し気持ちが悪い。
　昔からそう。
　和くん以外の男の人に触られると、気分が悪くなってしまうみたいで……。
　実際、今も掴(つか)まれた手を離せなくて、体が強張(こわば)っているのがわかる。
　直感的に感じた。
　申し訳ないけれど……私、浩太くんのこと苦手かもしれないって……。
「ねぇ、雪と帰るから離してくれない？」
　瞳、ちゃん……！
　鋭い目つきで浩太くんを睨(にら)みつけながら、腕を組んでい

る瞳ちゃん。
「あー……、ごめんごめん。忘れてたー」
「へぇ、白々しい男だね、あんた」
「君はずいぶん男らしいねー」
　とりあえず、手を解放してもらえて安堵の息を吐く。
　心の中で、瞳ちゃんに「ありがとう！」と叫んだ。
　……あ、あれ……？
　瞳ちゃんと浩太くん、睨み合ってない……？
　２人は、笑顔で話しているけど、目が笑っていない。
　な、なんだか険悪な雰囲気……！
「雪、行くよ」
「う、うんっ……！」
「雪ちゃん、バイバイ」
　瞳ちゃんに手を引かれながら、浩太くんに手を振って教室を出る。
　教室を出る間際、浩太くんが口角を上げ、不敵な笑みを浮かべていたような気がした……。

「瞳ちゃん……ありがとう！」
　教室の外で待ってくれていた楓ちゃんと合流し、３人で廊下を歩く。
「いいよ。それより雪、あの男には気をつけなね」
「あー、オレも同感。あいつ絶対、雪に気あるって」
　あの男……？　浩太くん？
　瞳ちゃんと楓ちゃんが口々にそんなことを言い出し、私

の頭に"はてなマーク"が浮かぶ。
　いったい、浩太くんの何に気をつければいいのか……あ、スキンシップが激しいところとかっ……！
「うん！　わかった！　気をつける！」
　そうだよね……私もあんまり触られたくないもん！
　首を何度か縦に振って肯定を示せば、なぜか２人は顔を見合わせ、大きなため息をついた。
　私の頭の中は、"はてなマーク"で埋め尽くされる。
「絶対わかってないよね……」
「絶対わかってねーな……」
　ほぼ同時に、２人が似たようなセリフを口にした。
「どういうこと……？」と尋ねると、「いや、いいの。こっちの話」と流され、うやむやなまま話は中断。
　と、とりあえず、浩太くんには気をつければいいんだ！
　そう１人で自己完結して、上靴から下足に履き替える。

　３人並んで、校舎から出ようとした時だった。
「おーい、瞳！」
　背後から、瞳ちゃんを呼ぶ声が聞こえたのは。
　……誰？
　振り返るより先に瞳ちゃんを見れば、声をかけた主を見つめるその頬がほんのり赤く染まっている。
　も、もしかして……瞳ちゃんの好きな人！
　期待を胸に、声の聞こえたほうへ視線をやった。
　──え？

「お前、もう終わったの？」
「う、うん……涼介も？」
「おう。俺らも今から帰るとこ」

　涼介と呼ばれる人が瞳ちゃんに駆け寄ってきて、楽しそうに話し始める2人。

　私は、彼と一緒にいた人から目を背けられずにいた。

　和、くん……。

　驚いているのは和くんも同様らしく、目を見開いて私を見ている。

　まるで、"なんでお前がいるんだ"とでも言うかのように……。

「お？　新しい友達？」
「うん、雪って言うの」
「雪？　……へー、そっか！　……あ！　そういえば新入生代表してた子か！」

　瞳ちゃんと話す彼に、笑顔で「よろしくねー」と言われ、思わずペコッと頭を下げた。

「俺、瞳の幼なじみで、3年の北口涼介って言うんだ。ちなみに、この2人は俺の友達。水谷和哉と瀧川真人。それぞれ生徒会長と副会長だから、わからないことがあったらなんでも聞きな」

　親切に話してくれる北口先輩の言葉が、よく耳に入らない。

　だって……。目の前に、和くんがいるんだもん。

　よく見ると、和くんの他にもう1人男の人がいて、見覚

えがある気がする。
　そう思ったと同時に、思い出した。
　……和くんの代わりに、在校生代表していた人……。
　この人が副会長さんなんだ……。
　瀧川と言われた人は、ニコニコ人のよさそうな顔でほほ笑みながら、私のほうへと近づいてくる。
　目の前まで来ると、顔を覗き込むように見つめられた。
「うわっ、ほんと美人だね」
「……！？」
　突然そんなことを言われ、当たり前に慌てる私。
　な、何この人……か、軽い……！
　たぶんこれは……社交辞令だ。
　お世辞満載なセリフに、思わず一歩あとずさる。
「あれ？　もしかして俺、警戒されてる？」
　そんな私に気づいたのか、瀧川先輩は頭をかかえながら笑顔で「ショックー！」と語尾を伸ばす。
　こ、言葉と態度が合ってないです……。
　絶えずニコニコしている瀧川先輩に、思わずそう言いたくなった。
「ねぇねぇ、雪ちゃんって彼氏いんの？」
　今日、何度目かの質問に恐る恐る口を開く。
「え、えっと……いません」
「え！　マジで！　じゃあ、俺とかどう？」
　こ、この人……本当に軽い……！
　瀧川先輩は、そんなことを言いながら私の肩に腕を回し

てきた。

　驚きで体は硬直し、何か言いたいのに何も言えない。

　和くんが、いるのにっ……。

　触らないで……と出かかった言葉が喉で詰まる。

　嫌悪感しか湧かなくて、思わず目をギュッとつむった。

「……真人、やめろ」

　……和、くん……？

　愛しい人の声とともに、離れた瀧川先輩の腕。

　和くんが振り払ってくれたようで、胸を撫でおろす。

　助けて……くれたの？

　顔を上げて和くんを見つめるけど、彼は私をいっさい見ようとしない。

「お前、誰にでもこういうことすんのやめろよ」

「は？　なに怒ってんだよ、和哉。珍しー」

「お前がいい加減だからだ。ほら行くぞ」

　瀧川先輩の腕を引っ張り、私から離れる和くん。

　助けて……くれたの、かな？

　心臓が、バクバクうるさい。

　嫌われているのもわかっているのに、私のことなんて眼中にないのだって、全部全部わかっているのに……。

　どうしよう……泣き、そう……。

　思ってもみなかった和くんの行動に、私は必死に涙をこらえた。

　こんなに近くにいる。

　何年も、逢いたくてたまらなかった和くんが。

私は、何をしたかったんだっけ……。
　和くんと再会して、何を言いたかったんだっけ……？
　あれだけ考えていたのに、いざ目の前にすると、頭の中が真っ白になる。
「おい涼介、早く帰るぞ」
「おー和哉、そうだな。みんなで帰るか」
　呆然と立ち尽くす中、和くんと、北口先輩の会話が薄っすらと聞こえた。
「雪！　行くぞ!?」
　……え？　みんなって……私も？
　楓ちゃんに呼ばれ、慌てて駆け寄る。
　どうやら６人で帰ることになったらしく、和くんが見るからに嫌そうな顔をした。
　私、いないほうがいいかもしれない……。
　そうは思うものの、こんなチャンスを逃すわけにもいかない。
　ちゃんと向き合うために、高校まで追いかけてきたんだもん……。
　ちょっとやそっと嫌がられたって、諦めない……！
「真人、チャラいだろ？　ほっといていーからね」
　北口先輩にそう言われ、苦笑いしながらほほ笑む。
「それにしても……きれいな顔してんねー」
「……えっ……！」
　顔をまじまじと見ながら北口先輩にそう言われ、思わず体を後ろにそらした。

きれいな……顔？　私が!?
　あ、ありえないっ……。
「だろー！　今日もさ、さっそくクラスの男どもに狙われててさ」
「って、なんであんたが偉そうなのよ」
　戸惑う私をよそに、楓ちゃんと瞳ちゃんが話し始める。
　ち、ちょっと待って!?
　楓ちゃん、今……なんて言った？
　クラスの男に……狙われている？
　私が……!?
「ね、狙われてなんてないよっ……！」
「はぁ!?　気をつけろって言っただろー！　あの浩太とかいうヤツ、あからさまに雪のこと狙ってたじゃん」
　思い当たるフシがなく、激しく首を振る。
　そ、それより……和くんに、聞こえちゃう……！
　やましいことは何もないけれど、そういう類の話を聞かれて誤解されたらどうしよう……。
　……ていうより、誤解ってなんの誤解？
　自問自答しながら、片目でちらりと和くんの顔を見る。
　視界に入った和くんは、完全に興味がなさそうな表情を浮かべていて、さらに大きなアクビを１つ。
　……私のことなんて……興味、ないよね。
　わかっていたのに、ひどく落ち込む自分がいた。
　肩を落とし、ズキズキと痛む心臓から目を背ける。
　で、でも一応……否定はしておかなきゃ……。

「浩太くんは……そんなんじゃないよ……」
　念のため、和くんに誤解を招かないように釘(くぎ)を刺した。
　和くんがピクッと反応した気がしたけれど……本当に気のせいだと思う。

　5分ほどみんなで歩いたところで、分かれ道になる。
　きっとみんなは電車通学だろうから、駅方面……右に行くんだろう。
　私は徒歩通学で、左に行ったところにアパートがある。
「私、こっちなので……」
「雪、電車じゃねーのか」
「うん」
　「それじゃ、ここでバイバイだね」と瞳ちゃんが言ったので、私は笑顔で頷いた。
「お！　じゃあ雪ちゃん、和哉と一緒じゃん」
　──え？
　北口先輩の言葉に、驚いて和くんのほうを見る。
　すると、わかりやすく嫌そうな顔をしている和くん。
　どうやら私と同じ方向みたい。
　……ってことは、ここから先は2人きりに、なるの？
「俺もそっち行きたいー！」
「真人は黙ってろ。このあたり治安が悪いから、ちゃんと和哉に送ってもらいなよー」
　子どものように駄々をこねる瀧川先輩をコツンと軽く殴り、バイバイと手を振る北口先輩。

……嘘。
　北口先輩に続き、楓ちゃんと瞳ちゃんも、手を振って右の道に歩いていってしまった。

　残された、私と和くん。
　気、まずい……。
　２人とも立ち止まって、その場から動こうとしない。
　えっと……ここは、どうするべきなんだろう……。
　一緒に帰ってもいい？　って聞くべきかな……？
　でも、絶対に断られそうだし……。
　頭をフル回転させて、セリフを考える。
「……行くぞ」
　ところが私が話しかけるよりも先に、和くんがそう言って歩き出した。
　え……いいの？
「一緒に帰っても……いいの？」
「勘違いすんな。一緒に帰るわけじゃない。俺もこの方向だから」
　どうやら、ある程度のところまでは一緒に歩いてくれるみたいで、思わず頬が緩んでしまう。
　やったっ……！
　前を歩く和くんに小走りで駆け寄り、隣に並ぶ。
　なんだか……昔に戻ったみたい……。
『雪、手』
『……？』

『繋ごうって言ってんの……』

　昔の光景がフラッシュバックし、いろいろな感情が入り交じる。

　懐かしい……もう、今では考えられない過去。

　あの時は、きっと人生でいちばん幸せだった。

　だって、和くんはいつでも私の隣にいてくれた。

　隣にいることを許してくれた。

　何もかも鮮明に覚えているよ。

　ずっと忘れられない。

　全部、そう、全部覚えている。

　幸せな出来事も、楽しかった出来事も、そして、私たちの関係が壊れてしまった日のことも……。

　ねぇ和くん。私は忘れられないよ。

「おい！」

　和くんの大きな声が聞こえて、ハッと我に帰る。

「家の方向、どっち？」

「え、と……右」

　再び道が二手に分かれているところに差しかかり、その問いかけに返事をした。

　私、ぼーっとしていた……？

　和くんは舌打ちをしながら、右方向に進んでいく。

「送って……くれるの？」

「……勘違いすんなって言ってんだろ。別の方向だったら別れる。同じ方向だし、ここは本当に治安がよくないから、お前じゃなくてもこうしてる」

イライラしたような、和くんの声。
　なんだか、和くんじゃないみたい。
『雪、大丈夫か？』
『俺が守ってやるからな』
『ずっと雪のそばにいるよ』
　……まだ、今の和くんに慣れないでいるから、かな。
　あんなにあんなに優しかったから……優しくしてくれたから、正直、どっちが本当の和くんなのかわからない。
　あの頃の和くんが……嘘だったの？
　それとも、今の和くんが、嘘？
　ねぇ、私はいったいどうすればっ……。
「……あ、ここ、だよ」
　何か言おうとした時、自分の家が目に入って、言いたい言葉が喉の奥に引っ込んでいった。
「……は？」
　私が立ち止まった目の前に、アパートがある。
　和くんはそこを見ながら、目を見開いた。
「……本気で言ってんの？」
「……う、うん。ここだよ……？」
　何をそんなに驚いているのか。
　そんなにきれいではないけど、決してボロくはないアパート。ごく普通の、アパートだと思う。
「お前さ……ここ、治安悪いってわかってる？」
「うん……最初、大家さんが……」
「わかってて住んでの？　空き巣にでも入られたい？

それとも変なヤツにでも連れてかれたいのか？」

　私の声を遮り、豹変する和くん。

　私は思わず、下唇をギュッと噛む。

「本当に、このあたりは治安が悪いから引っ越せ。つーかここ、1人暮らし用だろーが」

「1人暮らし……だよ？」

「……っ！　お前さ、なんでこの学校に来たわけ？　おばさん置いて、こんなところに住んで、意味わかんねーんだけど」

「そ、れは……和くんに会いたくて……」

「……俺に会いたくて？　はっ……それで一生懸命育ててくれてる、おばさんのこと捨ててきたわけ？　最低だな」

「……」

　何を言っても、止まらない和くんの罵倒。

　一言一言が刃となって心臓に突き刺さり、私は思わず目をきつく……きつくつむった。

　和くんの言いたいことはわかる……。

「いいから早く引っ越せよ。こんなところ住んで、何かあっても知らねーからな」

　それだけ言い残して、去ろうとする和くん。

「違、うの……」

　私はその背中に、聞こえるか聞こえないかくらいの声を投げた。

　和くんの足が止まる。

　それは、聞こえたという合図。

振り返りはしないけれど、立ち止まった背中に、もう一度、言葉を投げつけた。
「もういないの」
　理由があって、両親と暮らしていない私。
　そんな私を、小学4年生の頃から育ててくれたおばあちゃんがいた。
　和くんもよく知る、私が大好きだったおばあちゃんが。
「和くんがいなくなってすぐ……おばあちゃん、亡くなっちゃったの」
　どういう顔をしていいのかわからなくて、でもこれ以上は重い空気になりたくないと思った私は、笑顔を作った。
「……っ」
　かたくなに振り返ろうとしなかった和くんが、ゆっくりと振り返る。
「えへへ……1人だから、どこに行っても誰にも迷惑はかからないかなって……」
　——あ、ダメだ。
　涙、が……っ、こぼれてしまう。
　とっさにそう思い、今度は私が和くんに背を向ける。
「じゃあ、ね……また明日！」
　これ以上ここにいたら、みっともなく泣いてしまうと思った私は、急いで家に入った。
　同時に、バタン‼　と大きな音を立てて閉まるドア。
　私はドアにもたれながら、その場にしゃがみ込んだ。
「……っ、ふっ……ぅ……」

タガが外れたように、瞳からとめどなく溢れ出した涙。
　誰もいないのに、昔からの癖(くせ)で、声を押し殺しながらひたすらに泣いた。
　あのまま和くんの前にいたら、なんだかとんでもないことを口走ってしまいそうだった。
　……ねぇ和くん。
　今すぐ、全部吐き出したい。
　──寂しい……辛い……って。
『1人で泣くな。俺がいるだろ？』
　本当はあなたの前で、一緒に泣きたい……っ。
　でも、そんなこと言ったら、和くんはますます私を嫌いになる。
　重い女って……思われちゃうっ……。
　もう、どうすることもできない。
　どうしようも……ないっ……。
　何年も会いたくて、和くんとの再会の日を待ちわびた。
　本当に本当に、ただただあなたに会いたかったの……。
　やっと……会えたのに……。
「くる、しい、よっ……」
　消えそうな声は、静寂に埋もれ誰の耳にも入らない。
　張り裂けそうな心臓付近をギュッと掴み、声を押し殺して、私はただ泣くことしかできなかった。

あなたは……

「１限から体育の授業って……きついっつーの!!」
「しかもスポーツテストなんて……最悪」
　現在、体育の授業中。
　楓ちゃんと瞳ちゃんは、先ほどの50ｍと1000ｍの計測に疲れてしまったみたいで、運動場に座り込んでいる。
「２人ともおつかれさま！　お茶どーぞ！」
　私はぐったりしている２人に駆け寄って、持ってきたお茶を手渡した。
「雪っ……お前、天使!!」
「ありがと！　持ってきてなかったから助かるわ」
　よほど喉が渇いていたのか、いい飲みっぷりの２人に思わず笑みが漏れる。
　昨日はあれから泣き疲れて、何もせずに寝てしまった。
　和くんに、言い逃げみたいなことしちゃったな……。
　今日、会えたら謝ろう。
　……それにしても……。
　昨日、楓ちゃんと瞳ちゃんは和くんのことを知っているみたいだった。
　というより、私以外の５人はもともと仲がいいような雰囲気を感じた。
「あの……楓ちゃんと瞳ちゃん……か、じゃなくて、水谷先輩と仲いいの？」

恐る恐る聞いた私に、2人は不思議そうな顔。
「え……？　和哉くん？」
「まあ……知ってるけど……」
　言いにくそうに言葉を濁す2人に、私は唾を飲んだ。
　何か……言いにくいことがあるの、かな……？
　2人は目を合わせてから、気まずそうに私を見つめる。
「もしかしてさ……雪、和哉くんに惚れちゃったの？」
　沈黙を破る、瞳ちゃんの言葉。
　予想外のセリフに、思わず口をポカンと開ける。
「……雪！　和哉くん、超イケメンだから好きになんのはわかるけどさ！　あの人はダメだって！」
　続いて楓ちゃんが、焦ったように早口でそう言った。
　な、なんだか、勘違いしてる……？
　いや、勘違いではないけど、和くんを好きなのは昨日に始まったことじゃなくて……。
　もう和くんのことを話してしまおうと思ったけれど、私は先ほどの2人の言葉が引っかかった。
「どうして……？」
　あの人はダメって……どういうことだろう？
　その真意が聞きたくて、あえて幼なじみだと明かさずに聞いてみた。
　2人は再び顔を合わせたあと、俯きながら口を開いた。
「和哉くんは……誰とも付き合わねーんだ……」
　……え？
「私たち、和哉くんとは中学から一緒だけど、たぶん1回

も彼女作ったことないよ、あの人」
「なんかさー……ずっと好きな人がいるらしーんだよ」
「……」
　……ずっと……好きな……人？
　初めて聞いた。
　同時に、あることに気づいた。
　そうだ、どうして私は……その可能性を考えなかったんだろう。
　驚愕の真実に開いた口が塞がらず、頭の中は真っ白。
　和くんに……好きな人。
　いつ、できたんだろう……。
　いつから……その人のことを想っているんだろう……。
　考えれば考えるほど、胸が痛いほど締めつけられる。
「そう、なんだ……」
　2人に心配をかけないように、精いっぱいの笑みを浮かべた。
　でも、今にも泣き出しそうな状態で、うまく笑えているかわからない。
　どう、しよう……。昨日あれだけ泣いたのに、また泣いちゃいそうだ……。
　どこか人のいない場所に行こうかと考え、立ち上がる。
　――ドンッ！
　すると、後ろから来た誰かとぶつかってしまった。
　あっ……こけちゃうっ……！
　避ける間もなく、地面に倒れ込む私。

「雪!!　大丈夫かっ!」
「雪っ……ちょっと誰よ!」
　足を擦ってしまったようで、血が滲み出ていた。
　いたたっ……。
　心配してくれる2人に「大丈夫だよっ」と言って、それほど痛くないとアピールする。
「おい浩太、何やってんだよ!」
「お前、雪ちゃんにぶつかるとか……謝れ!!」
　どうやら、ぶつかったのは浩太くんみたいで、友達から離れ、焦った表情で私に駆け寄ってきた。
「雪ちゃん、大丈夫……!?　ごめんね!　ケガしてない?」
「うん、大丈夫……!」
「……足、擦りむいてるじゃん。ほんとごめん。保健室に行こ?」
　ええっと……1人で行けるんだけどな……。
　浩太くんは私の肩を抱きながら起き上がらせてくれると、手を握りながら歩き出そうとする。
　触れられた箇所が気持ち悪くて離れようとした私より先に、瞳ちゃんが浩太くんの手を振り払ってくれた。
　昨日のデジャビュ……。
　笑顔だけど目が笑っていない浩太くんと、容赦なく睨みつける瞳ちゃん。
「あたしが連れていくから。あんたは真面目に授業を受けてな」
　威嚇するような瞳ちゃんに、浩太くんが笑った。

「ふーん、でも……そうもいかないんじゃない？」

　意味深な発言をし、浩太くんが指を差した先には、体育の先生の姿が。

「おーい！　女子は次ハードルだから集合しろー！」

　大きく手を振りながら私たちを呼ぶ先生を見て、楓ちゃんが舌打ちをする。

　うぅ……険悪な雰囲気……。

「瞳ちゃん！　楓ちゃん！　私、大丈夫だから、ね！」

　悪い空気を変えようと、2人にそう言った。

　私の付き添いで、2人をサボらせちゃうわけにもいかないし、そんな迷惑はかけられない……。

「雪……なんかされそうになったらすぐ逃げろよ？」

「測定が終わったら、すぐに保健室に行くからね」

　笑顔で頷くと、しぶしぶ、といった顔で先生のもとへ走っていく2人。

　そして、残された私と浩太くん。

「じゃあ行こっか？」

「あの……私1人で大丈夫だよ？」

「うーん、でも、俺もちょっとケガしちゃったからさ？」

　1人で行く作戦……失敗……。

　涼しい顔でかわされ、私は仕方なく浩太くんと保健室に行くことにした。

「はい！　これでオッケー！」

　テキパキ私の傷を手当してくれた浩太くんに、「あり

がとう」とお礼を言う。
　なぜか保健室の先生が不在で、２人きりの保健室。
「それじゃあ私……先に戻るね……」
　なんだか浩太くんと２人きりというのが気まずくて、足早に去ろうと立ち上がったけれど……。
　──ガシッ。
「えっ……」
　腕を掴まれ、後ろに引かれる。
　ドサッ……と、そのままベッドに押し倒された。
　……う、そ。
　目の前には、私に覆いかぶさる浩太くん。
　これ、は……。
　さすがに危ない状況だと判断はしたものの、逃げ道がわからず下唇を噛む。
　浩太くん……どうして、こんなことっ……。
「雪ちゃんさ、俺のこと避けてない？」
　図星をつかれ、何も言えず視線をそらす。
　そんな私の反応に、浩太くんは鼻でふっと笑った。
　なんだか、浩太くん……怖い。
　とにかく……逃げなきゃっ……。
　掴まれている手を振り払おうと力を入れるけど、ビクともしない浩太くんの手。
　うっ……力、強い……っ。
「それ全力？　雪ちゃん、力よっわいなー」
「やだっ……離し、て……」

「離してほしいの？　でも、ダーメ……」
　耳元で囁かれ、体にゾワゾワッと悪寒が走った。
「俺さー……雪ちゃんのことが好きになっちゃったんだよねー」
「む、無理ですっ……」
　とっさにそう言ってしまい、浩太くんが吹き出す。
「あっは、即答？　俺、結構イケメンじゃない？」
　自分でそう言える自信は、すごいと思うけれど……。
　たしかに、浩太くんはかっこいい分類に入ると思う。
　今日も朝、女の子に騒がれているのが見えた。
　けど、私は……。
　私の心を動かせるのは、この世にたった1人だけ。
「ごめん、なさい……」
　和くんが私を好きじゃなくても、和くんが私を嫌いでも、私は和くんが好き。大好き。
　和くんしか、好きになれない。
　だから、こんな軽い告白に応えることはできない。
　私の返事に、口角を上げる浩太くん。
　徐々に距離を詰めてきて、また、耳元に息を吹きかけられた。
「……ねぇ雪ちゃん。体から始まる恋っていうのもアリじゃない？」
　全身の血の気がサー……と引く。
　た、いへん……。
　脳内で、警告音が鳴り響く。

必死の抵抗も浩太くんの前ではなんの意味も持たず、恐怖と嫌悪感に涙が溢れ出した。
　　嫌っ……やだやだやだ！　触らないでっ……離して！
　　そう叫びたいのに、うまく声が出ない。
「そんな脅えた顔しないでよ。とりあえず……キスしよ？」
　　ゆっくりと、近づいてくる浩太くんの顔。
　　な、なんで……こんなことになっちゃったの？
　　私が……ホイホイついてきちゃったから？
『雪、あの男には気をつけなね』
『あー、オレも同感。あいつ絶対、雪に気あるって』
　　昨日、2人から言われた言葉を思い出す。
　　やっと、意味を理解した。
「いや……」
「大丈夫。とろけきった顔させてあげる……」
　　あの時、なんで転んじゃったんだろう。
　　ケガをした、自分を恨む。
　　私は今から、汚れちゃうんだ。
　　……いや……だよっ……。
「っ……やだ、っ……和くんっ……！」
　　今、出せる精いっぱいの声で、届くわけない人に助けを求めた。
　　いつだって、助けを求めるのはあなたしかいない。
　　でも、去ってしまったあの日から……一度も来てはくれなかった。
　　当たり前だよね……。

だって私、嫌われているんだもん。
　勝手に想って、こんな時に助けてだなんて、和くんにとったらいい迷惑以外の何物でもない。
　誰も、助けになんて……。
　──ガラガラガラッ。
　保健室のドアが、荒々しく開く音がした。
　私に近づいていた、浩太くんが止まる。
　規則的な足音が聞こえてきて、その音は近づくごとに大きさを増していく。
　そして、すぐ近くでピタリと音が止まった。
　代わりに聞こえてきたのは……。
「何してんの？　1年生」
　誰よりも愛しくて、何よりも求めて焦がれて、諦めかけていた人の声……。
「どうし、てっ……」
　──来てくれるのっ……？
「彼女とイチャイチャしてるだけですけど」
「へぇ……相手はそんなふうに見えないけど？　彼女泣いてるし、嫌がられてるんじゃない？」
　少し挑発するような和くんに、今まで笑顔を絶やさなかった浩太くんの表情が崩れる。
「俺、生徒会長なんだ。校内でのいかがわしい行為は認められないし、同意じゃないならなおさら……それ相応の処分は覚悟しておくように」
　低い和くんの声に、浩太くんはゴクリと唾を飲んだ。

「いや、だから、これはっ……」
　ドカン!!
　大きな音が、保健室中に響く。
　それは、和くんが保健室のベッドを蹴った音だった。
　浩太くんはもちろん、私も思わず身を強張らせる。
　和くん……?
　明らかに激怒している和くんを、私はただ呆然と見つめるしかなかった。
「自己弁護も甚だしいな、お前。潔く認めろよ」
　次の瞬間、浩太くんの服を掴み、ベッドから引きずりおろした和くん。
「……帰れ。本日中にお前の処分を決めて自宅に連絡するから」
「いや……そ、それは……!」
「うるせぇな。さっさと帰れって言ってるのがわかんねーのか?」
　地面に倒れ込む浩太くんに罵声を浴びせ、見たこともないような顔で睨みつける彼。
　1つ、疑問が浮かぶ。
　どうして和くんは、そんなに怒っているの……?
　足を引きずりながら、脅えたように保健室から出ていった浩太くん。

　とりあえず身の危険が去って安心したのか、体から力が抜けた。

「和……くん」
　……来てくれた。
　どうして、来てくれたのっ……？
　今は授業中なはずで、和くんはサボったりするような人ではない。
「……悪い。邪魔したみたいだな」
　まるで私が浩太くんと同意の上でさっきのような状況になった、とでも言うかのような言い方に、胸が痛む。
　違うっ……和くんだって、嫌がっていたのわかっているはずなのに……。
　そんな言い方しないで……。
　私には和くんだけだもん。
　浩太くんのことは、なんとも思ってないのに。
　言いたいことが山ほどある中、口から出たのは、とても単純な言葉。
「……っ、ありが、とう……来てくれてっ……」
　和くんが来てくれなかったら……。
　想像するだけで、止まっていた涙がまた溢れ出しそうになる。
　みっともなく泣く姿なんて見られたくなくて、和くんの前では泣きたくない私は、グッと涙をこらえた。
　そんな私に、面倒くさそうなため息が降ってくる。
「……別にお前のために来たわけじゃない。たまたま保健室に来たらお前がいただけ。生徒があんな目に遭ってたら、嫌いなヤツでも助けるだろ」

勘違いするなと言いたいのか、視線が冷たい。
　そうだよね……和くん、優しいから……。
　嫌いな私でも、ほっとけなかっただけなんだ……。
　わかってる、わかってるよ。
　私、勘違いなんてしない。
　身のほどはわきまえているつもりだもん……。
　笑みを浮かべて、冷たい視線と向き合う。
「それでもっ……ありがとう……」
　そう言うと、和くんは一瞬バツの悪そうな表情をした。
　イラついたような舌打ちが、保健室に響く。
「……っていうか、簡単に男についていくな。普通は危ないってわかるだろ。『浩太くん』とか呼んじゃって、相手に変な誤解を持たせたお前も悪いんじゃねーの？」
　……え？
　腕を組む和くんから、早口に述べられる言葉の中のいくつかが引っかかる。
「どうして……ついていったってわかるの……？　浩太くんって……呼んでるの知ってるの？」
　私の質問に、和くんは〝しまった……〟とでもいうかのような顔をした。
　あからさまに動揺した様子で私に背を向ける。
　もしかして……私が浩太くんと保健室に行くの……教室から見えていた……？
　一瞬、そんな考えが浮かんだものの、その確率は極めて低いことに気づいてバツ印をつけた。

和くんは私が嫌いだから、それはないか……。
　きっと、いちばん考えられるのは……本当に、たまたま保健室に居合わせた。
　わざわざ来てくれるなんてこと、あるわけない。
　でも……浩太くんって呼んでいるのは……？
「……なんでもない。俺、もう行くから」
　どうやら答えてくれる気はないみたいで、保健室から出ていこうと歩き出す和くん。
「待ってっ……！　和くん！」
　私はとっさにそう叫んで、引き止めた。
「昨日は……ごめんなさい。感じ悪かったよねっ……」
　昨日のこと……まだ謝ってない……。
　次に会ったら絶対に謝ろうって決めていたこと。ちゃんと言えた。
　和くんは振り返って、苦しそうな顔で私を見る。
　どうしてそんなに苦しそうな表情をしているのかは、私にはわからない。
　固く閉ざした口を、ゆっくりと開く和くん。
「……なんで、お前が謝るんだよ……」
　そのセリフに、私は首をかしげた。
　なんで……？
　それは、私が悪いと思ったからで……。
　何か、間違ったことを言ってしまったのだろうか。
　そう思ってしまうくらい、和くんの表情は見ていられないほど悲痛に歪んでいた。

何も言えなくなって、思わず下を向く。
　和くんはゆっくりと私に歩み寄ってきて、目の前で足を止めた。
　顔を上げると、私を見つめる和くんと視線が交わる。
「……ごめん、昨日は言いすぎた。おばさんのことも、無神経だった」
　和くんから出てきた予想もしていなかった言葉に、私は目を見開いた。
　……和くんが、謝っている……？　私に？
　昨日、突き放されたと思った。
　さらに嫌われたと……思ったのに……。
　和くんは、そんなふうに思ってくれていたのっ……？
　一瞬、昔の和くんと重なる。
　優しかった、あの頃の和くんに……。
「……じゃあ」
　驚いて何もリアクションがとれない私を置いて、再び保健室から出ていこうとする和くん。
　次の瞬間、体が勝手に動き……私は和くんに駆け寄って、その背中に抱きついた。
　今なら、聞ける。そう思ったから。
　当然、体をビクつかせ、驚いた様子の和くん。
　でも、もうそんなの関係ない……。
「……っ、お前、何して……！」
「和くんは……ずっと……好きな人が、いるの……？」
　どうしても、聞きたかった質問をぶつける。

お願い、答えて……。
「……誰に、何を聞いた？」
　急に声のトーンが低くなり、怒った様子の和くん。
　でも、今の私にはなんの効果もない。
「……」
　その質問には答えず、ただ答えが返ってくるのを待つ。
「……お前には、関係ない」
　そんな低い声で言われたって……怖くないっ。
　答えてくれるまで……離れないっ……。
　ギュッと抱きつく腕に力を込めると、面倒くさそうな声が降ってくる。
「……いねぇよ、そんなの」
　ほんと……に？
　さっきまでの不安が払拭されて、私は溢れ出す感情を止められなかった。
「だったら……私は諦めないっ……」
　諦め、られない……っ。
「……好き」
　本当に本当に、和くんだけが……。
「大好きっ……」
　自分の持っている、精いっぱいの力で抱きつく。
　もう、拒まれたって怒られたって構わない。
　好き。本当に。ただただ大好き。
　この感情にだけは、嘘はつきたくない……。
「……おい」

腕を掴まれ、振り払われる。
　私に向き合い顔を見せた和くんは、昔、一度だけ見たことのある表情をした。
　そう、今でも忘れられない、あの日の顔。
　私が和くんにフラレた、あの日の……。
「……言っただろ？　忘れたのか」
　ゴミを見るような目で私を見つめる和くんに、過去の光景がフラッシュバックする。
「忘れたんだったら、もう1回言ってやる」
　私は知っている。
　この瞳をした和くんが、何を言うのか。
　何を言われるか、わかっている。
　だって……。
「俺はお前が死ぬほど嫌いだから。お前だけは、何があっても絶対に無理」
　一度、言われたことのあるセリフだからだ。
　あの日も、あの時もそうだった。
『……お前だけは絶対無理。もう会うこともないだろうから……今後いっさい、俺と関わらないで』
　いくら優しかった和くんを思い出したからって、衝動的になりすぎた。
　後悔しても、時すでに遅し。
　私はまた……フラレてしまったんだ。
「もう俺に話しかけんな。お前の顔なんて見たくもない」
　それだけ言い残して、和くんは保健室を去っていく。

もう私には引き止める気力は残っていなくて、その場にペタリと座り込んだ。
　あーあ……やっちゃった……。
　ほんとバカだな……なんであんなこと、言っちゃったんだろう……。
　和くん、本当に嫌そうな顔していたなぁ……。
　あはは……。
「あそこまではっきり言われちゃったら……どう頑張ったらいいのかわかんないよ……」
　涙というのは、上限がないのだろうか。
　ポタポタと瞳からこぼれるものが、床を濡らしていく。
　泣くな、私。
　昨日から泣いてばっかり、こんなんじゃ、和くんを追いかけてられないよ。
　大丈夫、大丈夫。
　和くんに好きな人がいないってわかったんだ……それだけで十分、よかったじゃない。
　……でも……だからって、和くんは私を好きになってはくれないんだよ？
　たとえ今は好きな人がいなくたって、これからきっと現れる。
　私は、どう頑張ったって、その相手にはなれない。
『お前だけは、何があっても絶対に無理』
　諦めの悪い私に、釘を刺すような言い方だった。
　もう本当に、心底私が嫌いなんだ。

……それでも、私は……。
　和くんに好かれるなら、世界中から嫌われたって構わない……なんて、バカなこと考えちゃうの……っ。
「……なんで、こんなに……好きに……なっちゃったんだろうっ……」
　誰もいない保健室で、私のすすり泣く声だけが響いた。

第2章
絡まる赤い糸

ひどい男？
……なんとでも言え。
あいつが笑顔でいられるなら、
俺はどう思われたって、
どうなったって、痛くも痒くもない。

君を想う心

　ようやく涙が枯れたのか、目から溢れていたものが止まった。
　目をゴシゴシと擦り、近くにあった鏡を見る。
　うわぁ……腫れちゃってるなぁ……。
　鏡に映る私は、目を腫らして明らかに"泣いていました"という顔をしていた。
　こんな顔で、教室に戻れないよ……。
　時刻は、１限目が終わる頃。
　そろそろ教室に戻って、みんな制服に着替え始めているんじゃないかと思う。
　もう少し、腫れが治まってから行こう……。
　そう思って、そばにあったイスに座る。
　さっきまでの出来事を思い出し、大きく息を吐いた。
　吐き終わったと同時くらいに、保健室のドアが大きな音を立てて開く。
　誰か……来た？
　ドアに目をやると、そこには息を切らした楓ちゃんと瞳ちゃんの姿が。
　え！　どうして２人とも……！
「雪！　大丈夫!?」
「うわっ……こんな目、腫らしてどうした!?　なんかされたのか!?」

私に駆け寄り、心配そうに顔を覗き込んできた２人。
　心配して、来てくれたんだ……。
　なんて素敵な友達なんだろう。
　昨日出会ったばかりなのに、２人は私の中で、大切な存在になっていた。
「あの……えっと……何から話していいのか……」
　２人には、ちゃんと話しておこう。
　和くんのことを。
　でも、その前に……浩太くんのことを心配してくれているみたいだから……言ったほうがいいのかな？
　でもでも、それはもっと心配かけちゃう……？
　言おうか言うまいか悩んでいると、何かを勘づいたような２人の冷たい視線。
「いったい何があったの？　ちゃんと話して」
　私は重い口を開き、さっき起こったことをゆっくりと話し始めた……。

「あいつ……ぜってーぶっ殺す……！」
　浩太くんのことを話している途中で、目に怒りを浮かべながらバキバキと指の関節を鳴らす楓ちゃん。
　本当に殴りかかっていきそうな勢いに、私は慌てて閉ざしていた口を開いた。
「あ、あの！　大丈夫！　未遂だから！　本当に！」
「「未遂!?」」
　あっ……や、やってしまった……っ。

2人を宥めようとしたものの、言葉のチョイスを間違えたらしい。
　声を揃えて叫んだ2人に、私は必死に弁明をした。
「……で、つまり襲われそうになったけど、和哉くんが助けに来てくれて未遂で終わった……と」
「は、はい……」
「あいつ、やっぱりぶっ殺す!!」
　あああっ……楓ちゃんっ……！
　立ち上がる楓ちゃんを必死に宥め、とりあえず座ってもらった。
「それにしても……なんで和哉くん、保健室なんかに来たんだ？」
「……」
　不思議がる楓ちゃんと、黙り込む瞳ちゃん。
　……？
　瞳ちゃんは何か思い当たる節があるのか、言いにくそうに眉をひそめた。
　なん、だろう……？
　楓ちゃんも、瞳ちゃんの様子に気づいたみたいで、「お前なんか知ってんの？」と首をかしげる。
「いや……そういえばさっきの時間さ……」
　さっきの時間って、体育の授業中のことかな……？
「涼介が窓際の席でこっち見てたから、手を振ったんだ。その後ろの席に……和哉くんがいた」
　何が言いたいのかわからなくて、話に耳を傾ける。

瞳ちゃんは、何やら疑い深い口調で話を続けた。
「和哉くん……私に気づかないでずっと一点を見てて、そういえばその先に、雪が……」
　私……が？
　最後の確信的な言葉を言う前に、瞳ちゃんは止まってしまった。
「……いや、やっぱりいいや。なんでもない」
　……え！　そこで止めちゃうの！
　き、気になる……。
　言葉を濁した瞳ちゃんに、目で"教えて"と催促する。
　どうやら楓ちゃんも同じようで、瞳ちゃんの肩をバシッと叩いた。
「はー!?　そこまで言ったならちゃんと言えよー！」
「痛いよ。……いや、和哉くんに限ってないわ……あの人さ、人に興味示さないじゃない？」
　叩かれたところを押さえながら、瞳ちゃんがそんなことを言う。
　和くんが……人に興味を、示さない？
「まー、たしかになー」
　うんうん、と頷き、同意する楓ちゃん。
「そうなの……？」
「うーん、なんつーか……人間味がないっつーの？　何やってても楽しくなさそうだし、なんにも興味も示さないし、この世に楽しいものなんて何もありませーん！　……みたいな人？」

返ってきた言葉に、あ然とする。
　……ち、がう。
　和くんは……そんな人じゃなかった。
「愛想はいいし優しいんだけどさー、笑顔とか作りもんくさいし、本当に笑った顔、見たことない気がするわー」
　いつも笑っていた。
　"あの出来事"があったあとも、和くんは……楽しそうに笑っていたよ。
　なら……いつから？
　和くんは、笑わなくなってしまったの……？
　私の知らない和くんの話に、頭がついていかない。
　もしかして……私の、せい？
　私が、和くんから全部奪っちゃったから……っ？
「違う、の……」
「……雪？」
「和くん、ほんとはすっごく笑う人だった……」
　下唇をきつく噛む私を、困惑した表情で見つめる２人。
「あのね……私が言った片想いしてる幼なじみって……和くんのことなの」
「和くんって……和哉くん？」
　黙って頷き、肯定する。
「私と和くんは……私が小学６年生、和くんが中学２年生の時まで一緒にいたの」
「あ……そういや、和哉くんがこっちに来たのその頃だ」
「そうだったのね……」

と、驚いたように目を見開く瞳ちゃん。
「私と和くん、本当にいろいろあって……私ね、和くんにひどいことしちゃったの。和くんからいろいろなもの奪っちゃったの」
　そう、本当にいろいろなことがあって、遂に嫌われてしまったんだ。
　いくら優しい和くんでも、我慢の限界だったのかもしれない。
「だからね……和くんは、私のこと大っ嫌いなの。私が嫌いだから、引っ越しちゃったの。それなのに私……和くん追いかけてこの高校まで来て……ほんと、ストーカーみたいでしょ……えへへ……」
　自分で言っていて、泣きそうになってくる。
「でも、昔は本当に優しくて、いっつも笑顔だった。それなのに……」
　もうそれ以上はうまく言えなくて、言葉に詰まった私。
　私が、全部悪いんだ。
　みんなを、不幸にした。
「なるほどね……全部、辻褄が合った」
　すべて話し終わったあと、瞳ちゃんがそんなことを言った。
　すっきりしたような、何か難解な謎が解けたあとみたいな表情をして。
「……え？」
　当然、意味がさっぱりわからない私は、瞳ちゃんを見つ

める。
　　そんな私に優しくほほ笑み、瞳ちゃんは頭をポンっと撫でてくれた。
「大丈夫だよ、雪。和哉くんは雪のこと、嫌ってなんかいないわ」
　　……瞳、ちゃん……。
　　何を根拠に言っているかはわからないけど、確信を捉え(とら)たような言い方。
「だって、私っ……」
　　本当に、ひどいことしちゃったんだよ……？
「たとえ嫌われてるとしても、諦められるの？」
　　真剣な眼差(まなざ)しに、視線がそらせない。
　　和くんを諦める……？
　　たしかに、和くんのためを想うなら……そばにいないほうがいいのかもしれない。
　　嫌われているんだから、離れたほうがいいかもしれない。
　　でも……。
「……られ、ないっ……」
　　和くんを忘れるなんて、私にはできない。
「うん、だったら頑張りなさい。私たちも応援する」
　　ニコッとほほ笑まれて、視界が涙で滲む。
「瞳ちゃんっ……」
　　大好きっ……。
　　私は、ギューッと瞳ちゃんに抱きつき、「ありがとう」と呟(つぶや)いた。

笑いながら、抱きしめ返してくれる瞳ちゃん。
　話して、よかった……。
　2人と友達になれて……よかった……っ。
「おい！　俺も応援する！　だからハグしてくれよー！」
「えへへっ……楓ちゃん……2人とも、大好きっ……」
「俺も！　雪、ちょー好き！」
「あたしもっ」
　私たちは3人で笑い合って、抱きしめ合った。
　はたから見れば、とてつもなく変な光景だったかもしれない。
　でも、さっきまで悲しみに包まれていたのが嘘のように、自然と笑みが溢れていたんだ……。

「俺らはさー、男友達みたいなもんっつーか」
　急いで保健室から教室に戻り、制服に着替えた私たち。
　次の授業場所である音楽室に向かいながら、楓ちゃんと瞳ちゃんから和くんの話を聞かせてもらっていた。
「もともと涼介くんと瞳の家が隣でいっつも遊んでて、で、涼介くんと仲のいい和哉くん、瞳と仲のいい俺の4人で遊んでたんだよ」
「中学と高校で離れた時も、涼介の家で遊んだりしてね」
「バカ真人は高2から涼介と和哉くんと仲よくなったみたいで、最近は5人でつるんでたんだよな」
　2人の話を聞いて、いろいろ納得。
　なるほど……だから、あんなに仲よさそうだったんだ！

２人は私から離れていったあとの和くんを、知っているんだなぁ……。
　なんだか、とっても羨ましい。
　そんな話をしていると、いつの間にか音楽室についたので、私たちはこっそり中に入った。
　遅刻がバレませんよーに……！
　私はバレてもいいけど、私のせいで２人が遅刻扱いになるのは嫌だな……。

　でも、そんな心配は無用だったみたいで、教室の中は騒がしく、立ち歩いている生徒までいる始末。
　えっと……授業中、だよね……？
　この高校は進学校だし、真面目な子が多いと思っていたのに……案外やんちゃな子が多いのかな？
　校則も緩いから、成績だけ維持しておけばいい……という考えなのかもしれない。
　それに……。
　浩太くんの姿がないことに、ホッと胸を撫でおろす。
　内心今は会いたくないと思っていたから、一気に肩の力が抜けた。
　こっそり席に座り、先生にバレないよう教室に紛れる。
　音楽の先生は、どうやら私たちの担任らしく、何かを必死に話している最中だった。
　まわりの声が騒がしくて聞こえづらい中、私は耳を澄ませた。

「先生は、合唱部の顧問をしているんだが……」
　合唱部……？
「じつはピアノの伴奏者がインフルエンザにかかってしまって、1週間来れないんだ。誰か……1週間だけ代わりに伴奏者をしてくれる人はいないか？」
　こんな時期にインフルエンザなんて……それより、ピアノを弾ける先生がいないのかな……？
　先生はずいぶん困ったようにみんなに聞いていたのに、誰も聞く耳を持っていない様子。
　困り果てたようにため息をついている先生がなんだかかわいそうで、私は恐る恐る手を挙げた。
　なぜか、一瞬にして静まる教室。
　みんなの視線が私に集まり、思わず身を縮こまらせた。
　は、恥ずかしい……喋っていてくれていいのに……。
「あの、私……ピアノなら弾けます」
　昔、ピアノをしていたことがある。
　住んでいたマンションにピアノルームという場所があって、そこにグランドピアノが置いてあったんだ。
　和くんとよく遊んだ、思い出の場所……。
　家にいるのが辛い時、2人で抜け出して楽しい音楽を奏でていた。
「本当か白川……！　助かるよ……！」
「はい、1週間くらいなら……」
　部活に入る予定もないし、短い期間なら問題ない。
　困っている人がいたら助けてあげなさいって、小さい頃

からおばあちゃんに言われていたから。
「雪、ピアノ弾けるの?」
「うん、少しだけなんだけど……」
「うお! マジで! かっけー!」
　隣で驚いている２人に、えへへ……と笑う。
　室内はザワつき、何人かのクラスメートが私に近づいてきた。
「白川さんってピアノも弾けんの? さっきの体育では足もめっちゃ速かったよね!」
「首席だし、なんでもできるんだー!」
「ねぇねぇ、なんか弾いてよ!」
「え、え? 今?」
　急にそんなことを言われ慌てふためくと、みんながうんうんと頷く。
　なんだか私が弾くみたいな雰囲気ができあがっていて、しぶしぶピアノのイスに座った。
　うー……弾くの久しぶりだな……。
　間違えないかな、心配……。
　指先を鍵盤(けんばん)に添え、ふぅ……と一息。
　クラス中の視線が集まる中、私は指を第一音に揃えた。
　あっ……結構、覚えているものだなぁ……。
　指先が勝手に動く感覚で、自然と笑みが浮かぶ。
　私に集まる視線も、心なしか柔らかくなった気がした。
「すっげー! マジで弾けるんだ!」
「めちゃくちゃうまいね……!」

曲が止まったと同時に、一斉に褒められて、ホッと胸を撫でおろす。
「これ、なんていう曲？　スッゴくきれいな曲……」
「プロコフィエフの前奏曲だよ」
　和くんが、好きだって言ってくれた曲。
　教室は、さっきとは違う騒がしさに包まれる。
　先ほどまで傍観していた先生が私のもとへ来て、にこりと笑った。
「すごいな、白川……！　頼もしいよ！　ありがとう！」
「いえ、お力になれるならうれしいです」
　ほほ笑み返すと、目を見開いて固まる先生。
「白川……」
　さらに、感極まったような声で名前を呼ばれ、少し不思議に思った。
　そこまで感謝されるほどのこと、してないけどな……。
　リアクションがオーバーじゃない……？
「じゃ、じゃあ……今日は部活が休みだから、明日から1週間ほどお願いしてもいいか……？」
「はい、わかりました」
　先生……顔、赤い？
　先生の様子の異変に気づいたけれど、この時の私はとくに気に留めず、自分の席についたのだった。

限りなく切ない恋

【瞳side】
　ＳＨＲが終わり、ぞろぞろ帰っていく生徒たち。
　楓と雪も、帰る準備をして立ち上がった。
「よし、帰ろーぜ！」
　上機嫌な楓に、雪がうんっと首を縦に振る。
　昨日できた、えらく美人な友達。
　第一印象は、正直高飛車で性格悪そう、だった。
　だって、本当に雪はきれいだから。
　きれいな顔したヤツって、大抵性格悪いじゃん。
　でも、雪はまったく違った。
　自分の容姿なんて気にも留めず、頭がいいことも美人なことも鼻にかけようとしない。
　これだけたくさんの才能を持ちながら、それを鼻にかけたりしないんだ。
　そんなヤツが、この世にどれだけいるだろうか。
　昨日出会ったばかりだというのに、あたしは相当雪を気に入っていた。
　そう……。
　雪の恋路に首を突っ込みたいと思うくらいには。

「ごめん２人とも。先に帰ってて」
　２人にそう言えば、不思議そうな表情をされる。

「は？　瞳、帰んねーの？」
「うん、ちょっと寄るとこあって」
「だったら俺らも一緒に……」
　どうしてもあたしと帰りたいのか、楓が言葉を続けた。
　ほんとこの子、あたしのことが大好きなんだから……。
　でも、今日はそういうわけにもいかない。
「ごめんね、ちょっと２人きりで話したい人がいて……」
　そう言えば、２人は何か勘づいたように顔を合わせ、にっこぉと笑った。
「わかった！　頑張れよ!!」
「それじゃあ私たちは帰るねっ……！　瞳ちゃん、応援してるよ！」
　簡単に騙されてくれて……２人してかわいいなーもう。
　慌てて教室を出ていった２人に、クスッと笑う。
　どうせ、涼介に会いに行くとでも思ったんだろう。
　でも、嘘はついてないからね。
　ちょっと、２人きりで話したい人がいるの。

「失礼します」
　扉を３回ノックし、ドアを開ける。
「笹川……？」
　入ってきた私を見て不思議そうな顔をしたのは、生徒会長の和哉くん。
　……うん、ここに来れば会えると思った。
「涼介なら帰ったぞ。今、出ていったから追いかければま

だ間に……」
「ううん、今日は和哉くんに話があって来たの」
　この人もか。
　勝手に勘違いして、そう話す和哉くんの声を遮る。
「……俺？」
　と、疑うような目で私を見つめる和哉くんは、見るからに忙しそう。
　副会長の真人くんも、役員の涼介も帰ったのに、1人で仕事？
　何か急ぎで済まさないといけないことがあるの？
　……でも、少しだけ時間をもらおう。
「……悪い。今、忙しいからあとにしてく……」
「雪のこと、どう思ってるの？」
　またしても和哉くんに発言権を与えず、率直に聞く。
　一瞬ひどく動揺した表情を浮かべた和哉くんだったけれど、すぐに冷静を装い私から目をそらした。
「……お前には関係ない」
　……そう言うと思ったよ。
　でも、私は和哉くんの本心を知る必要があった。
　――雪のために。
「おかしいと思ってたんだ、初めから。和哉くんの、雪に対しての態度」
　和哉くんは、いい意味でも悪い意味でも他人に興味を示さないし、深入りしない。
　そのくせ、昨日みんなで帰った時、雪に対しての態度が

おかしかった。
　あからさまに雪に対して嫌そうな顔をしながらも、隙あるごとに雪に近づこうとする真人くんを監視していたり、雪と和哉くんだけ道が分かれた時も、動揺を隠しきれていなかった。
　こんな和哉くん、誰も見たことがなかったんだ。
　どれだけ嫌われている人に対しても、笑顔を絶やさず流せる和哉くんが、何を動揺しているのか。
　2人と別れて4人になった時、他の2人も同じことを考えていることがわかって1つの疑いが挙がった。
　雪と和哉くんには、何かあると。
　楓は鈍感だから、そういうことに気づかないんだけど。
　そして、今日の保健室の事件と雪の話。
　この疑いは確信に変わった。
「今日、体育の時間、和哉くん雪のこと見てたでしょ？」
「……っは？　なに言ってんの？」
「教室の窓から、じーっと雪のこと見つめてたの、あたし、見たんだから」
　あたしの言葉に、焦っているのがわかる。
　ポーカーフェイスの和哉くんが、こんなに動揺することがあるの？
「見てないよ。ぼーっとしてただけ」
「じゃあ、どうして保健室に来たの？」
　ビクッと、あからさまに反応した和哉くん。
　……図星。わっかりやすー。

「……たまたま頭が痛くなって……」
「嘘。雪と浩太とかいうヤツが保健室に行くの見てたんでしょ」
「……いい加減にしろ、憶測で話をするのも大概に……」
「だって私、見たんだもん。浩太ってヤツがワザと雪にぶつかったの」
　……あ、またビクッてした。
　和哉くん、そんなわかりやすい一面もあったんだね。
「和哉くんも見てたんだよね？　それで心配になって……保健室に来た」
「……違う。もうその話はやめろ」
　どうやらあたしの考えは合っていたらしい。
　和哉くんの反応が、それを証明した。
　雪、あんたは和哉くんに嫌われているって言ってたけど、それ、違うよ。
　まったく違う。
　むしろ、真逆なくらい。
「和哉くんさ……"和"って呼ばれるのだけは、嫌がるよね。いつも人がよさそうな顔でヘラヘラしてるのに」
　昔から、とくに何をされても怒らない和哉くんが唯一譲らなかったこと。
　自分の名前を、和とか和くんって呼ばれるのを嫌がる。
　あたしや楓はもちろん、真人くんや涼介に対しても、かたくなに拒んでいた。
『なあ、和哉って呼ぶの面倒だから和って呼んでいい？』

『……無理』
『はー、別にいいじゃんかー』
『つーか1文字くらいめんどくさがるなよ。その呼び方はやめろ』

　涼介と和哉くんの会話を、変な人だなと思いながら聞いていた。

　それが今まで不思議でたまらなかったけど……今日、わかってしまった。

「その理由って……雪だよね？　雪にしか呼ばれたくないんじゃない？」

「……なに言ってんの？　……考えすぎ」

　和哉くん、あんたこそ動揺しすぎだよ。

　あたしが今話しているのは、本当にあの和哉くんなんだろうかと疑うくらい。

　今の和哉くんには、冷静さの欠片も見当たらなかった。

「じゃあ聞くけど」

　いつまでたっても認めない和哉くんに、そろそろ止めを刺そう。

「さっき思い出したの。昔さ、涼介の家に和哉くんと3人で行った時、和哉くんが寝言を言ってたこと」

「……っ、は？」

「『雪……』って」

　雪が、和哉くんと幼なじみだと聞いた時、すべての辻褄が合った。

　今まで和哉くんに感じていた疑問がすべて解けたような

気がして、そしてそれはきっと、勘違いなんかじゃない。
　どうやら和哉くんも、このことについて反論する気はないらしい。
　下を向き、肩を落とした和哉くん。
　私はその体に向かって、いちばん聞きたかったことを聞いた。
「和哉くん、雪のこと好きなんでしょ？」
　何も、言葉は返ってこない。
「雪の気持ち……知ってるんでしょう？」
　反応すら、示さない。
「だったら、どうして言わないの？　俺も好きだって」
「……」
「余計なお世話かもしれないけど……好き同士なのに拒む理由なんてないよね？」
　完全に動かなくなった和哉くんに、追い詰めるようにそう言えば、急に冷静さを取り戻したのかいつもの和哉くんに戻った。
　平然そうな顔で、あたしの目も見ずにカタカタとキーボードを叩きながら発言する。
「さっきから憶測で話をするのはやめてくれないか？　そんな事実いっさいないし、ありえない」
　ここに来て……まだそんなこと言うの？
　しかも、人が大事な話をしているのに、パソコンなんか触って……。
　２人の間に何があったかはわからないけど、１つだけ、

たしかなことがある。
　この2人は……確実に両想いのはずだ。
　しかも、相当。
　お互いしかいないってくらい、想い合っているはず。
　それなのに、そこには何か大きな障害がある。
　それが和哉くんの身動きを封じている。
　その障害が何かは、わからないけど……。
　でも、あたしは2人に、結ばれてほしいと思うんだ。
　今日雪の涙を見て、和哉くんへの想いが痛いほど伝わってきたから。
　大切な友達には、幸せになってほしい。
「じゃあ、あたし寝言で呼んでたこと言うよ、雪に」
　脅しのような発言を、仕方なく選択する。
　だってこうでもしないと、和哉くん誤魔化してくるんだもん。
　……でも、これは想像以上に効いたようだった。
　和哉くんの顔色が、一変した。
　まるで、この世の終わりみたいな表情。
「和哉くん……？」
　思わず、心配になって名前を呼ぶ。
　え？　そんなに困ること……？
　今、あたしの視界に映っているのは、和哉くんではない。
　あたしの知る和哉くんは、こんな顔をしない。
　シーン……と、静寂に包まれる生徒会室。
　何か言おうかと悩むあたしに届いたのは、

「……やめて、くれ……」

　きっと今まで聞いたどんなセリフより弱々しい……声にならない声だった。

　あたしは、こんなに切ない声を知らない。

　和哉、くん……？

　誰？　この人は。

　そう思わずにはいられなかった。

　和哉くんは、いつも同じ顔で、なんでも完璧にこなして、弱みなんていっさい見せるもんかっていう人。

　数年の付き合いの間、この人が泣き言や弱音、人の悪口や自分の話をしているところを、あたしは一度も聞いたことがない。

　疲れているところや、怒った顔すら見たことはなかった。動揺した顔も、昨日初めて見たくらいで。

　まわりから見ればすべてがうまくいっているような人間なのかもしれない。勉強も運動もできて素行もよくて、おまけに生徒会長で、それなのに和哉くんは、いつだって何かに絶望したような目をしていた。

　何か……じゃない。

　生きることに意味がない、まるでそんなことを思っているような気がした。

　何かが足りないような、その何か以外は必要ない、とでも物語るように、和哉くんには生気がなかったんだ。

　ごめん、和哉くん。

　あたしなんかが首を突っ込むべきじゃなかったし、踏み

入っていいことじゃなかったかもしれない。
「……頼む、言わないでくれっ……雪にだけは、やめてくれ……」
　おぼつかない足取りであたしのもとへ寄ってきた和哉くんは、あたしの両肩を掴み、俯きながらそう言った。
　喉から振り絞るような、もっと奥から必死に出しているような。
「俺が、何年も抑えてきたことを、潰さないでくれ……」
　あたしは見たことがない。
　人が、こんなに必死になる姿を。
　動揺する姿を。絶望する姿を。
　ねぇ……。
　……あんたたちに、いったい何があったの……？
「本当に、頭がおかしくなりそうなくらい……俺は……」
　その先の言葉を、和哉くんが言うことはなかった。
　でも、わかってしまった。
　この人のすべてが、伝わってきてしまった。
　ずっと不思議に思っていたんだ。
　たくさんの人から好意を向けられ、愛され、尊敬され、欲しいものはなんでも手に入るんじゃないかと思う和哉くんが、たまに抜け殻のような表情をすることに。
　でも、和哉くん、あんたは本当に抜け殻だったんだね。
　──この人の全身が、雪が愛しいと叫んでいる。
　雪しかいらないと叫んでいる。
　それでも、この人は雪を突き放そうとする。

きっとそこには理由があって、そこに他人が入ってはいけない。
　　雪と和哉くんの間には、誰にも入ってはいけない領域があるんだ。
「ご、ごめん和哉くん……」
　　思わずそう言ったあたしの顔を見て、ハッと我に返ったような反応をする和哉くん。
　　あたしの肩から手を離し、座っていた席へと戻っていった。
　　そしてまた、キーボードを叩き仕事を再開する。
　　カタカタと響く無機質な音の1つひとつに、怒りが込められているような気がした。
「お前があいつに言ったら……その時は、俺はあいつの前から姿を消す」
　　冷静を取り戻したのか、淡々とした声でそう言った和哉くん。
　　何を言ってんの、この人。
「こんな時期に転校しますって……？　本気？」
　　あんた受験生だよね？
　　内申点もギッチギチに取って、つねに首席キープして、生徒会長までやっているくせに……バカ？
「あぁ、本気だ」
　　そう言いきった瞳には、嘘や冗談は微塵（みじん）も感じられなかった。
「あいつが大切なんだろ？　だったら言うな。俺がそばに

いると、あいつは不幸になるんだよ」
　雪の幸せのためなら、自分の人生も棒に振るっていうのか。
「じゃあ、話は終わっただろ？　早く帰れ」
　この人は、いったいなんなんだ。
　そこまで愛している人を、どうして手に入れようとしないの？
「どうして……そこまでかたくなになってるの？」
　……あたしには、理解できない。
「それだけっ……それだけ教えて！」
　無反応を突き通す和哉くんに、そう叫ぶ。
　すると和哉くんは、作業する手を止めて、ゆっくりと口を開いた。
　その瞳には、今までの和哉くんにはなかった感情がすべて込められていた。
　苦しい、切ない、悲しい。
　そして、もう１つ……。
「……あいつが、俺の世界の全部だから」
　――愛しい……。
「意味、わかんない……」
　知らない間に、目から涙が流れていた。
　和哉くんの気持ちが、ほんの少しだけ、ほんの……少しだけ体の中に流れ込んできて、けれどそのほんの少しが、耐えられないような痛みで……。
　だったら、和哉くんは？

この人はいったい、どれだけ苦しい世界で生きているんだろう。
「……はっ」
　和哉くんの掠(かす)れた笑いが、静寂を破る。
「わかるわけねーだろ？　俺の気持ちなんて。誰にもわからない。わかってくれなくていい」
　そう言った彼の表情にまたしても、あたしの瞳からこぼれ、雫(しずく)が1滴、床にシミを作る。
「わかって……たまるか……」
　この時の和哉くんの声を、あたしは一生、忘れない。
　忘れられない。
「あいつと俺のことに、お前は関係ない。誰も俺たちの間に入ることは許さない。何も知らないくせに、軽々しく口を出すな」
　最後にそれだけ言われ、あたしはもうそれ以上何も言えなかった。
　呆然と立ち尽くし、キーボードを叩く和哉くんの姿をただ見つめる。
　先ほどから必死にパソコンでなんの資料を作っているのか、最後の最後にそれだけ気になって画面を覗いた。
　あたしの視界に映った、その画面には……。
【早見浩太・処分検討書】という文字。
　真人くんも、涼介も帰っているのに、なんの仕事が残ってるの？　って思っていたら……。
　……っ……。

必死に画面と向き合い真剣に文章を並べ、打っては消し打っては消しを繰り返している和哉くん。
　キーボードを叩く音に込められていた怒りの理由がわかって、あたしは目をそらした。
　……見て、られないっ……。
　必死に作業をする和哉くんの姿が痛々しくて切なくて、見ていられなくなったあたしは、急いで生徒会室を出た。
　ねぇ、その仕事は……いくら生徒会長でも、あんたがすることじゃないよね……？
　普通に、雪と浩太とかいうヤツと、先生を含めて話し合えばいいはずなのに、なんであんたが必死に、そんなもん作ってんのよ……。
　きっと和哉くんはこうやって、ずっと雪を守ってきたんだろう。
　陰に隠れて、雪だけを。
　……雪、ごめんね。
　あたし、何もできない。
　何か力になれたらよかったんだけどっ……あたしには、雪に何かを伝える権利はなかった。
　だって、あたしは知らない。
　誰かを想って、あんなに苦しい表情をする人を。悲痛な声を上げる人を。
　まるで、どこかの物語の登場人物みたいに、あなたたちは、許されない恋をした２人なの……？
　あたしには、２人の物語をハッピーエンドに導くことは

……できない。
　そう理解した時、こらえていた声が漏れ、あたしは久しぶりに声を上げて泣いた。
「和哉くん、そんな人間らしい顔できたんだ……」
　——こんな恋は、あんまりだ。
　誰もいない廊下は、生徒会室から漏れるキーボードを叩く音が聞こえるくらい、静寂に包まれていた。

不協和音を奏でて

『ねぇ和くん。ちゅーは、誰とでもするものなの?』

私の質問に、和くんが飲んでいたジュースを吹き出す。

『ぶっ……!! おまっ、なに言ってんの……!』

『えー……だってね、雪、見たの』

慌てた様子の和くんに、私は自分が見たものを話した。

私の言葉を聞いて、目を大きく見開いたあと、顔をしかめた和くん。

『……本当……なのか?』

『うん、さっきだよ?』

こんなに険しい表情の和くん、見たことない……。

そう思うほど、何かにひどく焦った様子の和くん。

数秒悩んだあと、私の肩を掴んで、目をじっと見つめてきた。

『雪……そのことは、絶対に誰にも言っちゃダメだ。絶対だぞ』

『どうして……?』

『どうしても、だ。これは俺と雪の秘密な?』

この時の私は理由がわからなくて、それでも、和くんと2人だけの秘密……というのがうれしくて、小指を握り合った。

和くんはきっと、もうこの頃からすべてを察して、1人狂い始めた歯車を直そうとあがいていたんだね。

「……っ……！」
　……ゆ、め……？
　目が覚めると、部屋の天井が視界に入る。
　紛れもなく自分の家で、時計を見ると午前3時だった。
　早く起きすぎちゃったな……。
　そうは思うものの、先ほどの夢が頭から離れず眠れそうにない。
　私は悪夢に頭を押さえながら、頬に一筋の雫が伝うのを感じた。

「おはよー雪！」
「おはよう楓ちゃん！」
　教室に入ると、すでに登校していた楓ちゃんと瞳ちゃんの姿。
「瞳ちゃんもおはよう！」
　そう言ってほほ笑むと、瞳ちゃんは少し無理をしているような顔で笑った。
「おはよ……雪」
　……？
「瞳ちゃん……何かあった？」
　元気がないその様子に、心配で顔を近づける。
「え、いや、そんなことないよ？」
「そう？」
「あ！　わかったぜ！　昨日涼介と何かあったんだろ？」
　冷やかすような楓ちゃんのセリフに、私は目をキラリと

光らせる。
　そういえば、昨日瞳ちゃんは北口先輩と帰るようだったから教室で別れたんだ。
　何か発展が……!?
「……っ、何もないよ。それより、昨日は涼介、先に帰っちゃってたの」
「えっ……そうなんだ……それで元気ないんだね」
　それは残念……。
　俯く私に、瞳ちゃんは「そ、そうそう……」と笑う。
「まあ落ち込むなって！　今日はさ、放課後パーッと遊びに行こーぜ!!」
「あっ……ごめんなさい、今日から1週間は合唱部のお手伝いすることになってて……」
「そういえばピアノするって言ってたね」
　私のセリフに、楓ちゃんはガッカリしたように肩を落とした。
　ちょうど予鈴のチャイムが鳴って、すでにほとんどの生徒が席についている。
　そんな中、前のほうの席にいた女の子3人組の会話が耳に入った。
「ねぇー、浩太くん来てなくない？」
「だよね？　昨日も途中からいなかったし？」
「せっかく一緒のクラスになれたのにねー」
　そういえば……。
　隣の席に、目を向ける。

そこにはまだ浩太くんの姿はなくて、なんだか罪悪感が押し寄せてきた。
　　昨日……あれからどうなったんだろう。
　　保健室から出ていった浩太くんは、和くんに言われたとおり家に帰ったらしいけど、以降の授業で姿を見ることはなかった。
　　和くん、処分は電話するって言っていたけど……。
「浩太くん……来ないのかな？」
「はぁ!?　なんであんなヤツの心配してんだよ！　来なくていっっつの！」
　　声を荒げながら言う楓ちゃんに、苦笑い。
「私のせいで、停学とかなっちゃうのかな……」
「雪、ちょっと人がよすぎるんじゃない？　何されたか忘れたの？　あんたは被害者なのよ！」
　「もっと罵声を浴びせなさい！」と、珍しく声を張る瞳ちゃんに、もう一度苦笑いを浮かべた。
　　結局、その日は浩太くんは来ないまま、1日の授業は終わった。

「起立」
　　担任の先生のかけ声に、みんなバラバラに立ち上がる。
「礼」
　　その声に、従う者は半数もいなかった。
　　ぞろぞろ帰っていく生徒たち。
　　私はその中には入らず、楓ちゃんと瞳ちゃんに手を振り

先生のもとへ駆け寄った。
「先生っ……」
「おお、白川。本当に手伝ってくれるのか！ ありがとう！」
　ピアノを手伝うという約束をしていたので、先生のもとへ来たのだけれど……。
　本当って、冗談で言ったと思われていたのかな？
「いやぁ……先生も教師生活は長いほうなんだがな、白川みたいに協力的な生徒は初めてでうれしいよ」
　合唱部の部室に向かう最中。
　先生は「ジジイで髪の毛が薄い先生の言うことなんか、みんな聞いてくれなくてなー、ははは」と、笑いながら話した。
　そうだったんだ……。
　なんだかかわいそうだな……。
「そんなことないですよ。容姿なんて関係ないですよ。私は先生のこと、優しくていい先生だって信じてます」
　私は結構、過去におじいちゃん先生にお世話になることが多かったから、先生のことは決して気持ち悪いだなんて思わない。
　担任の先生なんだし、仲よくやっていけたらいいな……と思う。
「しら、かわ……」
　私の言葉に、先生は感激極まりないといった表情を浮かべた。
「う、うれしいよ……そんなふうに言ってくれた生徒は白

川が初めてだ……」
　え、ええ……。そ、そんなに涙ぐむことかな……？
　相変わらずオーバーなリアクションを取る先生に、私は1人あたふた。
「ありがとう。今日から1週間、よろしく頼むな」
「はい！」
　笑顔でそう言った先生に、私も笑って頷いた。
「みんな！　今日から河口のいない間、伴奏者をしてくれる白川だ」
　合唱部の活動は、第二音楽室で行われているらしく、中に入ると20人ほどの生徒がいた。
　みんなの前で紹介され、頭をぺこりと下げる。
　先輩……ばっかりだろうな……。
　入学してからまだ2日しかたっていないので、きっとそのはず。
　先輩たちは私を見ながら、何やらボソボソと話し始めた。
　な、何を言われているんだろう……。
「俺、あの子知ってる……新入生代表の子だ……」
「超美人じゃん……俺、合唱部でよかった……！」
　話す声が小さすぎて、聞き取れない。
　なんだか不安になってきて、私は肩を落とした。
　すると、女の先輩が「さっそく練習始めるわよー」と言って、みんな静かになる。
　私も言われたとおりにピアノの準備をし、イスに座った。
「地区大会で歌う曲なんだけど……知ってる？」

「あ、はい。わかります」
　先輩から渡された楽譜は私も知っている曲で、何度か弾いたことがあった。
　ピアノのソロパートも多くて、何より指揮者はリードするのが大変な曲。
「タイミングは合わせるわね……」
　それなのに、気をつかってか指揮者の先輩が私にそう言ってくれた。
「あ、いえ。私は大丈夫です……！　指揮者に合わせるのが基本なので、気にしないでください」
　指揮者がピアノに合わせていたら、完全に合唱が乱れてしまう。
　大丈夫、ブランクはあるけど、私は結構ピアノに入れ込んでいたから。
　お母さんのように、なりたくて。
　そして何より……和くんに褒められたくて……。

「白川さんすごいわね……！　すっごくやりやすい！」
　試しに一度通したあと、指揮者の先輩が満面の笑みでそう言ってくれた。
　えへへ……よかった……。
「俺たちも、すごく波を作ってくれてるから感情を乗せやすいよ」
「あ、ありがとうございます……！」
　口々に褒められ、恥ずかしくなって照れ笑い。

休憩の時間に入ると、指揮者の先輩が私のもとに駆け寄ってきた。
「ピアノは、いつからやってたの？」
　そう聞かれ、笑顔で口を開く。
「あ、習いに行っていたわけではないんですけど、母がピアノの先生をしていて」
「へぇー、そうなんだ。白川さんのお母さん、きっと美人なんだろうね」
　はい、と言って頷く。
　先輩の言うとおり。
　お母さんは、すごく美しい人だった。
　芯(しん)があってたくましくて……自慢のお母さんだった。
　もう、今はいないけれど……。

　その後も練習を続け、時刻は夜の７時すぎ。
「白川、今日は本当に助かったよ」
「いえ。私も楽しかったです」
「そう言ってもらえて先生もうれしいなぁ……！　あとは先生が片づけておくから、もう帰りなさい」
「あと少しなんで、手伝わせてください」
　ぞろぞろと帰っていく生徒たち。
　私は、ピアノ付近の片づけをしていた。
　グランドピアノ……久しぶりにめいっぱい弾けて楽しかった。
　昔はよく、２人で……。

鍵盤を見ながら、いつの間にか私は思い出の曲を奏でていた。
『雪ー！　連弾しよう！』
『うん！　じゃあ雪が低音パートするね！』
『えー！　雪が高音でいいじゃん！　俺は雪をリードしたいんだよ』
　和くんはいつもそんなことを言って、私はそんな和くんに笑って……でも、和くんは小学5年生になった時、ピアノは飽きたって言い出して……。
『雪！　俺は今日からギターを弾く！』
『え？　ピアノは？』
『ピアノって女っぽいじゃん……俺はかっこよくギターをマスターするんだよ。いつか雪に、曲を作ってやる！』
　そう言って笑った和くんを思い出し、私はたまらなく泣きそうになった。
「遅くまで残らせてすまなかったな」
　片づけが終わり、部室の鍵をかける。
「いえ、それじゃあ、さようなら」
　ありがとうございましたと頭を下げ、帰ろうとした時だった。
「白川っ……！」
　先生に名前を呼ばれ、振り返る。
　……？
　振り返って見えた先生は、なぜか額に汗をかいていて、頬が赤らんでいた。

「もし、よかったら……家まで送らせてくれ。もう外も暗いし」

　……え？

　たしかに暗いけど、そこまでしてもらわなくても……。

　一生徒にそんなことをしたら、保護者からクレームが来たりするんじゃないかな……？

「でも……大丈夫ですよ、近いですし」

　そう断っても先生はなぜか折れてはくれず、帰ろうとする私の腕を掴んできた。

　……っ。

　昨日の、浩太くんの顔が浮かぶ。

　……少し、男の人に対して恐怖心が芽生えてしまったのかもしれない。

　ただでさえ触られるのは苦手なのに、体中に悪寒が走った。

「いやいや、手伝いまでしてもらったんだし、このくらいさせてくれないか……！」

　はな、して……ほしい。

　先生相手にこんな感情を持つのは申し訳ないけど、本当に、気分が悪くなってきた。

　一向に引こうとしない先生に、どうしようかと途方にくれる。

「雪」

　そんな、時だった。

　たったそれだけなのに、泣きたくなる。

「和、くん……？」
　どこから現れたのか、目の前に和くんの姿。
　……いつぶりだろうか。
　名前を、呼んでくれたのは。
　……世界でいちばん愛しい人が、世界でいちばん愛しい声で。
　『どうしているの？』とか、『何してるの？』とか、聞きたいことはいっぱいあるのに、その声に名前を呼ばれた私は、魔法をかけられたように身動きがとれなくなる。
『雪』
　かたくなに呼ぼうとはしなかったのに……どうして、突然……っ……？
「遅かったね、早く帰るよ」
　和くんはそう言って、先生の手を振り払い私の手を握る。
　何年かぶりに握ったその手は、前とは比べものにならないほど大きくて……。
　言葉にできない愛しさが、溢れ出す。
　和くん。
　どうして、名前……どうして、手を握って……。
　わからない、でも、とにかく1つ言えることは……。
「う、うんっ……！」
　この時が、止まればいいのにと思った。
　一瞬、昔に戻ったのかと思った。
「先生、俺が送っていきますので、お構いなく」
　先ほどの会話を聞いていたのか、先生にそんなことを言

う和くん。
　先生は一瞬、気のせいか顔を歪めたけれど、その表情はすぐに笑顔に変わった。
「水谷……そ、そうか……」
　「こんな時間まで生徒会とは、ご苦労様だな」と、つけ足した声に少し嫌味が混ざっている気がしたのも、気のせい……？
「会長として、当然ですよ。先生たちからも期待していただいてますし」
「……そうだなぁ、お前は我が校きっての優秀な生徒だからな」
　和くん、すごいんだなぁ……！
　先生の言葉に、なんだか私がうれしくなって、笑顔で和くんの顔を見上げる。
「……どうもありがとうございます。雪、行くよ」
　突然こっちを向いた和くんと目が合い、心臓がこれでもかというくらい跳ね上がった。
　またっ……名前、呼んでくれた……っ。
　どうしよう。
　うれしくて、私はどうにかなってしまいそう。
　手を引かれるままに歩き出し、和くんについていく。
「白川っ……！　気をつけて帰るんだぞ！」
　背後から聞こえた先生の声に、私は先生の存在を忘れていたことに気づいた。
「はい、さようなら」

ごめんなさい先生っ……！
　そう思いながら、次の瞬間にはまたその存在は頭の中から消えてしまった。
　もう私の頭の中は、和くん一色に染まってしまったから。
「水谷も、気をつけてな」
　ピタリ、と、突然足を止めた和くん。
「はい。……言い忘れてましたけど、先生」
　振り返る和くんを、ただただ見つめる私。
「生徒に個人的な感情を持ったり、行動をしてはいけませんよ？　車で送るだなんて、ごもっともです。教師なら、そのくらいわかりますよね？」
　唇の動き１つすらきれいで、見逃したくなくて、ぼーっとしてしまう。
　……？　あれ？　何を、話しているの……？
「……っ、私はただっ」
「それじゃ、さようなら」
　再び歩みを始めた和くんと同時に、私もついていった。

　少し歩いて、靴箱のところまで来ると、和くんが手を離した。
　私は夢から覚めたみたいな気分になって、離された手を見つめる。
　下足に履き替えて和くんのもとに駆け寄っても、また手を握られることはなかった。
　……急に襲いかかる、寂しさ。

「か、和くん……？　どうして……」
　……来てくれたの？
　その言葉を言わなくても、意味を理解してくれたらしい和くん。
「今日だけだぞ。もう暗いから……送ってやる。会長として、生徒が危ない目に遭わないように」
　さっきの和くんはどこへ行ってしまったのか、声は冷たいトーンに戻っていて、私のほうを向こうともしない。
「待ってて……くれたの？」
　恐る恐る背中にそう声を投げかければ、やっぱり帰ってきたのは冷たい声。
「違う」
　……そうだよね……。
「たまたま生徒会室から帰る時、あの教室の前を通っただけ。そしたらお前とあの教師がいたから」
「あの、教師？」
「お前の担任の紀は、過去に生徒にセクハラして飛ばされた……って、噂がある」
「……え？」
　和くんの言葉に、驚いて目を見開く。
　あの、先生が……？
　そんなふうには見えなかったせいか、頭の中は少しだけパニック状態に近かった。
　噂話は、あんまり信用したくない。
　でも、和くんは憶測で話すような人ではないし、ちゃん

と理由がなければ、そういうものを信用しない人だ。
　だから、和くんの言うことは信じている。
「で、でも……噂だよね？」
　ただ、どうしてそんなふうに言うのか、気になった。
「……噂でもなんでも、合唱部の手伝いなんてやめろ。部内の問題は部内でどうにかするべきだ。それを関係ない生徒で埋めようなんて、だからあの教師はバカにされるんだ」
　和くんのセリフに、先生のことなんて頭の中から飛んでいってしまった。
　……え？
　合唱部の手伝い……って……。
「和くん……どうして私が合唱部を手伝うこと、知ってるの……？」
　なんで……？
　和くんが、知るはずないのに。
　同じクラスでもないんだから。
　……どうして知っているの……？
　"しまった"という表情をする和くんに、１つの仮説が浮かぶ。
　……まさか、
「もしかして、心配して……待っててくれたの？」
　可能性は、ゼロに近いけれど。
　だって、和くんは私が嫌いだから、そんなことをする理由がない。
　でも、もしかして……。

私が合唱部の手伝いをするのを知っていて、終わるまで……こんな時間まで、待っていてくれた……の？
　自惚れすぎだと思いながらも、ほんの少しの可能性に賭けたい私がいた。
「違う」
　本当、に？
　なら、どうして和くんはそんな……バツが悪そうな顔をするの？
「じゃあ、どうし……」
「とにかく、手伝いはやめろ」
　理由を聞こうとした私の声は、イラついた和くんの声に遮られた。
「わかったか？」
　もう私には何も言わせまいと、追い打ちをかけてくる和くん。
　その声は、和くんのものかと疑うほど低くて……。
　一瞬、萎縮した私だったけれど、すぐに反論した。
「でも、一度引き受けたのに、そんな無責任なことっ……」
「ダメだ」
　和くん……？
　またしても、言う前に遮られてしまうセリフ。
　私が協力しますって言ったんだもん。
　やっぱりできませんなんて、そんなの無責任だよ……。
　和くんの言うことは聞きたいけれど、私にもポリシーがあって……。

第2章 絡まる赤い糸

「1週間、だけだよ？」
　そう言って見上げれば、和くんがイラだったように私と視線を交わせた。
「お前な……ただでさえこのあたりは治安が悪いって話しただろーが。毎日こんな夜遅くに帰って、何かあったらどうする!?」
「そ、れは……」
　何も言い返すことができず、黙り込む。
　和くんは……心配してくれているの？
　きっと、それは一生徒としてしてくれているんだろうけど……でも、心配してくれるのは素直にうれしい。
　けど、やっぱり……。
　諦めの悪い私は、もう一度口を開いた。
「でもね……」
「紀には俺から話す。だからダメだ」
　やっぱり、言わせてくれないよね……。
　もう、諦めよう。
　和くんがここまで言うんだもん……。
「……うん、和くんがそう言うなら、わかった……」
　続けて「駄々をこねてごめんなさい」と謝れば、和くんは切なそうに顔を歪める。
「……っ、わかったならいい」
　その表情の理由が、やっぱり私にはわからない。

「そういえば、ね……和くん」

もうすぐ家につく……という時、私はあることを思い出した。
「浩太くんは……どうなったの？」
　それを、聞こうと思っていたんだった……。
　昨日の事件後に何があったのか、私は当事者だから教えてもらえないのかな……？
　じーっと見つめれば、またしてもイラだった表情に変わった和くん。
　見るからにイライラしていて、私のほうを見ず吐き捨てるように言った。
「……あんなヤツのことが、気になるのか？」
　気になるのか、って……。
「浩太くんが気になるんじゃなくて、私も……当事者だから……」
　どこか嫌味が混ざっているような和くんのセリフに、落ちついた声色で返す。
「あいつは、今は停学中だ。とりあえず、４日間」
　停学……。
　あまり重くない処分に、ホッと心の中で息を吐く。
　でも、次に和くんから出てきた言葉に、私は驚きを隠せなかった。
「お前が望むなら、退学処分にしてやる」
「退学って……そんな……！」
　開いた口が、塞がらない。
「何をされそうになったのか忘れたのか？　お前は。襲わ

れそうになったんだぞ？」
　私……結果的には何もされてないのに、そんなに重い処分はいくらなんでもっ……。
「未遂とはいえ強姦なんて、退学になって当たり前だろう」
　私の考えを見透かしたように、吐き捨てた和くん。
　その横顔に、必死に訴えかけた。
「わ、私そんなの望んでないよっ……！　退学になんてしなくていいよっ……！」
　まだ、高校に入学したばかりだよ？
　浩太くんにだって、人生がある。
　私がそれを、潰すわけにはいかない……。
　そう思いながら、心のどこかでは自分を守りたいだけなのではないかと思う。
　人に恨まれるのは、怖い。
　これ以上、誰かに恨まれたくないだけかもしれない。
「……好きにでもなったか？　あいつのこと」
　まるでゴミでも見るような目で私を見る和くんに、胸が張り裂けそうになる。
　和くん、私……言ったよね？
　伝わらなかった……のかな、和くんへの気持ちが。
「違うよ……私は……和くんが好きって何度も言ってるでしょうっ……？」
　和くんにとっては、私の気持ちは鬱陶しいだけ。
　それ以外の何物でもない。
　わかっているけれど、でも和くんだけには誤解されたく

ない。
「そうじゃなくって、人の人生を狂わせたくないの……」
　和くんしか、好きじゃない。
　和くんは、私だけは無理って言ったけど……。
　……私は、和くんじゃないと無理だよっ……。
「お前は悪くない、あいつがそうなって当然の行動をしたんだ」
「でもっ……嫌だよ」
　和くんなら、わかってくれるよね……？
「私……これ以上、人の人生を狂わせたくない……」
「……っ」
　あなただって、私の被害者なんだから。
「怖い、よ……」
　自分が疫病神みたいな気がして、たまらない。
　和くんも、そう思っているかもしれない。
「だから……退学にしないで、お願い……」
　私の言葉に返事をしないまま、和くんが足を止めた。
　ゆっくりとこちらを向き、私と目を合わせる。
「ついたぞ」
　いつの間にか家の前についていて、和くんは「じゃあ」とだけ言って帰ってしまおうとする。
　浩太くんの話……終わって、ないのに……。
「うん……ありがとう」
　きっと、今は何を言っても聞いてくれない気がした。
　私のバカさ加減に呆れているのかもしれない。

おぼつかない足取りで家に入り、そのまま廊下に座り込む。
　ただぼーっと座り込み、何も考えたくなくて目をつむった。
　ねぇ、和くん……。
「お前は……何も悪くないよ」
　知るはずがないじゃない。
　あなたが……夜空を見つめながら、そんなことを呟いていたなんて。
　私たちはいったい、どこですれ違って、どこで道を踏み間違えたんだろうね。
　修正なんて、もうできないところまで来てしまった私たちは、この背徳の愛を背負いながら、涙を流すことしかできなくなっていた。

足音は2つ

　この愛に、終わりはあるのだろうか。

　もしそう尋ねられたら、私は迷いなく『ない』と即答するだろう。

　和くん。あなたへの気持ちはね、日々、増していくばかりだよ。

　でもね、安心して。

　この愛の先に、待つものは何もないと、私はわかっているから……。

　あれから、4日たった。

　和くんには避けられているらしく、その間、一度も会っていない。

　この学校では、1年生は6限までで、2年生から7限授業になるため、帰りも会うことはなかなかない。

　昨日、瞳ちゃんが北口先輩と遊ぶというので北口先輩とは会ったものの、和くんの姿は見当たらなかった。

　北口先輩に和くんのことを聞けば、生徒会が忙しいから1週間ほどとくに遅くなるらしい。

　和くん、生徒会長を頑張っているんだなぁ……。

　楓ちゃんや瞳ちゃんから、和くんは中学の時も会長をしていたと聞いた。

　成績はつねにトップで、先生からの期待も厚く、生徒た

ちから尊敬されていた……って。
 和くんのことを褒められると、なんだか自分のことのようにうれしい。
 昔は和くん、やんちゃなところも多くて会長なんてする人じゃなかったけど、大人になったんだなぁと感じる。
 ……なんて、こんなこと私が思っているって知ったら、和くん嫌がるだろうな……。
 ちなみに、合唱部のお手伝いの件で後日先生に謝ると、
『水谷が代わりの人を用意してくれるらしくてな、気にしなくていいからな』
 と笑って許してくれた。
 和くんが、代理の人を見つけてくれたらしい。

 朝、登校すると隣の席に人影が。
 ……あ、そうだ。
 和くんが、4日間停学だと言っていた。
 今日で……明けたのかな。
 和くん……退学にしないでって言ったの、聞いてくれたのかもしれない……。
 単純に、退学にするほどの問題ではなかったとも言えるけれど、和くんが抗議してくれたのかと思うと、うれしくて頬が緩む。
 恐る恐る自分の席につくと、浩太くんが私に気づいて気まずそうな顔をした。
 私も、少し体が強張るのを感じる。

押し倒された時のことを思い出し、記憶をかき消すように首を左右に振った。
　ゆっくりと、口を開いた浩太くん。
「ゆ……じゃなくて、白川……さん」
　……？　今、雪って言おうとした？
　どうして、言い直したんだろう……？
　不思議に思いながらもとくに気にも留めず、私は精いっぱいの笑みを浮かべる。
「浩太くん……おはよう」
「おは、よう……」
　……よし、ひとまず挨拶はできた。
　まだ楓ちゃんも瞳ちゃんも来ておらず……というより、教室には私と浩太くん含め3人しか来ていない。
　今日は少し、早く来すぎてしまったかな……。
　もう1人は、とっても真面目そうな男の子で、私たちを気にも留めず本を読んでいる。
「あのっ……白川さん」
「は、はい……？」
　かしこまったように私のほうを向き、真剣な顔をする浩太くん。
「この前は……ごめんなさい！」
　頭を下げて謝ってきて、私は思わず首を横に振った。
「そ、そんな、あの、何もなかったんだし、そんなに謝らないで……ね？」
　たしかに、すごく怖かったし、あの時の姿がフラッシュ

バックすることもあった。
　でも、いつまでも引きずるつもりもない。
　こういうことは……結構、過去に何度かあったから。
　慣れたからといって、嫌なものは嫌だけど、同じクラスで、しかも隣の席。
　いつまでも、怖がってちゃいけない。
「でも、白川さんが、俺のこと許してくれって頼んでくれたんだよね……？」
「……え？」
　何、それ……？
「えっと……誰に聞いたの……？」
　私のセリフに、浩太くんは何かを思い出したようなリアクションをしてから、言いにくそうな顔をした。
「いやっ……ごめん、なんでもない……！」
　なんでもなく、ないでしょう……っ？
　絶対、何かあった。
　浩太くんは、誰かに何かを言われている。
　しかも、その誰かは1人しかいない。
「お願い、教えて……？」
　だって、私が許してって頼んだのは……。
　——1人しか、いないもの。
「ごめん……口止めされてるっていうか……俺、今度こそどうにかされるかもしれないから」
「お願い……これ以上は聞かないで！」とつけ足し、顔の前で手を合わせた浩太くん。

——和くん、だ。

　和くんと浩太くんは、何を話したの？

　口止めされているって……何？

　ねぇ、何っ……？

「ちょっ……白川さん!!」

　私はその場から立ち上がり、教室から出て走ってある場所を探す。

　どこ……生徒会室……？

　きっと、和くんはそこにいるんじゃないかと思った。

　確信も何もないけれど、最近忙しくてこもっているって北口先輩が言ってたから……。

　でも、私は肝心の生徒会室の場所を知らない。

　まだ入学して日もたっていないし、とりあえず探そう。

　それらしき教室の札を見ては、違う文字に肩を落とす。

「雪一？　何してんの？」

　あ、楓ちゃんたちっ……！

　ちょうど階段を降りている時、背後から聞こえた声に振り返ると、そこには今登校してきたらしい楓ちゃんと瞳ちゃんの姿が。

　2人なら……知っているかな？

「どうしたの？　そんな慌てて……」

「あのね、生徒会室知らないっ……？」

　どうやら、2人は知っている様子。

「おー、知ってるけど。えーっとな……4階のいちばん端。こっちからだから……右の方向に行ったらあるぜ！」

4階の……右端?

　……な、んで……?

　おかしい、それじゃあ……この前に言っていたことと合わない。

「雪……?　どうかしたの?」

　呆然とする私に、心配しているような瞳ちゃんの声。

「帰りに、たまたまって……」

　……和くん、この前、音楽室前で先生と一緒にいる時、どうしているのって聞いたら……言ったよ、ね?

『たまたま生徒会室から帰る時、あの教室の前を通っただけ。そしたらお前とあの教師がいたから』

　たまたまって……何っ……?

　第二音楽室と生徒会室、真逆、だよっ……?

　だから、一向に見つからなかったわけだ、生徒会室が。

　頭の中が、ひどい混乱状態に陥って訳がわからなくなる。

「おーい、雪!　どーした?」

「この、前……」

　おぼつかない口調で、一言一言発する。

「合唱部の、手伝いに行った日あるでしょ……?」

「おー、あったな」

「その日の放課後、和くんが音楽室まで来てくれたの……生徒会の帰りに通っただけって言って……」

　私の言葉に、楓ちゃんは「あ!　そういや……」と声を上げた。

「たしかあの日さー、帰り涼介くんと真人と和哉くんに会っ

たんだよ！　んで、みんなで帰ろーぜって言ったんだけど、和哉くんが『昨日の子は？』って聞いてきて……」
「……」
「雪のことだと思ったから、今日から合唱部のピアノ手伝うらしいっすよー！　つったら、和哉くん血相変えてどっか行ったんだよなー」
　……え？
「ちょっと楓……！　余計なこと言わないの！」
　今まで黙っていた瞳ちゃんが、焦ったように楓ちゃんの口を押さえる。
「んぐっ……こらっ、離せっ！　瞳こんにゃろっ……！」
「私……行ってくるっ……！」
　戯れ合っている2人を置いて、走り出した。

　和くん、和くん、和……くんっ……！
　訳が、わからないよ……。
　どうして、なのっ……？
　あの時、違うって言ったのに。
『待っていてくれたの』って聞いた私に、『勘違いすんな』ってっ……。
『ごめん……口止めされてるっていうか……』
　——浩太くんに……何を言ったの？
『今日から合唱部のピアノ手伝うらしいっすよー！　つったら、和哉くん血相変えてどっか行ったんだよなー』
　——やっぱり、手伝うことを知っていて来てくれたの？

『お前の担任の紀は、過去に生徒にセクハラして飛ばされた……って、噂がある』
『……噂でもなんでも、合唱部の手伝いなんてやめろ』
　――心配して、あんな時間まで待っていてくれたの？
　もし、本当にそうだとしたら。
　和くんは、いったい私をどう思っているの？
　本当に……心の底から、嫌い？
　それとも……。
　――バタンッ!!
　まだ、私にはチャンスがあるって思っても……いい？

「失礼、します……」
　乱れる息を整えながら、生徒会室に入る。
　けれど、そこに探していた人の姿は見当たらなかった。
　……あれ……？　いない……？
「あっれー？　雪ちゃんじゃん！」
　後ろから聞こえた声にびっくりして振り返ると、視界に入ったのは瀧川先輩の姿。
　あ、そういえば副会長さんって……。
「あ、あの……勝手に入ってすみません……！　和……水谷先輩、いらっしゃいますか？」
　水谷先輩……なんて変な感じ。
　自分で言っていて違和感がひどくて、髪をサッと弄る。
「あー、和哉？　もうすぐ来るんじゃない……？」
　そう言った瀧川先輩が、一瞬、目を泳がせた気がした。

まだ、来てないのか……。
「それよりさー、雪ちゃん」
　肩を落とした私に、瀧川先輩がニコッと笑う。
「和哉が来るまで俺と話そうよ」
　……あ、忘れていた。
「え、あの……」
　私、申し訳ないけど瀧川先輩って苦手なんだった……。
　なんとも言えない軽い雰囲気の目の前の男性に、若干の拒絶反応が起きる。
　そんな私に気づいてか否か、瀧川先輩は一方的に話を始めた。
「つーかさ、雪ちゃんって和哉が好きなの？」
「え、ええっ……！」
　思わず、そんな情けない声が出る。
　こ、この人……鋭い……？
　どうして気づかれたのか、私がわかりやすいのかそれともこの人が敏感なのか……。
「図星？　あは、わっかりやすー」
　瀧川先輩は、そう言ってからかうように笑う。
「でもさ、和哉は相手にしてくんないっしょ？　あいつ誰にでもそうなんだよー」
　和くんが……誰にでも……？
「今までもさ、ミスコンの優勝者とか校内だけじゃなく他校のかわいい子にもきれいな子にも告られてたけど、バッサリとフッてたし」

そう、なんだ……。

少し安心してしまった私はなんて性格が悪いんだろう。

私だってフラれた1人なのに、とんだ性悪女だな……。

「あいつ女に興味ないんじゃない？ だから、和哉はやめときなって」

「そう、言われても……」

「……で、俺なんてどう？」

勝手に進める瀧川先輩に流されるまま、話はそんな方向へと進む。

か、軽いっ……！

初めて会った時もそう思ったけど、改めて確信した。

「俺、一応副会長やってるし、成績いいし、スポーツも人並みにできちゃうよ？ ね？ 和哉みたいに冷めてないし、彼女にはすっげー優しくするし」

「あ、あの……」

「だから、付き合おうよ。俺、雪ちゃんのこと好きになっちゃった」

好きに、なっちゃったって……。

断る隙も与えてくれない瀧川先輩に、たじろぐ私。

好きって、そんなに軽いものじゃない。

この人はきっと、本当に人を好きになったことがないのかな……。

私の価値観を押しつけるのは間違っているかもしれないけど……好きって言葉は、そんなに簡単に言えるものではない、と思う。

知りたくはなかったけど、私は知ってしまった。
　言うたびに、切なくなって胸が苦しくてたまらなくって……好きって、そういうもの、だと思う。
　……って言っても、これが正解だって断言できることではないよね。
　感情は、想いは、人それぞれかぁ……。
　私だって、えらそうに言えるほど、大人じゃないから……。
　……とりあえず、丁重にお断りしよう。
　そう思い、口を開く。
「わ、私は……」
「おい」
　すると、生徒会室の奥から愛しい声が聞こえた。
　……和、くん……？
　どうして、いるの……？
　瀧川先輩、いないって言ったのに……っ。
　瀧川先輩を見つめ目で訴えれば、『ごめんね』とでも言うかのように困った顔をされた。
「雪ちゃんと話がしたくってさっ」
　騙された……。
　お茶目にそう言う瀧川先輩は、全然かわいくない。
「いい加減にしろよ」
「うわ、こっわー」
　何かに対して怒っているのか、瀧川先輩を睨みつける和くん。

瀧川先輩は冗談めかした反応をしながら、余裕の態度。
「お前のそういう告白を聞いたの、20回目」
「それは言いすぎだろ？」
　20回……ひどい。
　瀧川先輩は「あはは」と笑いながらも、きちんと否定をするわけではなかったので、あながち間違ってはいないらしい。
　……瀧川先輩の話はそこまでにしておいて、私は、和くんに会いに来たんだ。
　話があって来たんだ……。
「和、くん……あのね……」
「部外者は入るな。ここは生徒会室だ」
　口を開いてすぐ、彼の声によって止められる。
「……え、和哉？　何、マジでこえーんだけど」
　どうやら相当怒っているのか、瀧川先輩でさえ本気で焦っている様子。
「お前は黙ってろ。早く出ていけ」
「いやいや、ちょっと雪ちゃんに対して態度冷たくない？　お前いつもの王子様スマイルはどこ行ったよ」
　側から見ても、そう思うんだろうか。
　やっぱり、和くんは私にだけ冷たいんだ。
　それを、今までは嫌われているからだと思っていた。
　そう思えば、すべての辻褄が合うから。
　嫌いだから冷たくする、当たり前のこと。
　でも……それを、確認しに来たの。

「少しだけっ……話したいことがあるの……！」
　和くんは、本当に私が嫌い……？
　どうしても……私は、無理っ……？
「俺はない。お前に付き合ってる時間もない。わかったら出ていけ」
　これほど冷たくするくせに、どうしていつも助けてくれるの？
　私のために……動いてくれていたの？
「待って、あの……」
「早く出ていけって言ってるだろ！」
　話をしたいのに、話どころではない様子。
　和くんは心底鬱陶しそうにそう叫び、私を睨みつけた。
　私と和くんの間の不穏を感じ取ったのか、間に入る瀧川先輩。
「……おいおい、お前どうした……？」
　瀧川先輩の前の和くんと、私の前の和くんはそれほど態度が違うのか、和くんを見つめる瀧川先輩の目は、まるで『お前は誰だ？』と訴えていた。
　どうすれば……聞いて、くれるの？
　話ができないなら……私、どうしたらいい？
　聞きたいことがいっぱいあるのに、わからないことだらけなのに、全部、知りたいのにっ……。
「とりあえず、雪ちゃん今日は教室に戻んな。入学したばっかで道がわかんなかったら、俺が案内しよーか？」
　私の背中に手を添え、心配そうに顔を覗き込んできた瀧

川先輩。
　その優しさにお礼を言いたいのに、大丈夫ですって言いたいのに、今にも泣きそうな顔を上げられなかった。
「真人、教室くらいわかるに決まってるだろう。お前は仕事しろ」
　どこまでも私に冷たい、和くんの言葉。
「あー……はいはい、雪ちゃん大丈夫？」
「は、い……ありがとうございます」
　そう言うのが精いっぱいで、私は下唇をギュッと噛みしめドアに向かって足を進める。
「じゃあね、雪ちゃん」
　ドアを閉め、生徒会室を出る直前に聞こえたのは、瀧川先輩の声。
　バタン……という音を立て、閉まる扉。
　……私、ここに何しに来たんだっけ……？
　和くんと……話しに来たんじゃ……なかったっけ……？
「やっぱり……嫌われてるだけ、だよね……」
　少しでも、期待した私がバカだった。
　もしかしたら和くんはまだ心のどこかで、私のことを妹みたいに思ってくれているんじゃ……って、淡い光を追いかけようとした私は……。
「……好、きっ……」
　ただ、それだけなのに。
　少しの期待にすがりたいほど、ただただ和くんが好き。
　ほら、好きって言うだけで、こんなにも胸が痛い。

心臓が潰れちゃうんじゃないかってくらい。
　和くんは……こんなふうに、誰かを想ったことはあるのかな……？
　将来、いつかこんなふうに、和くんは誰かを想うのだろうか。
　その隣が……私の可能性は……？
「……っ……ありえない、か……」
　掠れた笑いとともに、こぼれた透明の雫。
　そう、私はどこかで気づいている。
　高校まで和くんを追いかけてきながら、薄々この恋の結末に気づいているんだ。
　諦めない……なんて言いながら、和くんが私を好きになってくれる可能性を考えると、"無"以外に浮かばない。
　そう。
　——この恋に、ハッピーエンドはありえない。

過ち

【浩太side】
　これは、今日の朝の出来事だ。
　──ほんの出来心だった。
　同じクラスに、驚くほどの美少女がいたから……。
　名前は、白川雪。
　まるで白雪姫みたいで、美しいという言葉がぴったり似合う子。
　一目見て、体に電流が走ったみたいになった。
　好きなのかはわからないけど、付き合いたいって思う。
　こんな子が彼女だったら自慢だろうな……って思うし。
　俺は、中学の頃からモテた。
　学年でもずっと、誰よりも女の子たちに騒がれていたと思う。
　だから、今まで落とせなかった女の子はいないし、今回も大丈夫だろうって……。
　わざとぶつかって転ばせて、口実を作って保健室に連れ込んで、押し倒した。
　彼女は俺を必死に拒んで、しかも泣き出すもんだから、まあそりゃ傷ついたよね。
　でも、拒否されると逆に燃えるっつーか……。
　最後までやってしまおうか、とすら考えていた時、保健室の扉が開き、1人の男が入ってきた。

そいつはずいぶん整った顔をしていて、最初は落ちついた様子で俺に話しかけてきた。
　宥めるように、諭すように。
　でも、それは一変した。
　ものすごい形相で俺を睨みつけ、罵声を浴びせてきた。
　生徒会長だなんて脅すみたいに権力を振りかざして、生徒を守るのが当然みたいなこと言いながら。
　でも、俺は気づいていたんだ。
　俺を睨むその瞳に"嫉妬"が交じっていたことを——。

「失礼します」
　謹慎期間が明け、学校へ行った朝。
　まずは生徒指導室に呼び出され、教師たちに怒られた。
　次に校長室へ行って、校長の長い話を聞かされた。
　そして最後に、生徒会室に足を向けた。
　ノックもせず、中に入る。
　……ち。つーか、なんで生徒会室なんて来なきゃいけねーわけ？
　同じ生徒だろ、会長様はこういう事件があるたび、首突っ込んでるんですか？
　心の中でそんなことを思いながら、だけど口には出せるわけもなく。
「謹慎明け、おめでとう」
　胡散くさすぎる笑顔でそう言ったのは、ご立派なソファに座ったままの生徒会長様。

『おめでとう』なんて思ってねーだろ、その顔……。
「……なんの用ですか？」
　ダルそうにそう言えば、相変わらずニコッと作り物みたいな笑顔で笑う目の前の男。
「白川さんのことで、忠告しとこうと思ってね」
「あっは、会長、雪ちゃんのことでも好きなんですか？　そりゃあ悪いことしちゃったなー、未遂とはいえ、ごめんなさいね？」
　この胡散くさい笑顔を崩したい。
　そう思った。
　挑発的な俺の態度にも、変わらない笑顔。
「本当、頭が悪い人の考えは読めないね。どう考えたらそんな結論に至るのか」
「……っ!?」
「ほんと、単純。……ははっ、おかしい」
　本当におかしそうに笑う会長に、頭にきて手を出そうとした。
　でも、すぐにやめた。
　いや、違う……動けなくなったんだ。
　笑っているのに笑っていないこいつの目が、あまりにも恐ろしくて。
　なんだ、こいつ……ムカつく……っ……！
「違うならいいんですよ。心置きなく狙えるんで。雪ちゃんかわいいし、付き合うことになったら報告しますね」
　挑発半分、本気半分。

あんなにかわいい子は他にいないから、もちろんこれからもアタックする。
　さすがに無理やりどうこうはもうしないけど……。
「あー、そうそう。そのことで呼び出したんだよ、君を」
　ヤツはやっぱり表情１つ変えず、歩み寄ってきた。
　な、んだよ……。
　笑顔の奥に黒い影が潜んでいるような気がして、自然とあとずさる。
　なぜかヤツからは威圧するような雰囲気が垂れ流されていて、遂に背後が壁になった。
　ピタッと壁にくっついた背中。
　ひんやりと冷たいはずの壁が、なぜかそれほど冷たく感じなかったのは、きっと俺の体温自体が低くなっていたからかもしれない。
　それは、一瞬だった。
　抵抗する暇も与えられず、首を掴まれ倒される。
　呆気なく地べたに倒れた俺は、顔を歪めながらヤツを見上げた。
　俺に跨るヤツの顔は、今まで見たものの中で、いちばんと言っても過言ではないほど恐怖を煽る表情で……。
「今後いっさい、白川雪には関わるな」
　その表情から放たれた声は、保健室で聞いた声よりも低かった。
「……っ……」
　思わず、唾を飲み込む。

会長は俺に、ゴミでも見るような視線を向けてくる。
「本当は、退学にしてやろうと思ってたんだ。でも、あいつは優しいから、それはやめてくれって言ってきた」
　あいつ……とは、雪ちゃんのことだろう。
　……なんで？　俺、襲おうとしたのに……？
　彼女は、お人好しなんだろうか。
　突然、罪悪感に襲われる。
「お前がこの高校にこれからも通えるのは、あいつのお陰だ。忘れるな」
　たしかに、会長の言うことは一理ある。
　現に俺は停学４日で済んだし、クラスメートから心配のメールが届いたが、雪ちゃんのことを知っているヤツは１人もいないようだった。
　きっと、雪ちゃんは言いふらしていないんだ。
　普通、女の子ってそういう話題が大好きだから、みんなに知れているもんだと覚悟していたのに……。
　彼女には、感謝しなければいけない。
　でも……。
「はっ、あんたにそんなこと言われる筋合いねー……」
　それを、どうしてお前なんかに言われなきゃいけないんだよっ……！
　腹が立ってそう言えば、ヤツの表情が変わる。
　まさに、鬼の形相だった。
「……もう１回言ってみろ」
　胸ぐらを掴まれ、至近距離にある顔。

今にも殺されるんじゃないかとさえ思えて、俺は恐怖に身を震わせた。
　なんだ、こいつは。
　俺……そこまで怒ること言った……？
　つーか、こいつ雪ちゃんのなんなの、彼氏……？
　……いや、そんな雰囲気ではなかった。
　でも、1つだけ言いきれることがある。
「俺はいつでも、お前を退学にできる。今度、白川雪に何かしてみろ……。高校はもちろん、この街から追い出してやる」
　──この男は、雪ちゃんが好きだ。
　それも、相当。
　重症な惚れ具合。
　だって、同じ男だからわかるけど、気もない女にここまでしない。
　生徒会長だなんだと言い繕って、本心は1人の男として話しているじゃないか。
　なんだよ……追い出すって……。
　……なんで1人の女にそこまでできんの……？
　同じ男でも、そこだけは理解できない。
　俺にはそこまでできる感情なんて、わからない。
「なんなのあんた……生徒会長だからって、一生徒ごときが生徒を退学になんて──」
「できるよ」
　脅しか……？　と思ったが、どうやらこの男は相当イカ

れているらしい。
「あいつに何かするヤツがいれば、生徒だろうが教師だろうが、俺が追い出してやる」
　……本気、だ。
　どうやら俺は、危ない女に手を出してしまったらしい。
　バックにこんな男がついているなんて、知らなかった。
　怖い。
　目の前の男に、そう思ったことを認める。
　完全に怯えきっているのだろう、自分でも情けない顔をしているとわかる。
　そんな俺にもう構うことはないと察したのか、会長は立ち上がって俺からどいた。
「あ、それと……」
　そして、もともと座っていたソファに戻ろうとしたところで、ふと何かを思い出したように振り返り、もう一度、俺を見つめてくる。
「雪のこと、名前で呼ぶな。あと、俺と話した会話はいっさい雪に告げ口しないこと。もし言えば……、わかるよな？」
　……は？
　ますます、意味がわからない。
「は、い……」
　でも、もう抵抗する度胸も残っていない俺は、ただそう言うしかなかった。
「それじゃあ早見くん。今後同じ過ちを繰り返さないよう、

真っ当に高校生活を送ってね」
　胡散くさすぎる笑みを浮かべ、もう俺には用はないといった様子の会長。
　震える足を必死に動かし、急いで生徒会室を出た。

　……な、んだったんだ、あいつ……。
　異常な脅しをかけられ、もう俺には彼女への興味はなくなっていた。
　というより、あんなのを相手にしたら……俺なんかどうにかされてしまう。
　あの顔、あの目、あの表情……、思い出すだけで顔が引きつる。
　そして、最後に言った言葉……。
『俺と話した会話はいっさい雪に告げ口しないこと』
　……あの時、一瞬だけ見せた切なそうな表情が、脳裏に焼きついて離れない。
　1人の女を想って……あんな表情ができるものか。
　きっと、俺にはできない。
　だってあんな顔は……。
『愛しくてたまらなくてどうしようもない』って……叫んでいるようだった。
「俺……手ぇ出しちゃいけない子に手ぇ出しちゃった？」
　やっと気づいた己の過ちに、初めて……会長に対しての罪悪感が芽生えた。

彼と彼の友達と

　和くんから突き放されて教室へ戻ると、心配そうな表情をした楓ちゃんと瞳ちゃんに迎えられた。
「雪！　急に走ってくから心配したぞ！」
　ごめんね……！　と笑顔で謝って、適当に理由をつけて誤魔化した。
　本当にごめんね２人とも……でも、心配かけたくないの。
　２人は優しいから、同じように悩んで考えてくれると思う。
　だから、２人の前では笑顔でいたい。
　大好きだから……。
「し、白川さんっ……！」
　隣の席から名前を呼ばれ、振り向けば焦った様子の浩太くんの姿。
　……？
　不思議に思って首をかしげた私に、言いづらそうな雰囲気を放っていた。
「あ、あのさ……」
「どうしたの？」
「生徒会長に……俺から何か聞いたって言ってない……よね……？」
　……そういえば……浩太くんは和くんから何か口止めされているんだった。

「言ってないよ」と伝えれば、安心したように息を吐いた浩太くん。
　……まだ、言ってないだけだけど……。
　ごめんね、浩太くん。
　その約束は守れないかもしれない……。
　心の中で謝りながら、私は２人に視線を戻した。
　すると、楓ちゃんと瞳ちゃんがゴミでも見るような目で浩太くんを睨んでいた。
　ふ、２人……とも？
「何ノコノコ登校してきてんのよね」
「次なんかやったらぶっ殺してやる……！」
　あはは……。
　心配してくれている２人に、苦笑いしか返せなかった。

「雪ちゃんいる？」
　お昼休み。
　３人で、お弁当を食べていた時だった。
「ゲッ、真人」
　教室の入り口にいる、私を探す瀧川先輩に気づき、楓ちゃんがうざったそうな顔をする。
　瀧川……先輩？
「はい……！」
　なんだろう……？
　箸を置いて立ち上がり、先輩のもとへ。
　私を見つけた瀧川先輩は、笑顔を浮かべた。

「あー、いた! いや……あのさ、んー……なんつーかちょっと心配で……」
　心……配?
　もしかして……朝のことかな?
「今日和哉に言われたこと、気にしなくてぃーよ? なんかあいつ様子変だったしさ」
　わざわざそれを言いに来てくれるなんて、いい人だなぁ……と思いながら、お礼を言う。
「また放課後以外に生徒会室においでよ。基本、和哉ずっといるしさ」
　瀧川先輩の言葉に、1つの疑問が浮かび上がった。
　放課後……以外?
「……放課後は、いないんですか?」
　おかしく……ないかな?
　だって、北口先輩が最近は忙しくて生徒会室にこもっているって……言っていたのに。
　いちばん時間の作れる放課後にいないなんて、何か用事でもあるのかな?
　不思議に思った私に返ってきたのは、耳を疑うような言葉だった。
「そうそう、ここんとこ放課後はいないんだよね。なんか合唱部の手伝いがあるんだってさ」
「合唱、部……?」
　……待って。どういう……こと?
「それって……ピアノ……ですか?」

……え？　……っ。
　本当に……どういう……ことっ……？
　一瞬、息をするのも忘れてしまった。
　頭がフリーズするとはまさにこのことだろう。
　和くんが……合唱部の手伝い？
　え、だって……だって和くんが、代わりの人を見つけてくれた……んでしょう？
　……まさか。
「あ！　そうそう！　ピアノの子が休んでて代わりに……とか言ってたわ。あいつなんでもできるんだよね？」
　……和くん自身が、手伝いに行ってくれているの？
　……っ、どうして……！
　どうして、そこまで……。
　私が一生徒だから？
　生徒会長として？
　わからないことが多すぎて、矛盾だらけの和くんの行動に、どう考えても答えが出ない。
「知って……ます」
　本当に、手伝いに行ってくれているのかはわからないけど……。
　もし、本当なら……。
「和くんがなんでもできるの……知ってますっ……」
　私は、どうすればいい……の？
「え？　ちょっ……雪ちゃん!?　大丈夫!?　えっと……場所、移動しよっか？」

知らない間に涙がポロポロと流れ出し、床に落ちていく。
　瀧川先輩は驚いて、心配したように顔を覗き込んできた。
「大丈夫……です。心配してくれてありがとうございました」
　私ってば……いい加減すぐ泣くのやめなきゃ。
　みんな困るよ、泣かれたら……。
「え、でも──」
「また、改めて話しに行きます、和くんに」
　必死に涙をこらえ、目をゴシゴシ擦る。
　頑張って作った笑顔を向ければ、瀧川先輩が突然、真剣な表情をした。
「雪ちゃんって……本気で和哉が好きなんだね？」
　さっきよりも、声のトーンが低くなった気がする。
「……はい」
　私はそれだけ返事をし、気恥ずかしくて俯いた。
「あんなにひどい態度をとられてもめげないなんて、健気だね～」
　……そんなこと、ない。
　ただ諦めが悪いだけで、和くんにとったらとんだ迷惑な人でしかないんだから。
　反応の仕方がわからなくて黙り込んだ私に、瀧川先輩は突然、距離を縮めてくる。
　耳元に唇が近づいて、思わずビクッと震えた。
「俺、そういう子を振り向かせるの……大好き」
　どことなく甘い声で囁かれたフレーズ。

「……え？」
「ううん、なんでもないよー？　それじゃあね、頑張って！」
　聞き返せば、瀧川先輩はいつものおちゃらけた笑顔で笑いながら、手を振り歩き始めた。
　……なん、だったんだろう。
　瀧川先輩は……不思議な人だ。
　それにしても……合唱、部。
　確かめに……行こう。
　そう決意し、手をギュッと握りしめた私。
　この時は、まだ知る由もなかったんだ。
　和くんがどうしても、私を担任の先生から遠ざけたかった理由を——。

第3章
犠牲の上の幸せ

　その小さな手を繋ぎ、並んで歩きたい。
　その瞳に溢れる涙を、拭ってやりたい。
　その華奢(きゃしゃ)な体を抱きしめ、優しく包んでやりたい。
　そのきれいな髪に触れ、そっと撫でてやりたい。
　その俺を好きだと言う唇を、塞いでしまいたい。

　……そんな衝動を抑えるのに、いつも必死だった。

一度あることは二度ある

 その日の放課後、私は第二音楽室の前にいた。
 6限が終わってすぐに。
 和くんは7限までだから、ここで待っていたらきっと来るはず。
 本当に……和くんが伴奏者の代理を務めてくれているなら、この教室にやってくるはずだから。
 正直、来てほしい気持ちと来てほしくない気持ちは同じくらいあった。
 だって、もし……和くんが来てくれたら、今度こそ私はわからなくなってしまうから。
 和くんの、気持ちが。
 あれだけ突き放すくせに……どうして、ここまで私のために動いてくれるの？
 和くんは一生徒としてと言っているけど、ここまできたら……誰でも、勘違いしてしまうよ。
 もし、和くんが代理をしてくれていたら……。
 ……どれだけ拒まれてもなんでも、話をしよう。
 離れていた分のことも、話そう。
 私の愛を、ぶつけてしまおう。

 もう7限も終わった時間。
 上級生たちが下校し始めているのが、窓の外に見える。

10分……20分……和くんは、30分がすぎても来る気配はなかった。
　……当たり前……だよね。
　来るわけないか……と思いながら、ショックを受けている自分がいた。
　やっぱり私は、自惚れすぎだなぁ。
　なんだか恥ずかしくなってきて、髪を耳にかける。
　帰ろう……。
　そう、思った時だった。
　慌てた様子の足音が聞こえてきて、思わずそちらに視線を向ける。
　角から曲がってここに来たのは、息を切らした和くんだった。
　……嘘……どうして……っ……。
「……っ！」
　どうして……いるの？
　私の顔を見て同じことを思ったのか、目を見開いてこちらを見ている。
　そして、私は気づいた。
　和くんが……伴奏の楽譜を持っていることに……。
「どうして、和くん……」
　和くんが何を考えているのか……わかんないよっ……。
　嫌いだ、鬱陶しい、って突き放すくせに、保健室で助けに来てくれたり、放課後に遅くまで待っていてくれたり、知らないけど、浩太くんにも何か言ってくれたようだし、

手伝いだって……私の代わりにしてくれるし……。
「用がないならもう帰れ。部活動をしていない生徒の下校時間はとっくにすぎてる」
　私の横を通りすぎ、去っていこうとする和くん。
　とっさにその手を握り、引き止めた。
　ビクッと、反応する和くん。
「行かないでっ……」
　そのまま、背中に抱きついた。
「和くんが……好き……」
　微動だにしない、和くん。
「和くん以外、好きになれないっ……」
「……っ」
　もうこれ以上ないってくらい好きなのに、日に日に想いは増していくばかり。
　持て余しているこの想いを、もうどうすればいいかわからないの。
　ねぇ和くん。
　私が嫌いなら、私も……和くんを嫌いにさせてっ……？
　忘れるなんてできない。思い出になんて、どう頑張ってもできなかった。
　あなたが私の前から去ってから、たった一度たりとも、他の人に目移りしたことなんてなかった。
　和くんだけが特別で、和くん以外はなんとも思えない。
　粘着質だって、重いって、わかっているんだけど……自覚しているんだけど……でもっ……あなたしか、見えない

んだもんっ……。
　突然、こちらを向いた和くん。
　その腕は、私を優しく包み込み、その反面、かき抱くように抱擁した。
　——えっ？
「和、くん……？」
　私は今、和くんに抱きしめられている。
　信じられない現実に、頭の中は色をなくす。
「雪っ……俺は……」
　何？　どうしたの、和くん……？
　私は静かに目をつむって、耳を澄ませた。
　１分くらい、たっただろうか。
　その時間は、私にとっては本当に夢のようだった。
「……もうやめろ、俺のことは、諦めて」
　夢から覚める一言に、視界が滲む。
　和くんはそっと私を離し、顔を背けた。
「いい加減わかって。お前は無理」
　呆然と立ち尽くし、涙で歪んで前が見えない。
「お前だけは……無理」
　追い打ちをかける和くんのセリフに、遂に涙は溢れた。
　意味が……わからないよ。
　ほんとにほんとにわかんないっ……。
　どうして、抱きしめたの？
　どうして……そんな切なそうに名前を呼んだのっ……？
「それでも私は……和くんじゃないと無理だよっ……」

頭が……おかしくなっちゃいそう……っ。
　矛盾だらけの和くんの行動と、セリフ、態度、そのすべてに。
「しつこい……って、もう、早く帰れ……」
　呆れたようにそう言って、背を向ける和くん。
「待って……お願い……」
　私は未練がましく縋って、また引き止めようとした。
　でも、もう和くんはいつものような冷めた顔をしていて、私を睨みつける。
「うぜぇ、近寄んな」
　その言葉は、私をどん底に突き落とす魔法の言葉。

　とぼとぼと、おぼつかない足取りで歩く。
　外はすでに暗くなり始めていて、ふと、空を見上げた。
　ぽつり、と、冷たいものが頬に落ちる。
　……雨？
　突然降り出した雨は、一気に勢いを増し、私の体を濡らした。
　折り畳み傘……持っているんだけどなぁ……。
　今は、雨に濡れたい気分。
　何を、と聞かれたら具体的には答えられないけれど、すべてを洗い流したい気分だった。
　ふと、正門付近を見ると、女の子２人組が傘を差しながら帰る姿が見えた。
　羨ましい。

その感情が、胸に芽生える。
　私じゃない2人が、羨ましくて仕方がない。
　和くんに好きになってもらえる可能性を持った人が、たまらなく羨ましくて仕方なかった。
『お前だけは……無理』
　私は……私以外に、なりたい。
「ふっ……ぅ……」
　和くんに好きになってもらえない私なんて、なんの意味もないんじゃないかと思ってしまう。
　今すぐ私じゃない誰かになって、愛されたい。
　和くんだけで……いい。
　他の誰から嫌われたって、和くんが私を好きだって言ってくれたら……もうそれだけでいい。
　でもそんな私の願いは、叶わない……。
　立っているのもしんどくなり、その場にしゃがみ込む。
　雨に濡れたせいか、さっきの出来事のせいか、体がひどく重く、ダルい。
　心なしか、冷えきっている気がして、体を手で覆った。
　寒、い……。
　それは、心か、体か、わからない。

「白川っ……！」
　前方から聞こえた声に、顔だけ上げる。
「……せん、せ……？」
　そこには、部活動中なはずの先生がいた。

「大丈夫か？　ずぶ濡れじゃないか……！」
「合唱部は……どうしたんですか？」
　私を心配してくれているんだろうけど、そちらのほうが気になった。
「いや……きょ、今日は早く終わってな……！」
　……？
　もう、終わったんだ……。
　たしかに、時刻は6時すぎ。
　もう終わっていてもいい時間ではあるけれど……。
　それ以上、聞く気力もないので黙り込んだ私。
　頭が……痛くなってきた。
「白川、送っていくから車に行こう？」
　先生の厚意すら、なんだかしんどい。
「いえ、大丈夫です」
　たしかに今、精神的にもしんどいし、誰かに甘えたい気分ではあるけど、でも、その誰かは特定の人物で、その人以外には甘えたくなんてない。
　その人が私を好きになってくれないからといって、他の人に甘えようとは思えないし、代わりになんてなるわけがない。
　和くんがいなくなった場所は、他の誰にも埋められないんだ。
「雨もひどいし……遠慮しなくていいから」
　断る私に、しつこくそう言ってくる先生。
　どうすれば引き下がってくれるのか……と思いながら、

カバンの中から折り畳み傘を取り出した。
「あ、傘あるの忘れてて……ほんとに大丈夫です。ありがとうございます」
　それなのに、私の話を聞いていないのか突然、手を握ってきた先生。
　反射的に拒否反応が出て、その手を振り払った。
「ほら……体も冷えているだろう？　……来なさい」
　再び、握られる手。
　嫌、やだ……触らないで……。
「せ、先生っ……！　離してください！」
「送ってあげるから、大人しくしなさい」
「いやっ……！　帰れますから!!」
　な、に……？
　強引に私を引っ張って歩く先生に、不信感が募る。
　怖い……っ、離して……。
　ひどくダルくて、拒否する力も何か言う気力も残っていない私は、このまま先生に連れていかれるのだろうか。
　先生は、本当に私を家に送ってくれるのだろうか。
『お前の担任の紀は、過去に生徒にセクハラして飛ばされた……って、噂がある』
　和くんが言っていた悪い噂を、今になって理解した。
　どうなるんだろう……。
　どこか冷静な自分に驚きながら、脳裏に浮かぶのは和くんの顔。
　……っ、嫌だ……。

──バシッ!!
「……っ、はぁ……はぁ……離せよクソジジイ……！」
　　これは、幻覚だろうか。
　　目の前には、息を切らした世界でいちばん愛しい人。
　　世界で唯一、愛しい人がいた。
「部活に来てねぇと思ったら……こんなところで何してんの？」
　　これは、現実……？
　　ねぇ、どうして。
　　突き放すくせに、その口は私を大嫌いだって紡ぐのに……いつも、いつだって、和くんは……。
　　──助けに、来てくれるの？
「わ、私はただ……白川がこんなに雨に濡れて帰っていたから、送ろうと思っただけだ……！」
　　目の前にいるのは、本当に和くんだろうか。
　　もしかすると、和くんにそっくりな人……？
　　ううん、違う。
「この前言ったこと忘れたのか!?　お前の考えていることなんてお見通しだよ!!」
　　私が、和くんを見間違うわけがない……。
　　だって、彼しか見えないんだもの。
　　──あぁ、好きだ。
　　そう心が叫んだと同時に、視界が大きく揺れる。
　　……もう、体が限界……。
　　意識はすでに薄れていて、倒れるのだと理解した。

「……っ！　大丈夫か!?」
　瞬時に私を支え、抱きとめてくれた和くん。
　ひどく心配した表情で私を見つめるその瞳に、自分が映っている。
「おい！　雪！　雪!?」
「和、くん……」
「しっかりしろ！　……雪っ……！」
　愛しい人に名前を呼ばれながら、優しくて温かい腕に包まれながら……。
　私は今、世界が終わってもいいと思った。
　終わってほしいと……本気で願った。

温もり、匂い、そのすべて

「んっ……」
　ゆっくりと、視界が広がる。
　見知らぬ天井を前に、ぼんやりと意識が戻った。
　……ここ、どこ……？
　あれ……？　私、たしか学校にいて……和くんを待っていて、そしたら先生が来て、また和くんが現れて……。
「……起きたか？」
　隣から聞こえた声に、急いで振り返った。
　和、くん……？
　え、どう、して……私、どこにいるの？
「和くん、ここは……？」
「保健室も閉まってたし、あのまま置いて帰るわけにもいかないから……家に連れてきた」
　和くんの発言に驚き、あたりを見渡す。
　家……和くんの……？
　ど、どうしようっ……。
　状況が、まったく理解できない……。
「ご、ごめんなさいっ……！　私、すぐに帰……」
　勢いよく起き上がったと同時に、ふらりと揺れる視界。
　体がひどく重くて、頭を殴られたような痛みが走った。
　倒れると覚悟した瞬間、和くんに抱きとめられる。
　……っ。

心臓が、尋常じゃない速さで脈を打つ。
「危ないな……。お前、熱あるから、いいから寝とけよ」
　和、くん……。
　ゆっくりと抱き抱えられ、ベッドに座らせられる。
　私に触れる手の感触にドキドキを通り越してバクバクとうるさい心臓は、これ以上そばにいたら潰れてしまうんじゃないかとすら思った。
「私……めい、わく、だから……」
「……家に帰っても１人だろ。そういうのいいから、もう寝とけって」
「……でも……」
「……あー、もううるさい。病人は黙って休んでろ」
　そこまで、言われたら……言い返せない。
　本当に面倒くさそうな声色で言われて、ギュッと下唇を噛む。
　それにしても……。
　先ほどまでなら考えられないような状況。
　和くんの、家にいるなんて……。
　和くんだって、私なんて家に入れたくないだろうに……倒れている人を放っておけない、良心？
　だとしたら、迷惑をかけてしまって本当に申し訳ない。
　今の状態では帰る体力も残っていないので、大人しく寝かせてもらうしかない。
「和くん……」
　私の声が聞こえているのか聞こえていないのか、ピクリ

とも反応しない和くん。
「ごめん、なさい……」
「……何が？」
「合唱部のことと、先生のこと、と……こんなふうに、なっちゃって……迷惑かけて、ごめんなさい……」

　返事は、返ってこないだろうと思う。

　でも、私が謝らないと気が済まなかったから……。

　予想どおり、和くんからは反応すら返ってこない。

　私の声なんて聞こえないとでも言うかのように、立ち上がりリビングを出ていった。

　残された私は天井を見つめ、ぼー……っとする。

　和くん、大きな家に住んでるんだなぁ……。

　それに、1人暮らししているんだ……。

　お父さんと、2人で暮らしていると思っていた。

　お父さんは……？

　そう聞きたいけれど聞く勇気はない。

　和くんは、もともと両親をよく思っていなかった。

　だから、お父さんのことについてとやかく聞かれるのは嫌がると思う。

　広いリビングの隅にあるベッド。

　離れたところに、キッチンやテーブルがあり、ドアがいくつか設置されている。

　……3LDKくらいかな……1人で住むには広すぎるだろうお家。

　とても静かで、どこか生活感がない。

大人しく、休ませてもらおう……そして、早く帰ろう。

体が冷たくて、布団をギュッと握る。

そのまま目をつむろうとした時、和くんがリビングに戻ってきたのか、ドアが開く音が部屋に響いた。

「熱、測って」

体温計を差し出され、慌てて受け取る。

び、びっくりした……。

これを、取りに行っていたのかな……？

黙って頷き、言われたとおりに熱を測る。音が鳴るのを待つ間、和くんはキッチンへ行ってしまった。

ピピピピ、という機械音が鳴ったので、体温計を取り温度を確認する。

……う、嘘……39℃……！

風邪なんて久しく引いていなかったので、予想以上の高熱に何度も確認。けれど、やっぱり表示された温度は変わらなくて……。

「……何度？」

キッチンから歩いてきた和くんの声に気づき、反射的に体温計を切る。

「さ、37.8……だったよ……」

できれば早く家に帰りたい私は、体温計を渡しながら嘘をついた。たまにつく嘘は、いつもこういう時に使っている気がする。

……そして、和くんはいつもそれに気づくんだ。

疑いの目で私を見つめたあと、何を思ったのか体温計を

ピ、ピ、と操作し始める和くん。
「あのさ、体温計って基本、電源をつけたら前回の履歴が出るって知らないの？」
　……え？　そ、そうなの……？
「39℃を37℃って、もうちょっとマシな嘘つけよ」
　……う、バレてしまった……。
　ごめんなさい……と消え入るような声で謝り俯く。
　見なくたってわかる。和くんはきっと、呆れた顔をしているんだろう。
「あんな雨の中、突っ立ってるからだろ」
　それを確信するかのように、心底呆れた様子の声色。
「傘も差さずに何してるんだ、お前……」
「……ごめんなさい……」
「あの教師にも気をつけろって言っただろ」
「ごめん、なさい……」
「これ以上、迷惑かけないでくれ。頼むから」
「……うん。本当に……ごめんなさい……」
　泣かない。泣いたら、うざいヤツって思われる。
　全部私が悪いから、だから泣いちゃダメだ。
　悲しくて、なぜか寂しさがグッと押し寄せる。それを誤魔化すように、下唇を噛みしめた。
　少しの沈黙が私たちの間に流れ、室内が静寂に包まれる。
　恐る恐る顔を上げ、和くんの顔を横目で見た。
　……っ。
「今度から気をつけろよ。……無事で、よかった」

ど、して……。
　そんなに、優しそうな顔をしているの……っ？
　怒っていると思っていたのに、呆れられたと思っていたのに、もう幻滅されて、それでも、仕方ないって思ったのに……。
　先ほどまで抑えていた涙が、何かが切れたように溢れ出す。
　優しい言葉をかけられたのに、どうして涙が出るのかわからなくて、けれどもう我慢なんてできなくて、泣き顔を見られたくなくて、両手で顔を覆う。
　すぐに泣きやむから、待って、和くん。急に泣き出して面倒くさいヤツって、思わないで……っ。
「ごめ、なさいっ……」
「……さっきからそればっかりうるさい」
「……ぅ、ん……」
「……っ、とりあえず、タオル置いとくから。汗かいたらちゃんと拭けよ、悪化する。あと、氷嚢とか持ってくるから待ってろ」
　私の膝の上に、タオルを置いて立ち上がった和くん。
　そういえばさっきから、熱で汗ばんでいる気がする。
　……あれ。
　ま、って……。この服、誰の……？
　……どうして私は、熱を測った時に気がつかなかったんだろう。
　倒れる前、私は制服だった。

ワイシャツに、指定のスカート。

けど今は……明らかに私のではない大きさのワイシャツに、これもまた私のではない……水色のスウェット。

緊急事態に、涙は瞬時に引いてしまって、瞬きもできず固まる。

「か、和くん……」

「何？」

キッチンへ行こうとする和くんの背中に呼びかけると、こちらを振り返りながら不思議そうに私を見た。

「あ、の……服……」

私が何を言いたいかわかったのだろうか。

和くんは驚いた表情をしたあと、私に背を向けた。

「仕方ないだろ……お前、雨でずぶ濡れだったんだよ……だから……見ては、ないから」

み、見てはない……って……。

そんな、見ないで着替えさせるなんて……できるわけないよね……。

恥ずかしさに爆発してしまいそうで、顔は異常なほどに熱を持っていた。

穴があったら入りたい……ぅ……。

「い、嫌なもの見せちゃってごめんね……」

私なんかの貧相な体……和くんの目に入れてしまった。

申し訳なくて、いたたまれなくて、タオルで顔を隠す。

「……お前さ、そこは怒るところだろ」

「え？」

「……なんでもない」
　……さっきから、変な和くん……。
　それにしても……恥ずかしすぎる……。
　和くんの顔をまともに見れなくなってしまって、下を向いた顔すら上げられない。
「……っ、もういいから。今日は寝ろ」
　私たちに流れた空気にいたたまれなくなったのだろうか、和くんは静寂を壊すようにそう言った。
「ていうか、腹は？　減ってないか？」
「う、うん……」
「そ……減ったら言って。それじゃ、おやすみ」
　足早に部屋を去っていく和くんに、私は何もかける言葉がなかった。
　パタリと音を立てて閉まるドア。

　広いリビングに１人きりになって、寂しさよりも安堵が胸を支配した。
　……和くんに、下着を見られちゃったのかな……。
　何度もしつこいけれど、本当に恥ずかしくて布団に顔を埋める。
　こんなことなら、もっとかわいい下着をつけてくるんだった……もうやだっ……。
　ワイシャツをチラリとまくり、中の下着を見ながらガックリと肩を落とした私。
　ふと、この服が和くんのものだと思い出し、さらに顔に

熱が集まるのがわかった。
　和くんの服……大っきいなぁ……。
　私の倍あるんじゃないだろうかと思うほど、ぶかぶかのワイシャツ。
　さっきから気になっていた、服からも布団からも、この部屋中が和くんの匂いがする。
　……って、私なんだか変態みたい……！
　私のバカッ……！
　そう思いながらも、大好きな人の匂いに囲まれて恥ずかしさとうれしい気持ちでたまらなくなる。
　自分の体をギュッと抱きしめて、今だけは和くんのことだけを考えていたかった。
　和くんで、いっぱいになりたかった。

崩壊寸前マインド

　目が覚めると、朝だった。
　いつの間に寝てしまったのだろうか、窓から差し込む光が眩しい。
　枕元には氷嚢が置かれていて、額には冷却シートが貼られていた。
　これ……和くんが、してくれたのかな……？
　重たい体を起こし、昨日より風邪がマシになっていることに安堵する。
　ふと目の前のテーブルに目をやると、1枚の紙が置いてあった。いわゆる、置き手紙というもの。
　書かれているきれいな文字に和くんらしさを感じながら、文字を追う。

　学校に行ってくる。
　お前は今日1日ゆっくり休め。
　おかゆがあるからお腹が減ったら食べて。
　あと、冷蔵庫にゼリーとか果物もある。
　風呂も勝手に使っていいから。
　着替え一式、脱衣所に置いてある。

　その他にも、少しでも何か口にしないと悪化するから……とか、何かあったらこの番号にすぐ電話……とか、紙

1枚にギッシリと文字が詰め込まれていた。
　……。
　私は、どうしちゃったんだ。
「最近……涙腺、緩すぎる……っ……」
　瞬く間に目に留められない涙が溢れて、頬を伝う。
　和くんは、どんな表情でこれを書いたのかな。
　その姿を想像するだけで、いろいろな感情が胸の中を支配した。
「……っぅ、好、き……」
　もう、それだけなのに。
　彼への気持ちは、嘘偽りない愛。
　この私のために書かれた紙切れも、愛しさの塊でしかないんだ。
　帰ってきたら……ありがとうって言いたい。
　今はいったい何時だろう。
　片手で涙を拭きながら、空いたほうの手で、置いてあるカバンからスマホを取り出す。
　11時……ピッタリ。
　ずいぶん眠っていたんだなぁ……。
　今日は土曜日だから、授業は4時間目で終わり。
　和くんが帰ってくるのは……1時くらいなはず。
　汗でベタつく体が気になり、和くんが帰ってくるまでにお風呂に入ってきれいにしておこうと立ち上がった。
　何から何までしてもらって、申し訳ないと思う反面、うれしい気持ちが隠せない。

第3章 犠牲の上の幸せ ≫ 165

　お風呂に浸かりながら、今、自分が置かれている状況を改めて実感した。
　和くんの家にいるって……じつは、すごいことなんじゃないかな……。
　だ、だって……昨日まではあんな……口もきいてもらえないような状況だったのに……。
　和くんは、嫌いな人を家にあげたりするのだろうか。
　状況が状況だったから、仕方なくあげたの……かな？
　私以外にも、この家に出入りしている女の人がいるの……かな……。
　……うー、やめよう。
　変なこと考えて勝手に落ち込んで、ネガティブになるの禁止……！
　首を左右に振り、頭の中の疑問をかき消す。
　長風呂しすぎたかな……ちょっとのぼせちゃった……。
　意識が朦朧としてきたことに気づき、湯船から出る。

　お風呂から出ると1時間ほどたっていて、髪を乾かし、また布団に入った。
　昨日よりマシになったとはいえ……やっぱりまだしんどいなぁ……。
　早く治して、帰らなきゃ。
　ふと、外を見た。
　薄っすらと跡が見えるくらいの小雨が降っていて、それを静かに見つめる。

雨、降ってきたんだ……。
窓越しでも聞こえる、激しい雨音。
……。
なんだろう。
なんだか、胸騒ぎがする。
それが気のせいではないと確信づけるように、窓一面に光が広がった。
ワンテンポ遅れて、激しい雷音が耳に響く。
雷……和くん、大丈夫かな？
この、湧き上がるような不安はなんだろう。
何かが迫ってくるような、まるで全身が逃げろと叫んでいる。
おかしい、どうしちゃったの。
胸騒ぎが収まらない。
今にも、悪いことが起きてしまいそうな予感がした。
和くん……早く和くんに会いたい。
なんだかすごく、たまらなく嫌な予感が、私の頭を支配した。
——そして、それは現実となる。

——ピンポーン。
静かな室内に鳴り響く、インターホンの音。
……あ、和くん……！
きっと和くんが帰ってきたんだ……！
自分の家に帰るのに、どうしてインターホンを押す必要

があるのか。
　そんな疑問も浮かぶ暇がないほど、一刻も早く、和くんの顔が見たかった。
　ただいまって言って、この胸騒ぎを、吹き飛ばしてほしかった。
　何も疑うことなく玄関へ向かいドアノブに手をかける。
　力を入れて下に下げ、扉を勢いよく開けた。
　……その先に、愛しい人の姿はなかった。
「──え」
　代わりに、見覚えがありすぎる２人の人物が、私の視界を支配する。
　声が、出ない。
　息が、詰まる。
『どうして』
　その言葉が、頭の中を占領した。
　必死に混乱する頭を整理する私とは裏腹に、目の前の人物は笑顔で口を開く。
「えっと……和哉くんいるかな？　……もしかして、和哉くんの彼女さん？」
　メガネをかけた男性が、ほほ笑みながら私を見た。
　完全に、"初めて会う人"を見るような目で。
　一瞬で、理解する。
　──この人は私を忘れたのだと。
　私の存在など、なかったことにして生きているのだと。
　呆然と立ち尽くす私をよそに、もう１人の人物が何やら

うれしそうに尋ねてきた。
「あら！　和ちゃんが女の子を連れ込むだなんてっ……！　どうしましょ、あなた！　うれしいわぁ！」
「ははっ、そうだな。俺も驚いたよ」
　私のことを『女の子』と呼ぶこの人たちが悪魔のように見えて、次第に体が震え始めた。
　そっか、さっきまでの胸騒ぎはこれか。
　頭の片隅に、冷静にそんなことを思う私がいた。
「和ちゃんは留守かしら？　ふふっ、初めまして、私は和ちゃんの母親の理恵子です。急に来てごめんなさいねぇ」
「私からも初めまして。理恵子さんの旦那の、拓海です。再婚だから、和哉くんの義理の父って感じかな……」
　そう言ってうれしそうに自己紹介をした、目の前の２人に、思わず叫びそうになった。
　『助けて』と。
　誰か、この場から私を連れ出して。
　誰か……。
「おい……っ……!!」
　マンションの廊下に、怒鳴り声が響いた。
　横を見れば、焦った顔でこちらに向かい走ってくる、待ち望んでいた人の姿。
　この人はどうして……。
　……いつも助けを求めた時に、来てくれるんだろう。
「なんで勝手に来てんだよ……！」
　怒りと焦りに満ちた表情の和くんは、私を背中に隠し、

2人にそう言い放った。
「ふふっ、和ちゃんってば焦っちゃって!?　彼女ができたなら教えてくれればよかったのに」
「ずいぶんかわいい彼女だね、さすが和哉くん」
　口調からして、からかうような2人。
　和くんがいったいどんな顔をしているのかは、背中に隠されている私には見えないけれど……それでも……。
「……お前ら、何、言ってんの……？」
　震えているその声が、すべてを物語っているようだった。
　この状況の恐ろしさをわかっていないのは、どうやらこの夫婦だけのようだ。
「そういえばお名前、聞いてなかったわぁ」
「そうだね。和哉くん、彼女のお名前は？」
「……おい……本気で、言ってんのか……？」
　──もうダメだ。
　耐えられない……っ。
　和くんに、惨めな女だって思われたに違いない。
　この場にいることがもう限界で、風邪で体がダルいのも忘れるくらい、全速力で廊下を走った。
　私を呼び止める和くんの声が聞こえたけれど、無視して階段を駆けおりる。

　マンションから出ると、いつの間にか本格的に降り始めた雨の中、お構いなしに見知らぬ道を駆け抜けた。
　和くんママの隣で、ほほ笑むあの人の笑顔が焼きついて

離れない。
『私からも初めまして。理恵子さんの旦那の、拓海です。再婚だから、和哉くんの義理の父って感じかな……』
『ずいぶんかわいい彼女だね、さすが和哉くん』
『和哉くん、彼女のお名前は？』
　彼は私のことを忘れたらしいけれど、私は覚えている。
　忘れるわけが、ないのだ。
　いや、忘れられるわけがない。
　頭がいいはずなのに、記憶力はよくないのかなっ……？
　それとも私に対して、そんなにも関心がなかった……のかな……？
　名前は？　だなんて……自分がつけた名前なのに。
「白川雪だよ、お父さん」
　そんな私の小さな呟きは、雨音にかき消された。
　まさか、こんなところで会うなんて……。
　再婚したって……そんなの、いつ……？
　どうして……和くんの家に？
　和くんは、2人が再婚したことを知っていたの？
　いつから？　どうして？　和くんだけ……？
　わからないことが多すぎて、一度にいろいろな情報が入り頭が痛くなる。
　1つ1つ理解していこうにも、私には想像もつかないことばかりで、考えること自体が無駄なのだと気づいた。
　走ってきたからか、混乱しているせいか、息が切れて立ち止まり、頭を押さえてその場にしゃがみ込む。

「雪っ……!!」
　騒がしい雨音の中、背後から鮮明に聞こえたのは、和くんの声だった。
　名前……。
　こんな状況ですら、名前で呼んでくれたことに喜んでしまう。
　けれど、振り返ることができない。
　今いちばん、和くんには会いたくなかったから。
　い、や……嫌だ。
　今、和くんの顔なんて見れない……。
　完全に哀れだ。
　私は今、とてつもなく惨めったらしい表情をしているに違いない。
　せめて泣くな、笑うんだ私。
　必死に笑顔を作ろうにも、口角が上がってくれない。
　眉は垂れ下がり、下唇を噛む強さに力が入っていく一方だった。
　こんな顔していたら、和くんに面倒くさいって思われちゃう……。
　笑顔、笑顔……。
『雪、どんな時も笑ってるのよ。愛想がないと、お父さんにかわいがってもらえないわよ』
　どうして、今、お母さんの言葉を思い出すんだろう。
　——っ。
　心が潰れてしまいそうだった。

私が壊してしまったものたちが波のように押し寄せて、私を責め立てているようで……。
　全部、私のせい。
　私がいなければ、こんなことにはならなかった。
　和くんの家族が壊れることは、なかったのに……っ。
「雪！　お前、風邪引いてるんだから早く帰るぞっ……！　雨に濡れたらまたぶり返すだろっ……！」
　しゃがみ込む私の肩に、和くんが自分のジャケットをかけてくれる。
　その優しさが今は鋭い矢のように心臓に突き刺さって、消えてしまいたくなった。
　頭が、ぐらぐらする。
「ご、めんなさい……私、和くんだと思って、和くんが帰ってきたと思って……ドア……開けちゃって……」
「……わかったから、とりあえず帰るぞ」
「私、気づかれなかった……」
「……っ」
「……お父さん、私のことわからなかった……」
「雪、大丈夫だから、今は──」
「ねぇ、和くん……」
「……ん？」
「幸せそう、だったねっ……」
　ゆっくりと、俯いていた顔を上げる。
　和くん。私、今、どんな顔している……？
「お父さんのあんな幸せそうな顔、見たことない……」

私の言葉に、和くんが眉をひそめ顔を歪めた。
「2人とも、すっごく……幸せそうだった……っ」
　ねぇ、和くん……。
「ごめんね、和くんっ……」
「……っ、雪……」
「ごめん、なさい、い……っ」
　いったい何に対して謝ればいいのか、どれだけ謝罪すればいいのかは、もう私にもわからなかった。
　何度言ったって、許されるはずがないこともわかっていた。
　心臓が引きちぎられるように痛くて、息をするのも苦しくなってくる。
　突然だった。
　雨のせいで冷たいはずなのに、ひどく温かい体温に包まれたのは。
　……和、くん……？
　……っ、どうして……。
　疑問がまた、1つ増える。
　私を強く抱きしめながら、和くんは耳元で囁いた。
「お前は何も……悪くないから」
　──嘘だ。
　和くんの言葉でも、それだけは信じられなかった。
　だったらどうして……私の前からいなくなったの……？
　大切な人はみんな、いなくなった。
　それは……私が悪い子だから、でしょ……？

雨はやむどころか激しさを増し、私と和くんへと降りかかる。
　泣くことしかできないダメな私を、和くんは黙って抱きしめてくれた。
「悪いのは……お前以外だよ、雪」
　雨の音にかき消され、和くんの消えそうな声は、私に届くことはなかった。

第4章
追憶

好きだ、好きだ好きだ好きだ。
頭の中が、その言葉で埋め尽くされるくらい。

なぁ、頼むから、誰か代わりに、雪を幸せにしてやって。
なんて……本当はそんなこと、思ってもいないくせに。
『どうして俺じゃダメなんだよ』
今にも口からこぼれてしまいそうなその言葉を、
俺は必死にのみ込んだ。

出逢い

私が、小学1年生の時のこと。

私の家族は、お父さんとお母さんと私の3人家族。

お父さんは、寡黙で滅多に笑わない人で、けれど怖いというわけでもなく、とくに怒られたこともなかった。

次第に理解していった。

この人は、私に興味がないだけなのだと。

一方のお母さんは、成績や運動、素行などにすごく厳しい人で、よく怒られたのを覚えている。

でも、幸せな家庭だった。

……私にとっては。

——ピンポーン。

ある日の休日。

珍しく3人で家にいて、各自仕事、勉強、家事をやっている時、家のインターホンが鳴った。

私はリビングにいて、濡れた手をタオルで拭いたお母さんが急いで玄関に向かう。

少したったあと、
「あなたー！　雪ー！　来てちょうだーい！」

お母さんのセリフに、なんだろうと思いながらお父さんと玄関へ行った。

扉を挟んだ向こうに立っていたのは、私より年上に見える男の子と、その子のご両親らしき2人。

「初めまして。隣に越してきた水谷です。これ、粗品ですが……」

　男の子のお母さんらしき人が箱を差し出し、お礼を言ってそれを受け取ったお母さん。

　私は2人の会話よりも、無言で立っている男の子が気になって、じっと見つめた。

　高学年かな？　低学年かな？

　私よりもお兄ちゃんだとは思う……というより、なんだか子どもっぽくない。

　直感的に、そう思った。

「息子の和哉です。ほら、和ちゃん挨拶しなさい」

　お母さんにそう言われて、半ば無理やり頭を下げさせられた男の子。

　何も言わず黙っている男の子に対して、男の子のお母さんが不機嫌になったのがわかった。

　あっ……。

　私は直感的に、この空気を変えなければいけないと判断した。

「私も、初めまして……！　白川雪です……！」

　男の子のお母さんに向かって、満面の笑みを向けた。

　彼女は先ほどまで男の子に向けていた不機嫌な顔を一変させ、私に視線を合わせるように屈む。

「雪ちゃんかわいいですねぇ！　ちゃんと挨拶できてえらいわね!!」

「ふふっ、ありがとうございます。和哉くんも、すごくかっ

こいいですね」
　ホッ……と、バレないように息を吐く。
　よかった、みんな笑顔になった。
　男の子も、怒られずに済んだ。
　その後、お母さん同士で話に花を咲かせはじめたので、お父さんと私、向こうのお父さんと男の子は、2人を残して家に戻った。
　新しい住人さんが越してきて、いくつか上のお兄さんもやってきた。
　賑(にぎ)やかになるといいなぁ。
　その時の私は、のん気にもそんなことを願っていた。
　歯車が、歪(いびつ)な音を立て始めたことにも気づかずに。

「あなたはすぐにそうやって……っ、全部私が悪いって言うの!?」
「そうは言ってないだろ。わめくなよ、うるさいな……」
「誰がこうさせてると思ってるのよっ……!!」
　リビングから、お母さんの怒鳴り声が聞こえる。
　また始まった……。
　私は1人、部屋の中でため息をついて、こっそり家を抜け出した。

　マンションの中にある、ピアノルーム。
　私のお母さんがピアノ教室を開いていて、普段からマンションの住人が使えるように開放している。

お父さんとお母さんのケンカを聞きたくない時、私はいつもここに来ていた。
　防音用の重たい扉を押して、中に入る。
　すると、いつも誰もいないはずのそこに、1人の男の子がいた。
　……あれ？
「和哉、くん？」
　たしか昨日、おうちに挨拶に来た男の子だ。
　彼はピアノの隣にあるソファに座り、私を睨むように見ていた。
「……何？」
「お家に帰らないの？」
「……うるさいな、ほっといて」
　どうしたんだろう？
　だって、もう夜の8時だよ？
　私も人のことは言えないけど、こんな遅くまで何をしているんだろう。
「どうしてお家に帰らないの？」
　私は彼の隣に座って、首をかしげた。
　彼はバツが悪そうな顔をして、下を向いてしまう。
「……家にいたくないから」
　ぽつり、と、たしかにそう呟いたのを、私は聞き逃さなかった。
「……俺の気持ちなんて、どーせ誰にもわからない」
　続けてそう言って、彼はソファから立ち上がる。

そして、この部屋から出ていこうと扉に向かって歩き出した。
　ま、待って……！
「雪、わかるよ」
　彼が出ていってしまう前に、伝えたかった。
「雪もね、お家にいるのちょっとしんどい、えへへ……」
　私も、まったく同じ気持ちなんだと。
　同じ気持ちの人がいるとわかって、ちょっとうれしくなったんだ、って。
「……そうなの？」
　彼は振り返って、私の顔を見た。
「そっか……俺と、一緒だね」
「……うん」
　あ、戻ってきてくれた……。
　再び隣に座ってくれた彼に、うれしい気持ちになる。
「じゃあ、さ……」
　彼が何か言いかけて、私の顔を覗き込むようにして見てきた。
「家に帰りたくない時は、ここに来ようよ」
　この時、私がどれほどうれしかったか。
　今まで1人でこの部屋で過ごして、本当はとても寂しかった。
　お父さんとお母さんのケンカから逃げるようにここに駆け込んで、でもここには誰もいなくて、残るのは、いつも孤独だった。

「うん！」
　でも、これからは、1人じゃないのかな……？
「雪……だよね、名前」
「うん！　和哉、くん？」
「呼び方はなんでもいいよ」
「じゃあ……和くんって、呼んでもいい？」
「うん。雪ならいいよ」
　私たちは笑い合って、指切りの約束を交わした。
「雪、ピアノ上手だね」
「ほ、ほんと？」
「うん。俺、雪のピアノ好き」
　あの日から、何度も和くんとこの部屋で同じ時間を共有した。
　いつものように家から抜け出して、落ち合っていた時。
　和くんは何をするでもなくぼーっと寝転んでいて、私は明後日のピアノの発表会に向けてピアノを弾いていた。
「……いっつも、お母さんに怒られるの……どうしてもっとうまく弾けないのって」
　今日のレッスンでも、何度も怒られた。
　お母さんの娘なのに間違えたりしたら……想像するだけで恐ろしくて、私は発表会が恐怖でしかなかった。
　ふと、私のほうへ歩み寄ってきた和くん。
　私と目線を合わせるように屈んで、そっと頭を撫でた。
「雪は上手だよ。俺が言うんだから、自信持って」
　胸に広がっていた不安が嘘のように薄れていく。

和くんの言葉1つで、私はなんだって頑張れるような気がした。

「雪……どうしてこんな問題もできないの!?」
「ご、ごめんなさいっ……」
　学校のテストが返ってきて、お母さんに渡した。
　国語、生物、社会のテストは無事に満点が取れたけれど、算数の問題を3問も間違えてしまった。
　お母さんは、94点と書かれたテストをぐしゃぐしゃに丸めて、私のほうに投げつけた。
　頭に丸められたテストが当たる。紙だから、それほど痛くはない。
　けれど、心臓は張り裂けそうなほど痛かった。
「バカな子はいらないわ!!」
　お母さんはそう言い捨てると、キッチンへと行ってしまった。
　投げ捨てられたテストを拾って、こっそりと家を出る。
　きっと今日は和くんはいない。
　5年生は6時間授業だし、帰ってきていないはずだ。
　それを知っていて、ピアノルームへと逃げ込んだ。
　誰もいない部屋で、涙が止まらなくなる。
　いらないって……言われちゃった。
　雪、頑張ったけど、頑張りが足りなかったのかな……？
　もっともっと頑張らないと、お母さんに怒られちゃう。
　また、いらないって言われたくない……。

ゴシゴシと涙で濡れる頬を擦っていると、背後から、重たい扉が開く音が聞こえた。
「……っ、雪……？」
　大好きな声が聞こえ、驚いて振り返る。
「……和、くん……？」
　そこには、息を切らしてランドセルを背負ったままの和くんの姿が。
「……和くん、学校は？」
「授業が終わって、急いで帰ってきた……。なんか、雪がいる気がしたんだ」
　涙が止まらなくなって、止められなくなって。
　どうしてわかったの？　とか、どうして来てくれたの？　とか、聞きたいことはいっぱいあるのに、頭の中でそれを整理することができなかった。
「どうしたの？」
　和くんは、私の頭を優しく撫でながらそう聞いてくれる。
　その優しさがうれしくて、私なんかに……お母さんにいらない子って言われる、お父さんには相手にしてもらえない……そんな私なんかに、和くんだけが『優しさ』を向けてくれる。
「バカな子は……いらないって……お母さんが……」
　口から、ポロリポロリと情けない声が漏れた。
「雪はバカなんかじゃないよ」
　和くんの言葉に、私は素直に頷くことができない。
　だって、お母さんは雪のことをバカだって、バカな子だっ

て言ったんだ。
　お母さんがそう言うってことは、雪はきっとバカな子なんだ。
　ぐちゃぐちゃになったテストを、和くんの前に出す。
　和くんは一瞬不思議そうな顔を浮かべたあと、その用紙を見つめて表情を明るくさせた。
「すごい！　94点じゃんか！」
「でも……3つも間違えたんだよ？」
「3つしか、だよ。雪は天才だね！」
　再び私を撫でる手は、ひどく温かい。
　涙は止まるどころか勢いを増して、私の頬を濡らした。
　和くんだけが。和くんだけが雪に優しい。
　和くんの隣だけが、私の安らげる場所だった。
「和くん……っ……」
「泣かないで。雪のお母さんが雪をいらないって言うなら、俺が雪をもらうから」
　そんなことを言いながら、和くんは私をギュッと抱きしめる。
　私は和くんの服が濡れるのもお構いなしに、泣きやまない赤子のようにわんわんと泣いた。
「……あり、がとっ、和くんっ……」
　目の前に広がる、和くんの笑顔。
　私は子どもながらに、この人が大好きだと感じずにはいられなかった。
　私に初めて、無償の優しさをくれた人だった。

ある日、あれはお母さんがピアノのコンクールで地方に行っていた日のことだった。
　もう日が暮れた、夜に染まった時間。
　私は和くんに会いたくなって、家をこっそり抜け出し、いつものようにピアノルームへ向かおうと思っていた。
　ゆっくり部屋の扉を開けて、玄関に向かおうとした時。
「……あれ？　お母さん？」
　お父さんの部屋から、女の人の声が聞こえた。
　お母さん、もう帰ってきていたの？
　お帰りなさいを言おうと思って、ゆっくりとお父さんの部屋の扉を開ける。
　けれど、お母さんの姿はなく……。
　代わりに、お父さんと……なぜか、和くんママがいた。
　そして2人は、唇を重ね合っていた。
「ちゅー？」
　お父さんと……和くんママが？
　どうして？
　2人はドアが開いたことにも気づいていなかったようで、私は気づかれないようそっと扉を閉める。
　今の……なんだったんだろう？
　……あ、それより、早くピアノルームに行こう……！
　バレないように家を出て、目的の部屋へ向かった。
「あ……雪」
「和くん！」
　やった……！　ピアノルームには、ジュースを片手に漫

画を読んでいる和くんの姿があった。

　和くんがいたことに、自然と笑みがこぼれる。
「雪、ピアノ弾いてよ」
「うん！」
　私はそう返事をして、プロコフィエフの前奏曲、和くんがいちばん好きだと言った曲を奏でる。

　今日は指の調子がいいなぁ……勝手に動くみたい。
　目をつむりながら、私もこの曲のメロディーに酔う。
　……あ。
　ふと、さっきの出来事を思い出して、鍵盤を叩く指を止めた。

　不思議そうな顔で、ストローを加えたまま私を見る和くんと視線を交わし、口を開く。
「ねぇ和くん。ちゅーは、誰とでもするものなの？」
「ぶっ……!!　おまっ、なに言ってんの……！」
「えー……だってね、雪、見たの。お父さんと和くんママがちゅーしてるの」
　私の言葉に、和くんは目を大きく見開いた。
　そして、その顔が悲痛に歪む。
「……本当……なのか？」
「うん、さっきだよ？」
　こんなに険しい表情の和くんを、今まで見たことはなかった。
　そう思うほど、何かに、ひどく焦っている和くん。
　数秒悩み込んだあと、私の肩を掴み、瞳をじっと見つめ

てきた。
「雪……そのことは、絶対に誰にも言っちゃダメだ。絶対だぞ」
「どうして……？」
「どうしても、だ。これは、俺と雪の秘密な？」

　私と、和くんの、秘密？
　２人だけの？
　私は、秘密にする理由はわからなかったけれど、それでも、和くんと２人だけの秘密……というのがうれしくて、小指を握り合ったのだ。
　今になって思う。
　……どうしてこの時、この小指を握ってしまったんだろう……と。
　この時、和くんではなく他の人に話していたら……。
　……私たちには、別の未来があったのかな。

別れ

　そして、悪夢の時はやってくる。
「いや！　行かないで!!」
　その日は、ピアノのレッスンが終わって、お母さんが夜ご飯の買い出しに行ったので、居残り練習をしてから１人家へ帰ってきた。
　和くんが、和くんママの服を掴んでそう叫んでいたのが見えた。
　……和くん？
「和ちゃん……ごめんなさい」
「お願いだから!!　母さん!!　行かないで!!」
　顔を真っ青にして、和くんママにしがみつく和くん。
　けれど、和くんママはそんな和くんを振り払い、マンションの廊下の向こうへと消えていった。
　その先に、よく知る人物が見える。
「……お父さん？」
　あれは、紛れもなくお父さんの姿だった。
　私は何があったのかわからなくて、とりあえず和くんのもとへと駆け寄る。
「和くん？　どうしたの？」
「雪……！　……どう、しよう……」
「……？」
　私のほうを見た和くんの表情は、まるでこの世の終わり

を告げられたような悲痛なものだった。
「……俺の母さんと雪のお父さんが……駆け落ち、しちゃった……」
　駆け落ち？
「なぁに、それ？」
　当時小学4年生だった私には、わからない単語だった。
　和くんは顔をしかめ、何かを考えるように頭を抱えた。
　そして、ひらめいたかのように顔を上げて、私の両肩を掴む。
「……！　雪！　雪のお母さんはどこ！」
「えっと……もうすぐ、買い物から帰ってくると思う……」
　和くん、そんなに慌ててどうしたんだろう？
　駆け落ち、っていうのは、そんなに大変なことなの？
　お父さんと和くんママは、どこに行ったんだろうか？
　背後から、カツンカツンと、ヒールを鳴らす足音が聞こえた。
「雪のお母さん……!!」
　振り返れば、そこにはスーパーの袋を持ったお母さんの姿が。
「あらぁ、和哉くん、どうしたの？」
「お母さん、と……雪のお父さん、が……」
　和くんは、そこまで言って言葉を止める。
　お母さんは、何かを勘づいたように笑顔を消して目を見開いた。
「……何？　どうしたの？」

低い、お母さんの声が廊下に響く。
「駆け落ち、しちゃった……」
　今にも消えそうな、和くんの声。
　お母さんはみるみる表情を変えて、眉の端を吊り上げた。
　これは間違いなく、怒っている時の表情。
「……っ!?　それ、どうして？　いつ？」
「さっき……2人で……荷物まとめて出ていった……」
「……っ、あの女っ……！」
　何？　何……？
　いったい、何が起こっているの？
「和哉くん、場所はわかる!?」
「わ、かんな……」
「……っ！　わかったわ……。お母さんが、2人を連れ戻してくるからね!!　2人は家で大人しく待ってるのよ!!」
　わからない、わからない。
　スーパーの袋を投げるように置いて、先ほど来た道を走っていくお母さん。
　私はいったい何が起こっているのかも、この現状が把握できなくて、1人立ち尽くしていた。

「和くん……大丈夫、かな？」
　私の家に入って、和くんと2人でみんなの帰りを待つことになった。
　ソファに座る和くんの表情は、青ざめている。
　それでも、和くんは必死に笑顔を作って私の頭を撫でた。

「大丈夫。大丈夫だよ。きっとみんな帰ってくるから」
　大丈夫……？
　……うん、和くんがそう言うなら、間違いない。
　笑顔で頷いた時、家のインターホンが鳴る。
　２人同時に玄関を見て、鍵を開けるため駆け寄った。
　ガチャリ、と、扉が開かれる。
　その先にいたのは、和くんパパだった。
「……っ！　雪ちゃん！」
　和くん……パパ？
「……病院、行こう。お母さんが……」
「お母さん……何かあったの……？」
　走ってきたのだろうか、汗を垂らして、顔をしかめている和くんパパ。
　私の問いかけには答えず、「行こう……」と、私と和くんの手を取った。
　和くんの顔を見れば、和くんは何かを察したのか、先ほどよりも顔が真っ青。
　……みんな、どうしたの？
　みんな揃って青い顔して……何をそんなに、焦っているの？　慌てて……いるの？
　私だけが……ことの重大さに、気づいていないの？
　私と和くんを乗せた車が、町の私立病院で止まった。
　私と和くんの手を引いて、病院の中へ入る和くんパパ。
　私は何がなんだかわからなくて、けれど１つだけ、わかったことがあった。

何か、とんでもなく悪いことが起きたのだと。
　和くんは先ほどから一言も話さず、ずっと下を向いているし、和くんパパの私たちを握っている手は、異常なほど汗をかいている。
　とある病室の前で、和くんパパが立ち止まった。
　病室の前には、マスクをした先生らしき人が。
「親族の方ですか？」
　先生の質問に、和くんパパは「娘さんです」と言った。
　先生は何も言わずに頭をゆっくりと下げ、病室の扉を開ける。
　和くんパパが、私に入りなさいと言うように頷いたので、私は中へ入った。
　そこには、顔の上に白い布を置いて、ベッドに寝ている誰かと、おばあちゃんの姿があった。
「雪ちゃん……！」
「おばあちゃん！」
　どうして……おばあちゃんが？
　それ、に……。
「これは？」
　私は、ベッドを指さしてそう聞いた。
　おばあちゃんはまさに顔面蒼白といった表情で、目を手で隠すように覆う。
　そして、おばあちゃんの口から飛び出した言葉に、私は頭の中が真っ白になった。
「お母さん、だよ……」

……え？
「お、母さん……」
　おばあちゃん、何を言ってるの？
　白い布のせいで、顔が見えない。
　けれどもよく見ると、髪型、そして耳についているピアスは、お母さんのものだった。
　そう、先ほどまで、つけていたものだった。
「あれ、なんで、どうして動かないの？　お母さん、寝てるの？」
　理解が、できなかった。
　どうして？　お母さんが？
　この布は？　どうして動かないの？
　お母さん――どうしてこんなところで寝ているの？
　浮かび上がった1つの説を、頭が拒絶する。
　けれど、体は理解していたのだろう。
　瞳から、ポロポロと涙が溢れ出した。
「ごめんね、お母さんは2人を追って、その途中で……交通事故に遭ったんだ」
　病室の奥で、和くんパパがそう言った。
「……じ、こ……？」
「雪ちゃんのお父さんと、和哉のお母さんが、2人で出ていってしまったんだ」
　そうだ。
　さっき、お母さんは2人を連れ戻してくると言った。
　慌てて、走っていた。

その、先で……事故に遭ったの……？
「……お母さん……死んでるの？」
　認めたくはなかった。
　けれど、この場にあるすべてが何が起こったのかを物語っていたのだ。
　私の質問に、誰もが口を固く閉ざす。
「……お、お父さん、は……？」
　こんな時に……。
　お父さんは、どこへ行ってしまったの？
「……ごめんね、行方がわからないんだ」
　和くんママと……おでかけ、したの？
「お母さん……おかあ、さん……」
　違う。おでかけなんて、そんな一時的な外出ではないんだろう。
　連絡がつかないだなんて、遠くに行ってしまったに決まっている。
　そうだ、私はどうして、目をそらしていたんだろう。
　お父さんは、出ていってしまったんだ。
　和くんママと。
　私と、お母さんを捨てて。
　体に力が入らなくなって、私はその場に崩れ落ちた。
「ふっ、ぅっ」
　どう、しよう……。
　どうしよう、どうしよう、どうしようっ……。
「雪」

私の肩に、置かれた手。
　私の名を呼ぶ和くんの声も、震えていた。
「か、和くん……どうしよう……。お父さんもお母さんも……いなくなっちゃったっ……」
　私、1人になっちゃった……。
「ごめん雪。ごめんなっ……」
「……どうして、和くんが謝るの……？」
「俺が、止められたら……」
　ぎゅうっと、強く抱きしめられる。
　背中が、湿っている気がした。
　和くん、泣いているの……？
　そうだ。
　和くんだって、お母さんがいなくなったんだ。
　……辛いに、決まっている。
　泣きたいに、決まっている。
「和くんは悪くないよ……？　だから、泣かないで？」
　悪いのは、きっと私なんだ。
　私が悪い子だから、こんなことになってしまった。
「泣きたいのは雪だよな、ごめん……」
　お父さんとお母さんは、毎日のように激しく怒鳴り合っていた。
　お父さんは、うんざりした表情で、いつも自分の部屋へ戻っていった。
　見たことがある。
　お母さんがいない時、お父さんがリビングで何かを漁っ

ていたのを。
　そして、お父さんの部屋に、いくつもの段ボールがあったこともある。
　和くんママと、お父さんがちゅーしているのも見た。
　……そうだ。
　全部全部、私が悪いんだ。
　全部知っていたのに、気づいていたのに。
　確信が得られないまま、わからないふりをして。
　お父さんを引き止めることも、できなかった。
　私が、いい子だったら……お父さんだって、出ていかなかったはずだ。
　私の情けない泣き声が、病室に響く。
　誰も何も口にしなくて、ただただ声を上げて泣いた。
「大丈夫だよ、これからは、雪のことは俺が守るから。絶対約束……1人にしないからな」
「和、くん……？」
「雪は1人じゃないから……」
　この言葉に、いったい私がどれだけ救われたか……。
　和くんは、きっと知らないだろう。
　私を抱きしめる和くんの手を、私は必死に……必死に、握った。

「雪っ……！　どうだった？」
　バンドのステージが終わって、和くんは真っ先に私のもとへ駆け寄ってきてくれた。

キラキラと眩しい笑顔を浮かべる和くんに、私も同じものを向ける。
「すっごくかっこよかった……！　和くん、すごい!!」
「ほんとにっ……？　……やった」
　照れくさそうに、和くんが笑う。
　今日は、和くんの中学の学園祭が開かれていた。
　6月30日……。学園祭にしては少し早い気もする。
　和くんは、その出し物で演奏していたのだ。
　軽音部で、ギターとボーカルをしている和くん。
　その姿はとても輝いていてかっこよくて、私はドキドキが止まらなかった。
「雪、俺このあと暇だから、一緒にまわろっか？」
「いいの……？」
「当たり前だろ。俺が誘ったんだから。雪と一緒にまわりたくて」
　そんなことをさらっと言う和くんに、顔に熱が集まる。
　中学2年生になった和くんは、それはもうかっこいい男の子になり、小学6年生の私とでは、比べ物にならないほど大人に見える。
　早く来年にならないかな……そしたら、和くんと同じ中学に通えるのに。
　やっと、一緒に通えるのに。
　私は、中学生と小学生で離れた期間が寂しすぎて、たまらなかった。
　和くんは部活動に入って、私たちが会う時間も減った。

けれど、今もマンションのお隣同士なのは変わらないし、毎日のようにピアノルームで会っていた。
　お父さんと和くんママとは、まだ連絡が取れていない。
　2人の行方も、わからぬまま。
　今はおばあちゃんがマンションに来てくれて、2人暮らしをしている。
「雪、かき氷あるぞ」
「食べたいっ!」
　食いついた私に、和くんはクスクスと笑って頭をポンッと叩く。
「いちごミルクでいいか?」
「うん!」
　すると、「待ってて」と言って、屋台のほうへ走っていく和くん。
「はい、どーぞ」
「わっ、ありがとう……!」
　いちごミルクのかき氷は、当たり前だけど、とてもひんやりしていておいしかった。
「和くんも食べる?　はい、あーん」
「ちょっ、バカ!　まわり見てるだろ……」
　……?　そうかな?
　和くんの顔は、かき氷にかかっている、いちごシロップみたいに真っ赤だった。

「雪!　お待たせ!」

「和くん、おつかれさま」
　学園祭が終わって、私は学校の食堂で和くんの終わりを待っていた。
　和くんが駆け寄ってきて、思わず頬が緩む。
「さ、帰るか？」
　和くんの言葉に、首を縦に振って立ち上がる。
　私たちは、他愛もない話をしながらマンションまでの道を歩いていた。
「もう6月も終わりだなぁ」
「早いね。7月かぁ……」
　7月と言えば、七夕か。
　毎年、お願いすることは変わらない。
　お母さんが亡くなって、お父さんがいなくなって、私の心に、ぽっかりと空いた穴。
　それを埋めてくれたのは、他でもない和くんだった。
　いつでもそばにいてくれた。
　いつでも私を必要としてくれた。
　今もこうして、ずっとそばにいてくれる……。
　大好き。
　和くんの横顔を見ながら、ふとそう思う。
　このまま、大好きな和くんとずっと一緒にいられますように。
　今年も、私はきっとそう、願うんだろう。
「……何？　俺の顔になんかついてる？」
「ううん。かっこいいなって思って……」

「……バッカ！　お前すぐそういうこと言う……」
　この人がそばにいてくれるだけで、私は幸せだ。
　──それだけが、幸せだったんだ。
　キイイイー!!
　聞いたこともないような轟音(ごうおん)が響く。
　いったい何？　と思い振り返れば、１台の自家用車が私めがけて走ってきた。
　──え？
「雪っ……!!」
　視界が、一転する。
　衝撃に耐えるように、反射的に目をきつくつむった。
　けれど、いつまでたっても、痛みはやってこない。
　目を開けると、私は道の端にはあった柔らかい木々に倒れていた。
　そして──。
「和くん……!?」
　頭から血を出して、倒れている和くんの姿があった。

　私をかばって車に轢(ひ)かれた和くんは、すぐに私立病室へ搬送された。
　意識不明の重傷。
　一命は取り留めたものの、何日も目を覚まさなかった。

　和くんが事故に遭ってから、今日で３日。
　私は学校にも行かず、眠る和くんのそばにずっといた。

私の……せいだ。
「和くん……」
　このまま、和くんが目を覚まさなかったらどうしよう。
　和くんさえも、いなくなったら……。
　……私は、どうしよう。
「ごめん、なさいっ……」
　私が、ぼーっとしていたから。
　私をかばって、こんなことになってしまった……。
　私たちに衝突してきた車は、飲酒運転だったらしい。
　運転手はすぐに捕まり、ニュースにもなったのだ。
　気持ちよさそうに眠る和くんの横顔を見つめていると、涙しか出てこない。
　……本当に、私って厄病神か何かなんじゃないか。
　私のまわりにいる人は、みんな不幸になる……。
　大好きな人さえ、こんなことに巻き込んでしまうなんて……。
「ごめん、ごめんね和くんっ……」
　和くんが目を覚まさなくなってから一睡もできていない。
　クマはひどいし、顔は涙でぐちゃぐちゃだ。
　涙で濡れる顔を両手で覆って、何度も何度も、「ごめんなさい」と繰り返した。

「ゆ、き……？」
　病室に、私ではない声が響く。
　私は急いで顔を上げて、和くんのほうを見た。

「和、くん……」

　ずっと閉じられていた瞳が、薄く開いていたのだ。

　信じられなくて、穴が開くほど和くんを見つめた。

　驚きで、涙は引っ込んだ。

「……雪……お前、顔ぐちゃぐちゃ……ふっ……」

「和、くん……」

　──和くんが、目を覚ました。

　そう理解して、再びこぼれ、溢れる涙。

　和くんは自分の状況を理解できていないようで、あたりをキョロキョロと見渡していた。

　……よかっ、た……。

　……よかった……っ！

　すぐさまベルを鳴らして、かかりつけの先生を呼ぶ。

　和くんの体にとくに異常はなく、これといった後遺症はないだろうと言われ、私は心からホッとした。

　和くんが、いなくならなくてよかったっ……。

　和くんが目を覚ますまで、生きている心地がしなかったから。

「……思い出した。車が突っ込んできて……それで……」

　先生から事故の説明を受けたあと、病室で２人きり。

「和くん……ごめんね、私のせいで……」

「バカ。なんで雪が謝んの？　悪いのはあの運転手だろ。それに、かばったのは俺の意思」

　和くんは、ベッドの横に座る私を、少し身を乗り出すようにして抱きしめた。

「雪が……無事でよかった。お前に何もなくて……本当によかったっ……」
「……っ」
「……なぁ、今度は俺、雪のことちゃんと守れた?」
　今度は、だなんて。そんな言い方、おかしい。
「和くんは……いっつも私を守ってくれてるよっ……」
　そう言った私に、和くんは満面の笑みを向けた。

　和くんの入院生活も、今日で1週間になる。
　今日の最終検査で、異常がなければ退院できるらしい。
　私はいつものように、学校帰りに和くんのお見舞いに来ていた。
「和くん!」
　勢いよく扉を開けて、病室に入る。
　なぜか、和くんの顔が青ざめているように見えた。
　私が来たのにも気づいていないのか、何かに動揺したように布団をギュッと握りしめ、自分の拳を見つめていた。
「和くーん?」
　近づいて、名前を呼ぶ。
　和くんはハッとした表情で、すぐに私のほうを見た。
「ゆ、雪……来てたのか」
　無理に作ったような笑顔。
　違和感が、私の心に現れる。
「どうしたの和くん?　何かあった?」
「いや……何もないよ!」

やっぱり、おかしい……。
「そういえば今日、検査の結果が出たんだよね？　どうだった？　異常、なかった？」
「……あぁ、もう明々後日(しあさって)には退院できるらしい」
　退院……！　よかった……！
　自然と頬が緩む私とは裏腹に、和くんは表情を曇らせている。
　何か、あったのかな？
　気になったけれど、和くんが言いたくなさそうにしているので、私から追求するのはやめた。
「そういえば今日、七夕だね、和くん」
「……ああ、そうか」
　7月7日。
　織姫様と彦星様が、会える日。
「病院の1階にね、短冊がたくさん吊るしてあったよ！」
　私の言葉に、和くんはわかりやすくピクッと反応した。
　やっぱり、様子が変。
　んん……気になる……。
「……雪は？　いつもと同じ願いごと？」
　なんだか生気のない声で、私に向けられた言葉。
『いつもの願いごと』
「うん！　素敵な家族ができますようにって、書いたよ！」
　私は、毎年同じ願いごとをしていた。
　いつもマンションのラウンジで、和くんと一緒に書いていたから、和くんはよく知っている。

……って言っても、その願いごとはちょっと違う。
　ううん、違うということは、ないけれど……。
　本当は、『和くんのお嫁さんになれますように』って、書きたかったんだ。
　でも、和くんが隣にいたし、和くんにも願いごとが見られちゃうから、毎年遠回しにそう書いていた。
　和くんのお嫁さんになって、和くんとの子どもに囲まれて、素敵なお母さんになるのが、私の夢。
『大好きな和くんと、ずっと一緒にいられますように』
　家族がいなくなった、私の唯一の夢だった。
「……そっか」
　和くんは、そう言って私にほほ笑んだ。
「雪は、どうしても家族がほしい？」
　……？
　何を聞くんだろう。
　暗い顔で変な質問をする和くんに、私は首をかしげる。
　けれど、和くんはじっと私の返事を待っていたので、ゆっくりと口を開いた。
「うん！　笑顔が絶えない家族がいいなぁ……私も頑張って素敵なお母さんになりたい」
　この発言のどこに、間違いがあったのだろうか。
　和くんは、なぜかこの世の終わりみたいな表情をした。
　目を見開いて、息をするのも忘れる。
「和、くん……？」
　和くんが、今にも泣きそうな顔をしているから。

「そっか。……叶うといいな、雪の夢」
「う、うん……」
　この時、私は和くんに、なんて言葉をかけたらよかったんだろう。
　それは今でも……わからないまま。
　そして、運命の日はやってくる。

　和くんの、退院の日。
　私は、学校帰りに急いで向かった。
　じつは前日、和くんが明日は早く来てほしいと言ってきたのだ。
　一緒に、マンションに帰ろうってことかな？
　わからないけど、今日はいっぱいお祝いしよう。
　なんたって、やっと退院できるんだもん！
「和くん！」
　いつものように、勢いよく病室の扉を開ける。
　その先には、冷たい表情をした和くんが、外を見ながら立っていた。
　もう、荷物は運び終わったのだろうか。
　病室は、新しい人が入れるくらい、きれいに片づけられていた。
　窓から射す夕日の光が、私たちを照らしている。
「和くん……？　えっと……退院、おめでとう！」
「……」
「……和くん……？」

「雪、話があるんだ」
　改まって……どうしたんだろう？
　嫌な予感が、脳裏をよぎる。
　だって和くんは、なんだかいつもと様子が違ったから。
　別人みたいに……冷たい表情を浮かべていたから。
「俺、引っ越すことになった」
　突然、そんなことを告げられる。
　引っ越す……？
　あの、マンションから？
「ど、どうして？　私たち、会えなくなっちゃうの……？」
　そんな、突然すぎるよ……！
「そうだよ。俺とお前はもう、一生会うことはない」
　──え？
　和くんが何を言っているのか、私にはわからなかった。
「一生……？　何を言ってるの、和くん？」
「……雪。俺さ、本当はお前のこと、嫌いなんだ」
　目眩がするほどの強い衝撃が、全身に走った。
　金縛りにあったみたいに体が言うことを聞いてくれなくて、和くんを見つめたまま呆然とする。
「まずさ、おかしいだろ？　俺たち、親同士が駆け落ちしたんだぜ？　"仲よしこよし"すんのも、もう限界」
「……」
「お前のお守りも疲れた。和くん和くんってしつこいし、お前の顔を見るたびに母さんのこと思い出して、腹が立つんだよ」

「……」
「この事故だって、お前がいなきゃ巻き込まれることなんてなかったし」
　言葉の１つ１つが、硬い槍となって私の体をえぐっていくようだった。
　私の世界が、音を立てて崩れ始めた。
「親父の転勤で引っ越しが決まってさ、もうマンションの荷造りも親父がやってくれてんだ。たぶん親父が車で迎えに来てるから、俺そのまま引っ越し先に行くし」
「……」
「やっとお前と離れられる。……あーあ、せいせいするわほんと。大っ嫌いなお前と離れられるんだから」
　目の前にいるのは、本当に和くんなんだろうか？
　そう疑わずにはいられなかった。
　和くんではないと、思いたかった。
　目の前の人物を、ただただ見つめる。
　――和くんだ。
　彼は紛れもなく、私が世界でいちばん大好きな、和くんだった。
　驚きすぎると、人間は涙も出ないのだろうか。
「ほん、と？」
　ようやく喉の奥から振り絞った声は、情けなく震えていて、今にも消えそうで、彼の耳に届くのが、やっとだっただろう。
「ほんと。なんでこんな嘘つかなきゃならないわけ？

……俺、もう行くから」
 そう言って、私の横を通りすぎる和くん。
「今後いっさい、俺に関わるな。お前の顔なんて……一生見たくもない」
 すれ違いざまに、そう言った声が耳に届いた。
 ……っ、
「和くん！」
 いったい、私のどこにそんな力が残っていたんだろう。
 病室を出ようとした和くんの足が、止まる。
「……私、は……和くんが、好き」
 窓から見えていた夕日が、雲に隠れて見えなくなった。
 あたりは、瞬く間に光をなくす。
「バカじゃねーの？　俺は嫌いだって言っただろ。お前なんて、誰が好きになるかよ。……お前だけは絶対無理」
 彼が、私に告げた最後の言葉だった。
 足音だけが、私の耳に響いた。

 その足音さえ聞こえなくなって、私の時間がようやく、動き出した。
 ポタリ、と、涙がこぼれる音が響く。
「……あ、あはっ……私、バカ……」
 ――そうだ。当たり前じゃないか。
 和くんは言った。
 私を見るたびに、お母さんを思い出すって。
 私が原因で、すべてが崩れたんだ。

崩れ去ったんだ。
私は和くんから、お母さんを奪った。
私は、和くんから見たら恨みの対象でしかない。
当たり前だ……それなのに、私は、私は……。
「和くんはずっと、そばにいてくれるってっ……」
　……何を、夢見ていたんだろう。
私に向けられていた笑顔は、全部嘘だったのだろうか。
和くんは、ずっと無理して私のそばにいてくれたんだろうか。
そんなことも知らずに、私はバカな女だ。
信じていたものが崩れるのは、こんなにもあっけないものなんだと理解した。
「……っ、ぅ、ぁ……」
この日からだ。泣き声を押し殺すのが癖になったのは。
この日、世界でいちばん、大好きな人がいなくなった。

中学２年生。
私は、和くんの面影に追いついていた。
雪が降っていた、ある日のこと。
中学２年生という年頃は、みんな色恋沙汰に浮き足立っている。
　３年生になると受験でそれどころではないし、今のうちに恋をしておきたいのだろう。
私は……そういうのは、興味ない。
「はぁー、あたし、行ってくるわ！」

レミちゃんという友達が、深呼吸をしてそう言った。
「頑張れ！」
　私は、笑顔でそう伝える。
　レミちゃんは、今日同級生の男の子に告白するのだ。
　教室から出ていったレミちゃんを見つめて、私はギュッと手を握りしめた。
　レミちゃんの恋が、うまくいきますよーに……！
　しかし、私の願いは虚しく……。
「うわぁあん！　聞いてよ雪ー‼」
「だ、大丈夫？」
　レミちゃんの恋は、散ってしまったらしい。
　泣きながら、私に抱きついてくるレミちゃん。
　その背中を、ゆっくりとさする。
「あいつ、最低なのよ！　遊びならいっかなーとか言って！あたしのことなめてたの‼」
「わ……それはひどいね……」
「ほんっと！　あんな男好きだったあたしがバカみたい‼黒歴史だわ‼」
　……え？
　そ、そこまで……？
　レミちゃん、あんなに好きだって、かっこいいって、言っていたのに。
　で、でもきっと、こんなのは虚勢だよね。
　本当はまだ、諦められないはずだ。
　好きという気持ちが、そんな簡単に消えるはずがない。

私はそれを、痛いほどに知っている。
「大丈夫だよレミちゃん！　めげずにアタックしよう！」
「は？　なに言ってるの雪？　あんなヤツにアタックする価値なんてないし、好きなんて気持ちどっか行っちゃったわよ！」
　「はーあ、次探そ、次」と言って、レミちゃんは先ほどの涙はどこへやら、大きなアクビを１つ。
　私は呆気にとられて、その場に立ち尽くした。
　……え？
　そういう、ものなの？
　恋愛って……そんな簡単に、終わるのっ……？

　その日の帰り道、私はずっと、恋について考えていた。
　何度も、何度も、和くんを忘れようと思った。
　忘れようとして、忘れる努力もした。
　けれど、今の私はどうだろう。
　和くんがいなくなって、もう２年以上がすぎて……。
　それなのに、この気持ちは少しも薄れてくれなかった。
　マンションにある、ピアノルームへと入る。
　お母さんがいなくなって、ピアノ教室もお開きになって、ほとんど使われていないピアノ。
　鍵盤も……そろそろ調整し直さなきゃだ。
　和くんとの思い出が、詰まった場所。
　ここだけは、何も変わらず、そのままだ。
　和くん……元気にしているかな。

あれ以来、まったく音沙汰がない。

中学1年生になってすぐ、おばあちゃんが亡くなって、私はこのマンションに1人で住んでいる。

一応お父さんとお母さんは籍を入れたままだから、私の家に、児童保護団体が来ることもない。

週に一度のペースで、お母さんの親戚が様子を見に来てくれるけど、それ以外はほとんど1人暮らしだった。

お金は、おばあちゃんが遺してくれた遺産と、お父さんが、おばあちゃんの通帳へ、毎月十分な額を支払ってくれていた。

不自由なことはない。

あるのは……ただ、孤独……だけだった。

そういえば……和くんと出会う前も、孤独を感じていたなぁ……。

あの時は、お父さんもお母さんもいたから、まだ今ほど孤独ではなかったけれど。

今は生きる意味がわからないほどに、孤独な気がした。

手を鍵盤に添えて、親指でドの音を鳴らす。

その音は、ドの音ではなかった。

ピアノ……やっぱりもうボロボロか。

そう思いながら、私は和くんが好きだった曲を鳴らす。

楽譜どおりに弾いているのに、それはもう不快なほどに、歪な旋律だった。

このピアノも、このメロディーも、私みたいだ。

『雪のピアノ、俺すっげー好き!』

こんなピアノじゃ、和くんは褒めてくれないだろう。
『雪、俺、軽音部に入る！』
『軽音部？』
『そ！　ほら見て、ギター買ってもらったんだ！』
『うわ、すごい！　かっこいいね！』
『いつか、雪に曲を作ってやるよ……！』
　いつの日かした、そんな会話を思い出した。
　そして、なぜか止まらなくなった。
　次々と、和くんとの思い出がよみがえる。
『雪……寂しい？』
『どうして？』
『……お母さんもお父さんもいなくなって、結構たつだろう？』
『寂しくないよ！　だって、和くんがいてくれるもん！』
『……へへ、俺も、雪がいたらそれでいいや』
『今日ね、男の子に付き合おうって言われたの！』
『ブッ、はぁ!?　……だ、ダメだからな!!　断れよ!!　雪は俺……じゃなくて、とにかくダメ!!』
『どうして……？』
『どうしてって……、ちゅ、中学になったら教えてやる。今はまだ早い！』
　和くん、何を教えてくれるはずだったのかな……？
　私、もう中学２年生になったよ。
　あの時の和くんと……同い年だよ。
「……っ、私っ、未練ったらしいなぁ……っ……」

——和くんが、好きだ。
　忘れることなんてできない。
　諦めることなんてできない。
　私の中には、もう和くんしかいなくて、和くんしか、入ることなんてできないんだ。
　こんなに苦しい気持ちなら、捨ててしまいたいのに。
　レミちゃんみたいに、"はい、次"って行けたらいいのに……。
　……私は思い知った。
　私は、和くんしか好きになれないのだと。
　今さら、そんなことに気づいた。
　彼との思い出が、あまりに多すぎる。大き、すぎる。
　抱えきれないほど、この想いは膨らんでしまった。もう、どうしようもない。
　……1人では、どうしようもできなかった。
　和くんがいなくなってから、和くんのことを考えないようにした。
　でも、1日だって、考えずにいられた日はなかった。
　毎日考えて、思い出して、そして願った。
　あの日のことは夢だったのだと。
　明日目が覚めたら、きっと和くんは『雪』と名前を呼んで、ほほ笑んでくれるのだと。
　そして目が覚めるたび、痛感する。
　家を出るたび、思い知る。
　ああもう、彼はそばにいない。

隣の家には、誰もいないのだと。
ねぇ……もう、会えないの？
私の顔すら、見たくない？
そばにいるだけでいいって言っても……ダメ、かな？
答えなんて、聞かなくてもわかる。
あそこまで、はっきりと言われてしまったんだもん。
「わかってる……わかってる、ちゃんと」
涙に滲む声でそう呟いた私の言葉は、和くんに届くことはない。

重たい体を起こして、自分の家へ帰った。
ポストを開けて、届いている郵便物を取る。
……あれ？　誰から、だろう？
真っ白な手紙に、知らない宛先。
家に入ってソファに座り、すぐに封筒を開けた。
そこには、【水谷優哉】の文字。
水谷……和くんパパ？
私は驚いて、急いで手紙を開けた。

白川雪様
元気にしていますか？
じつは、僕は再婚することになりました。
生涯をかけて添い遂げたいと、もう一度、そう思える人に出会えました。
突然こんなことを、君に伝えてすみません。

不快にさせてしまったなら、この手紙はすぐに捨ててもらってかまわないからね。

　和哉は高校入学と同時に1人暮らしを始め、家を出ていきました。

　今は神咲学園に入学し、元気にやっているそうです。

　まだ、雪ちゃんのお父さんと、和哉のお母さんとは連絡が取れていません。

　何かあれば、すぐに連絡させていただきます。

　気が向いた時でいいので、ぜひ和哉にも会ってやってください。

　……これは、いったい、何を伝えるために送ってきたのだろう。

　和くんパパが、再婚？

　それは……もちろん素直に祝福できる。

　けれど、理由がわからない。

　和くんパパは、どうしてわざわざこんな手紙を？

　和くんに、内緒で送ったのかな？

　……きっとそうだよね。

　だって、この口調だと、私が和くんにもう会いたくないと言われたことを知らないんだろうから。

　それに、しても……。

　和くんは、神咲学園に入学したんだ。

　都内でも、トップクラスの名門校。

　さすが和くんだ。

……っ、あ……。
　私は、ふと思った。
「神咲……学園」
　行けない場所では、ない。
　むしろ、今から勉強すれば、合格圏内のはずだ。
　和くんパパはもしかして……和くんの居場所を、教えてくれようとした？
　どうして、そんなことを？
　疑問に思ったけれど、私は今、新しくできた和くんとの繋がりに、一筋の希望が射した。
　この高校に行けば……和くんと会えるんだ。
　１年間、和くんと同じ高校に通える。
　まるで、ストーカーみたいだとも思った。
　気持ち悪がられるかなとか、嫌がられるのは目に見えていたから。
　それでも、それでも……。
「会いたい……」
　──もう、ただそれだけだった。

　あれだけ拒絶されたけど、まだ、少しでも、少しでも希望があるなら……私は、和くんを諦めたくない。
　諦め、きれない……っ。
　この時、私が選んだ選択は正しかったのだろうか？
　……それは、今でもわからない。

第5章
そしてあなたさえも

雪と付き合って、結婚して、子どもを授かって、
幸せな家庭を作る……。
顔もわからない将来そうなるだろう男が、
羨ましくてただ憎かった。
——きっと俺は、一生祝福なんてできやしない。

私だけが止まった世界

　目覚めは、あまりよいものではなかった。
　見覚えのある天井。
　ああ……ここは、和くんの家、かな？
　私……どうしてここにいるんだっけ？
　鉛のように重たい体を起こすと、私は腹部に当たる違和感に気づいた。
　……？
　和くんが、うつ伏せの体勢でベッドに寝ていたのだ。
「か、和くん!?」
　びっくりして、思わず声を上げる。
　か、顔、近い……！
　私の声で目が覚めたのか、和くんは、ゆっくりと目を開ける。
　私を視界に映して、驚いたように体を起こした。
「雪……！　大丈夫か!?」
「……え？　う、うん……」
「体調は!?　どこか痛いところとかないか……？」
　心配そうに眉を下げ、我を忘れたようにそう言った和くん。
　え、っと……和、くん？
　取り乱している和くんの姿に、驚く。
「だ、大丈夫だよ……？」

「……そ、そうか……ならいい……」
 和くん……私のこと、心配……してくれたの？
 もしかして、ずっとそばにいてくれたのだろうか？
 私、たしか、お父さんと和くんママに会って、雨の中を逃げて、和くんが来てくれて……そこからの記憶がない。
 たぶん、あの雨の中で倒れたんだろう。
「和くん……私、どうしてここに……？」
 また、和くんが運んできてくれたの……？
「……お前、また雨の中で倒れて、2日間熱に浮かされてたんだよ」
 ……え？ 2日間……？
「わ、私、2日も寝込んでたのっ……？」
「……同じこと何回も言わせんな」
 いつもの和くんの口調に戻っていて、少し肩を落とす。
 けれど、自分がどれだけ迷惑をかけたか気づいて、申し訳ない気持ちでいっぱいになった。
「和くん……もしかしてずっとついててくれたの……？」
 2日間ってことは……今日は学校のはず。
「……んなわけねーだろ。仕方ねーから家に連れてきて放置してた」
 ほ、放置って……。
 でも、その言い方がすべてを物語っていた。
 私の額には、まだ冷たさの残る冷却シートが貼られているし、和くんはここで寝ていた。
 彼は、ずっとそばにいてくれたんだ……。

……昔も、そうだった。

私が熱を出せば、和くんがずっとそばにいてくれたし、和くんが熱を出せば、私がずっとそばにいた。

懐かしくて、うれしくて、すっと一筋、涙がこぼれる。

「ご、ごめんね……気にしないで」

これは、うれし涙だから。

心の中でそう呟いて、溢れる涙をすくった。

「……うざ」

なんて言われても、今は心が痛くならなかった。

心が、懐かしい思い出で溢れていたから。

ピピピピという機械的な音が鳴って、体温計を見る。

37度、ぴったり。

「和くん、もう熱も下がったから、家に帰るね……？ 何日もお世話になってごめんなさい。本当にありがとう」

時刻は夜の、7時。

時計がそれを示していた。

今から帰って、明日は学校に行けるだろうか……？

そういえば、スマホはカバンの中に入れたまま、一度も確認していなかった。

もう何日、学校休んだんだろう……？

授業の遅れが、響かなければいいけど……。

和くんはずっと首席で、生徒会長だって聞いた。

私も自己満足だけど、釣り合うくらい頑張りたい……。

もう帰る気は満々で、そんなことを考えていると、頭上からため息が降ってくる。

「バカか。微熱っつっても、まだ熱あるだろ。今日はこのまま寝ろ」

怒ったような口調に、一瞬ひるんでしまう。
「で、でも、これ以上お世話になるのは申し訳ないよ」
「別に世話なんかしてない。……はぁ、もう頼むから、大人しく寝てくれ」

……。

なんだか、これ以上抵抗するほうが和くんにとっては迷惑になってしまう気がして、大人しく従った。

2人きりの室内。

気まずさで、少し息苦しい。

窓から差し込む月の光が、その静寂を引き立たせているようだった。

私はお風呂を借りて、和くんが作ったおかゆもいただき、体調はもうすっかりよくなっていた。

おかゆから、少し焦げた味がして、それがなんだかとても愛しくて。

和くん、料理苦手なのかな……？

そのおかゆは、一生懸命作ってくれた味がした。

「なぁ」

沈黙を破った和くんの声は、喉から振り絞って出したような、そんなもの。

「……お前の、お父さんと俺のばばあのことだけど……」

——ドキリ。

心臓が、大きく脈を打つ。

その話は、聞いていいものかわからなかったので、これまで聞かなかったけれど……いざ聞くとなると怖くて手が震え始める。
「あれは忘れろ」
「……え？」
「あいつらのことなんか、お前は考えなくていい」
　予想外の言葉に、私は開いた口が塞がらなかった。
　忘れろ……って……。
　そんなこと言われて、忘れられるはずないのに。
　それに、どうして……私には教えてくれないの？
　和くんは、2人が再婚したことをずいぶん前から知っていたはずだ。
　和くんママとお父さんの様子から、何度かこの家には訪れているみたいだったし、3人は、きっと頻繁に会っていたに違いない。
　……聞きたい。
　すべてを、真実を……。
　あのあとどうなったのか、お父さんはお母さんのことを知っているのか。
　──私たちのことを、"少しでも"愛していたか。
　……って、そんなの、和くんが知るはずないか……。
「私、ちゃんとお父さんと話したい……」
　今はそれが、正直な気持ちだった。
「……とにかく、今日はもう寝ろよ」
　返ってきた、そっけない言葉。

なんだろう。和くんは、私から何かを隠したがっている気がした。
　お前は何も知らなくていいと、突き放されている気がしたんだ。
「……教えてほしい。お父さん、今どこに住んでるの？」
　私の質問に、和くんが不機嫌になったのがわかる。
「……知らねーよ。いいからもう寝ろって」
「嘘。和くん、２人と頻繁に会ってるんでしょう？　そんな素振りだったもの」
「……会ってない。お前、いい加減にしつこいぞ」
「私のお父さんなんだもん……私にだって、知る権利くらい――」
「あーもううるせぇな。お前のそういうとこ、本気でうざいから」
　私の声をかき消すようにそう言って、和くんは部屋を出ていってしまった。
　バタンッ！　と、勢いよく閉められた扉。
　……１人残された部屋で、ため息がこぼれる。
　何、やっているんだろ……私。
　なんだかもう、うざいって言われるのも慣れちゃった。
「……また、嫌われちゃった……」
　結局、いつになっても、私だけが……。
　……私だけが、何も知らない。
　何も知らずに、まわりだけが動いていく。
　もう、なんにもわかんないや……。

何も、考えたくない……。

頭が痛くなってきて、ベッドに横になった。

目を閉じて、真っ暗闇に浮かぶのは……。

——お父さんの、幸せそうな表情。

次の日、目が覚めたのは朝の9時だった。

起きたら和くんはすでにいなくて、手紙が1枚残されていた。

この前と、一緒だ。

【俺が帰ってくるまでは、大人しく寝てろ】

それだけが書かれていて、私は書かれている文字をそっとなぞった。

……帰ろう。

置き手紙にはこう書かれているけれど、これ以上は迷惑をかけたくない。

また『うざい』って……言われたくなかった。

玄関に行って、扉が閉まっていることを確認する。

和くん、鍵は持っていってるみたい。

玄関のクローゼットの上にスペアキーらしきものがあって、私はカバンの中に入っているレター用紙にボールペンを走らせた。

制服は、きれいに洗濯されていて、アイロンもかけてくれている。

ありがとう……和くん。

心の中でそう呟いて、帰る支度を済ませた。

家のポストに、鍵を入れる。
　……よし、帰ろう。

　今日は、晴れでもなく雨でもなく天気は曇り。
　どんよりと湿った空気が、まるで私の心の中みたいだ。
　勝手に帰ってきちゃったけど……明日学校で会えたら、ちゃんとお礼を言わなきゃ。
　……そういえば。
　私は、カバンの中にあるスマホを取り出した。
　電源は、まだある。
　立ち止まってスマホを開くと、画面には【新着メール12件】という文字。
　……え？
　驚いて宛先と内容を確認すると、そのうち11件は瞳ちゃんと楓ちゃんからだった。
【雪、学校休んでるけど大丈夫か？】
【何かあったの？】
【和哉くんから聞いた！　風邪大丈夫か？　ちゃんと休めよ!!】
【今日、涼介経由で雪が寝込んでるって聞いた。お大事にね？】
　いくつもの、私を心配してくれるメール。
　楓ちゃん……瞳ちゃん……。
　うれしくて、なんだかちょっぴり泣きそうになる。
　そして、昨晩もメールが届いたらしく急いで確認した。

【休みが長引いてるけど大丈夫か？　今日は和哉くんもいねーし、心配だからまた連絡ちょーだいな！】
　……え？　……和くんが、休み？
　もしかして、昨日休んでまでつきっきりで、看病していてくれたの……？
【雪、和哉くんと何かあったの？】
　瞳ちゃんのメールに、私は胸がざわついた。
　何かあったって……どうして、そんなメールを？
　瞳ちゃん、何か知ってるみたいな言い方……。
　……っ、ダメだ、もうまったく、わかんない……。
　私、自分でも何がなんだか、わかんないよ……。
　考えても、考えても考えても考えても……和くんの私に対しての態度と言葉、行動の辻褄が合わない。
　もう、頭の中はずっとぐるぐるといろいろな思考が迷走していて、頭がおかしくなりそうだった。
　返信、しなきゃ……。
　とりあえず今は、心配をかけた２人に大丈夫なことを伝えよう。
　気づけばもう家が見えていて、私は足を止めてメールを打った。
　送信という画面を確認して、家までの残りの道を小走りに進む。
　とにかく、いったん落ちつかなきゃ。
　ゆっくり考えるんだ。今はいろいろなことが起きすぎて、混乱しているだけ。

家のドアに鍵を差し込んだ時、カバンの中のスマホが震える。
　……ん？
　画面を開くと、瞳ちゃんからの着信だった。
　瞳ちゃん……!?　じゅ、授業中じゃないのかな……!?
　慌てて、電話を取る。
「もしもし？　瞳ちゃん？」
《雪……!　あんた大丈夫なの！　もう何日も学校を休んで……！》
　電話越しに、切羽詰まった瞳ちゃんの声が聞こえた。
　私が思っていたよりも心配をかけてしまっていたようで、申し訳ない気持ちでいっぱいになる。
「心配かけてごめんね……！　明日にはもう学校に行けそうだよ」
　そう伝えると《それならよかったわ……》と安堵したような声が聞こえた。
《私のメール、見た？》
　一瞬、なんて返事をしていいかわからず、下唇をギュッと噛む。
　瞳ちゃんがどうして和くんと私の間に何かあったと勘づいているのかはわからないけれど、
「うん……明日、話してもいいかな？」
　瞳ちゃんになら、聞いてほしいと思った。
　奥から、楓ちゃんらしき人の叫び声が聞こえる。
《もちろんだよ。今、横で楓が代われ代われって叫んでる

から、ちょっと相手してやってくれる？》
　やっぱり……楓ちゃんだ！
「ふふっ、もちろん！　私も楓ちゃんと……っ!?」

　――それは、本当に突然だった。
　背後から、何者かに口を押さえられたのだ。
　ハンカチのようなものを口元と鼻に押し当てられて、後ろから体を拘束される。
　気分が悪くなるような臭いが体中に駆け巡って、私はスマホを地面に落とした。
　頭が、ぼうっとする。
　……な、に……？
《……雪？》
　朦朧とする意識の中、落ちたスマホから聞こえた楓ちゃんの声。
　体に力が入らなくて、膝が地面につく。
　そのまま地面に倒れ込んだ私は、視界がぼやけていくのがわかった。
　あれ……、私、どうなったの……？
　ひんやりと冷たい地面から体を離そうにも、ピクリとも動かせない。
　意識が遠のく中、最後に見えたのは、私の顔を覗き込んだ人物。
「……せん、せ……？」
　私の視界から、光が消えた。

失う恐怖

『雪……お前に何があっても、俺が絶対に守ってやる』
　そう言って、私の頭を撫でた和くん。
『お前だけは、何に替えても俺が絶対に守るから』
　彼が私にそう言ったのは、もう何年も前のこと。

「白川、白川っ……！」
　体を揺すられて、重たい瞼を持ち上げる。
　視界に映ったのは、意識を失う前と同じ光景だった。
「よかった……！　目を覚まして」
　先、生？
　自分の身に何が起こったかわからなくて、目の前でうれしそうにほほ笑む先生をただ見つめる。
　そして、自分のいる場所が、意識を失う前とは違うことに気がついた。
　……ここ、どこ？
　あたりを見渡せば、よくあるマンションの１室のよう。
　それはわかるけれど、自分がなぜこんな場所にいるのかがわからなかった。
　……何、これ？
　両手を、縄のようなもので固く結ばれ、後ろに固定されていた。
　足にも鎖のようなものがつけられていて、身動きが取れ

ない状態。
　この場にいるのは、どうやら私と先生だけ。
　ということは、つまり……。
「なかなか目を覚まさないから、薬の分量を間違えたのかと思ったぞ」
　……私をここに連れてきて、こんな状態にした犯人は、先生ということだろうか。
　にっこりとほほ笑み、聞き間違えかと疑うような発言をする先生。
「せん、せい……？　これ、どういうことですか……？」
　私の声は、恐怖からだろうか、情けなく震えていた。
「先生、白川のことをずっと見ていたんだよ」
「……っえ」
「白川は、俺の女神なんだ」
　……何、言っているのこの人……？
「長い間、教師を続けてきたけど、本当に地獄のような日々だったよ。生徒には気持ち悪がられて、若い教師からはバカにされて……」
　震えが止まらない私をそばに、先生は１人淡々と語りを続ける。
「そこに、白川が現れたんだよ」
「……」
「俺を慕ってくれる生徒なんて、白川が初めてだった。白川が俺に優しい言葉をかけてくれたあの日から、お前が愛しくて仕方がなかったんだ」

──まずい。

直感的に、そう思った。

自分に起こった事態を、私はようやく理解する。

「先生、学校を辞めてきたんだ。心配することはない、貯金もちゃんとある。これからは、2人で生きていこう」

この人、完全に頭がおかしくなっている。

私を見ながら息を荒げる先生を見て、全身に鳥肌が立った。

逃げなければと、私の全身が危険だと叫んでいる。

けれど、腕も足も拘束されている今、私がここから逃げ出すことは不可能だった。

どうしよう、どうしよう……！

頭の中はパニックに陥って、とにかく逃げ道がないかあたりを見渡す。

殺風景な部屋。家具も最低限しかなくて、きっとここは先生の自宅なんだろう。

この人、さっき『これからは、2人で生きていこう』って言ったよね……？

その言葉がどこまで本気なのか、その重みがわからなくて、震える唇を必死で開く。

「せん、せ……？　冗談、ですよ、ね……？」

私の前に座り込む先生の表情が、一変した。

先ほどまでニコニコとしていた笑顔は消え、急に真顔になる先生。

その驚くほどの変化に、思わず「ひっ……」と情けない

声が漏れた。
「冗談……?　何を言ってるんだ?」
「こ、これ……取ってくださ……」
「取る必要なんてないさ。不便はないだろう?　ご飯は先生が食べさせてあげるし、お風呂だって入れてやる。身のまわりのことは全部、先生がしてあげるからな」

　彼の瞳が、本気だと物語っていた。
　ここまで、頭のおかしい人に会ったことがない。
　1人で……帰るんじゃなかった……っ。
　和くんの言うこと、ちゃんと聞いてればよかった……。
　まさかこんなことになるだなんて思ってもいなくて、どうしようもない状況に涙しか出てこない。
　誘拐、されたんだ……。
『あいつには気をつけろ』
　和くんの言葉が、脳裏をよぎる。
　ちゃんと忠告されていたのに……私、何を言っているんだろうって、聞き流していた。
　……そうだ。
　もともと私が熱を出した日、一度先生に連れていかれそうになったじゃないか。
　なんで……私は、こんなにバカなんだろう……。
「どうした白川!?　どこか痛むのか!?」
　何を勘違いしているのだろうか、涙を流す私の肩を掴んで、揺すってくる先生。
　頭が、まだぼうっとする。

先生は、薬の分量を間違えたと言ったけど、いったいなんの薬を吸わされたんだろう……。
　私は、このままどうなってしまうんだろうか。
「ひっ……っぅ、うっ……」
「白川……？　どうしたんだ？」
「和くん……ごめ、なさい……」
　無意識に溢れた言葉。
「水谷……だと？」
　先生は、それを拾ってしまったようだ。
　驚くほどに低いその声に、ハッとする。
　涙さえ止まって、私は恐る恐る顔を上げて先生を見た。
　その顔は、まさに恐怖そのもの。
　怒りに眉がピクピクと動いていて、唇が切れるんじゃないかと思うほどに、強く噛みしめていた。
　目を見開いて怒りに震える先生に、違う意味で私の震えは収まらなくなる。
"怖い"
　もう、その言葉しか浮かばないほどに。
「あいつ……俺の邪魔ばっかりしやがって……生意気なんだよ、教師からも生徒からも慕われてるかなんだか知らないけど、いつも俺を見下すようにして……っ」
　そう言ったあと、「ぐっく、っ……」と、悔しさを噛みしめるように声を漏らす先生。
　私の体の震えは、もう尋常ではなかった。
　恐怖から来る身の震え。

歯もカタカタと音を立てながら震えていて、生理的な涙が頬を伝っていく。
「あいつも白川が好きなんだろうなぁ。でも、もう白川は俺のものだ……俺の……はははは!!」
　お、おかしいっ……。
　この人、イカれてる……。
　高笑いが、部屋中に響く。
　私は恐怖を鎮めるように深呼吸をして、大丈夫、大丈夫と心の中で何度も呟いた。
　そうしていないと精神を保っていられない気がして、必死に自分に言い聞かせる。
「あーあ……どうしたんだ、そんなに震えて……」
　先生の、太い手が伸びてきた。
　頬に触れた手は汗ばんでいて、恐ろしくて声すら出ない。
「これから白川と2人で生きていけるなんて……夢のようだよ……」
　別に、先生が凶器を持っているだとか、殴られるだとか、そういう肉体的な恐怖ではない。
　その目が、手が、声が……私の精神をおかしくさせていくようで、怖くて目も開けていられなかった。
　ギュッと閉じた瞳の奥で、浮かぶのは彼の姿。
『俺が守るから』
　和く、ん……。
　助けてっ……。
　──ドカンッ、ドカン!!　ドカン!!

慌ただしい音が響く。
　それは、玄関の扉を蹴るような音だった。
　何事だろうか、先生も顔を曇らせている。
「なんなんだ……！　誰だいったい……！」
　鳴りやまない轟音。
　一瞬、その音が止まったかと思えば、次はガラスが割れる音が聞こえた。
　……何？　なにっ……？
「雪‼」
　その人の声を、私が聞き間違えるはずがない。
　――ああ、どうしてあなたは。
　いつも、いつもいつもいつも……。
　私を助けに来てくれるんだろう。
「お前っ……水谷……！」
　私の視界に映ったのは、いたるところから血を垂れ流している和くんの姿。
　ガラスを割って入ってきたのだろうか、痛々しいその姿に、胸が痛くなる。
　いつだってそうだった。
　私が心から助けを求めた時、和くんはまるで聞こえていたかのように現れて……。
　そして、ヒーローみたいに私を助けてくれた。
　こんな人を……好きになるなってほうが、無理に決まっているのに……。
「雪……もう大丈夫だからな」

お父さんとお母さんがいなくなった時、本当に悲しかった。
　　悲しくて悲しくて……けれど、1人ぼっちだなんて思わなかったんだ。
　　でもね、和くんがいなくなったあの日は。
　　生まれてから、いちばん悲しい日になった。
　　この世界で、1人ぼっちになったのだと思った。
　　──あなただけで、いいんだ。
「どうしてお前がっ……！」
「うっせーな。お前が雪を気持ち悪い目で見てんのなんて、ずっと前から気づいてんだよ」
　　──お願い。
　　もうこれで、迷惑をかけるのは最後にする。
　　和くんの言うこと、なんでも聞く。
　　だから、私のそばにいてほしいっ……。
　　和くん以外じゃ、私の孤独は埋まらない。
「く、来るな!!」
　　私たちのもとへ近づいてくる和くんに、先生は叫んだ。
　　そして、突然すぐ後ろにあった扉が開かれ、ベランダへと連れ出される。
　　私は先生によって体を持ち上げられ、ベランダのフェンスから身を乗り出すような体勢になった。
　　……え？
「これ以上近づいたら、白川を下に落とすぞ……！」
　　足についていた鎖を外され、私は先生が手を離せば、今

にもここから落ちてしまう状態だった。
　ここは、マンションの4階くらいだろうか。遠くに見える地面に、声すら出ることを拒む。
　冷たい空気を吸い込んで、ごくりと息をのんだ。
「お前……自分が何してるかわかってんのか!?」
「……ああ……白川を殺して俺も死ぬっていうのも、悪くないからなぁ」
　……ダメだ、この人、本気でっ……。
　私を掴む手の力が、少しだけ緩む。
　恐怖で呼吸が荒くなって、私は必死に目をつむった。
　この高さから落ちたら、本当に死ぬかもしれない。
　せめて、腕の拘束が取れたら……。
　腕の自由が利かないまま落とされてしまえば、私は頭から落ちてしまう。
　完全に、逃げ場がない。
「とにかく落ちつけ、いったん雪を下ろすんだ」
「誰がお前の言うことなんか聞くものか……！　お前がここから出ていけば、下ろしてやる」
　後ろで和くんと先生の会話が聞こえるけれど、内容なんて入ってこなかった。
　恐る恐る、薄っすらと瞳を開く。
　マンションの敷地の奥に、赤く光る車が何台か、このマンションへ向かっているのが見えた。
　そして、その車特有の音が、こちらまで聞こえてくる。
「……っ、やっと来たか」

「けい、さつ……？」
　先生の手が、緩んだ。
　──え？
「しまったっ……！」
　背後から聞こえた焦りで掠れた声は先生のもので、私の視界は一転する。
　──もう、ダメだ。
　ゆっくりと、自分が降下しているのがわかる。
　降下するのなんて一瞬の出来事なはずなのに、やけに遅く感じられた。
　最後に、和くんにありがとうって言いたかったな……。
　のん気に、そんなことを思えるほど。
　和くんごめんなさい。
　和くんの言うこと聞かずに、勝手に帰ったりして。
　ケガさせて、危険なことに巻き込んで、ほんとにほんとに、ごめんなさい……。
「雪！！」
　私の名前を叫ぶ声が、はっきりと、近くで聞こえた。
　温かいものに、包まれるような感覚。
　そのまま、私は地面に叩きつけられたのだろう。
　強い衝撃が全身に走って、呻(うめ)き声が漏れる。
　……あ、れ？
　どうして私……意識があるの……？
　ありえない状況に混乱しながら、私は何か柔らかいものが下にあることに気がついた。

おかしい。下は地面のはずだ。
まるで人肌のように温かいそれに、たまらなく悪い予感がして、恐る恐る目を開ける。
「和、くん……？」
私の下敷きになるようにして、頭から血を流した和くんが倒れていた。
その時、過去に一度、聞いたことがある。
——世界が、崩れる音がした。

真っ赤な紅は、時がたつにつれ範囲を広げ、地面を侵食していく。
「和、くん……」
あなたさえいてくれればいいと、願ったばかりなのに。
「い、や……嘘……」
思い出した。
私は、神様に嫌われていることを。
私の大好きな人たちは、みんな私の前からいなくなる。
「いやあああ！」
私の叫び声が、あたりに響いた。
返ってきたのは、鳴りやまないパトカーの音だけだった。

希望のあとの絶望

【手術中】と書かれたライトが光っている。

その部屋の扉の前で、私は両手を合わせながら立ち尽くしていた。

あのあと、駆けつけた警察官が先生を連れていった。すぐに救急車を呼んでくれて、事情聴取を受けたあと私もすぐに和くんのもとへ向かった。

病院について、そのまま手術室に搬送された和くん。

もう、1時間以上がたつ。

廊下の向こうから、走っているのだろうか、慌ただしい足音がいくつも聞こえた。

「雪……!!」

「雪ちゃん、和哉は……!?」

楓ちゃん……瞳ちゃん、北口先輩に、瀧川先輩も……。

みんな、一緒に来てくれたんだ。

4人は私に駆け寄ってきて、口々に言葉をかけてくる。

けれどもうみんなが何を言っているのか、わからないほどに私も混乱していた。

「ごめ、なさいっ……ごめんなさいっ……」

口からは、謝罪の言葉しか出てこない。

怖くて怖くてたまらなくて、顔すら上げられなかった。

「雪……」

「ごめんなさい、私がっ……私のせいで……」

「バカ、なに言ってんだよ！　雪が無事でよかった！」
　楓ちゃんは、そう言って私を抱きしめてくれた。
「雪との電話が切れた時、雪……最後に先生って言ったでしょ……？」
　電、話……？
　そうだ。誘拐される前、瞳ちゃんと電話をしていた。
「何かあったと思って、私とっさに和哉くんに言いに行ったの。そしたら和哉くん、学校を抜け出して……」
　――和、くん……。
「そのあと学校でね、生徒２人が事件に巻き込まれたって、伝えられたの。名前は言われなかったけど、絶対に雪と和哉くんだって思って。２人に何回電話しても連絡つかないから。さっき、涼介が和哉くんのお父さんに電話して……それで……」
「雪ちゃんっ……!!」
　懐かしい声がした。
　途端に罪悪感が私の体を支配して、その人の姿を見ることを拒絶する。
「和哉はっ……!?」
　呼吸が苦しくなって、私は思わずあとずさった。
　久しぶりに会う、和くんパパ。
　まさか、こんなところで再会するなんて……。
　こんな再会になるなんて、思ってもみなかった。
　震える手を握り合わせながら、ゆっくりと顔を上げる。
　私の視界に、息を切らし、汗を垂らして、真っ青な顔色

をした和くんパパが映った。
「和くん、パパ……」
　この光景は、前にも見たことがある。
　青ざめながら、手術室の文字をただただ見つめる和くんパパの姿。
　過去の光景と重なって、私はきつくきつく目を閉じた。
　本当に、取り返しのつかないことをしてしまった。
「私のせいで……また和くんを巻き込んでしまって……」
　4年前と同じだ。
　和くんが私をかばって、生死の危機に立たされている。
「……ごめん、なさい……。ごめんなさい、本当にごめんなさいっ……」
　──私が、和くんに会いに来なければ。
　追いかけて同じ高校になんて来なければ、こんなことにはならなかった。
　和くんパパは、私の肩にそっと手を置く。
「雪ちゃん、謝らないで。警察から全部聞いたよ」
「……っ」
「君が責任を感じることは何もない。あの時も、今も、悪いのは雪ちゃんじゃないからね」
　どうして、そんな優しい言葉を……。
　いっそ、私のせいだと罵倒してほしい。
　和くんパパの言葉が、今は残酷なほどに私の心を突き刺した。
　「ごめんなさい」という言葉しか出てこない。

「和哉は強い子だから、大丈夫だよ。あいつは雪ちゃんを残して死ぬような男じゃないから」
　……っ。
　もう何も言葉を返すことができなくて、私は情けなく涙をポロポロと流しながら首を縦に振った。
　手術中というライトが、音を立てて消える。
　この場にいた全員の視線が、一斉に手術室の扉へと向かった。
　扉の奥から出てきたのは、１人の男性医師。
　彼が口を開いた途端、恐ろしくて両耳を塞ぎたくなる。
　その口から、もし絶望的な結果が告げられたら……。
　——お願い。お願いお願いお願い……。
　なんでもしますから、もう悪いことも、絶対に絶対にしませんから……っ。
　和くんだけは……。
　和くんだけは、連れていかないで……っ。
「無事に手術は終わりました。今は麻酔が効いて眠っています」
　——無、事？
　体中の力が抜けて、その場に崩れ落ちた。
　涙腺が切れたように、上限を超えたはずの涙が溢れる。
　口元はだらしなく歪んで、ぐちゃぐちゃの顔を隠すこともせずその場で泣きわめいた。
　よかった……。
　……本当によかったっ……っ。

「うわぁあっ……」
　私に泣く資格なんてないのに。
　全部私のせいなのに、そうわかっているのに、もう感情のコントロールが効かない。
　病院の廊下に、私の泣き声が響いていた。

　その後、和くんパパだけが確認と説明のため面会を許可された。
　面会を終えた和くんパパが病室から出てきて、座って待っていたみんなが立ち上がる。
「和哉のために来てくれてありがとう。意識が戻るのにはもう少し時間が必要みたいだけど、容体は安定しているらしい。本当に、心配してくれてありがとう。今日はもう夜遅いから、みんな家まで送るよ」
　和くんパパが、笑顔で私たちにそう言う。
　みんな、どこか納得いかない表情をしていて、最初に口を開いたのは北口先輩だった。
「俺たち……和哉が目を覚ますまで、ここにいたらダメですか……？」
　みんな、ここから離れたくない。
　和くんは手術さえ成功したものの、まだ目を覚ましたわけではないのだから。
　心配なのは変わらなくて、みんなで和くんパパを見つめる。
「気持ちはうれしいんだけど、みんな未成年だからね……

まだ病室には入れないし。和哉が目を覚ましたら、すぐに連絡させてもらう。約束するよ」

 和くんパパは、困ったように笑った。

 そうだよね……仕方ないよね……。

 もう、時刻は夜の9時すぎ。明日もいつもどおりに学校があるから、ここでわがままを言うわけにはいかない。
「さ、車で送るよ。行こうか」

 そう言って、和くんパパは再び笑った。

 ふと、思う。

 和くんパパって、こんなに笑う人だった……？

 いつも表情を変えず、クールだった記憶があるから、今さらそんなことに気がついた。
【再婚することになりました】

 そう書かれていた、手紙を思い出す。

 もしかして、新しい奥さんとの出会いで、何か変わったのかな……？

 和くんパパは、今、幸せだろうか。

 幸せに、なれているだろうか？

 私が幸せを奪ってしまった人の中の、1人。

 どうか、幸せになってほしい。

 背中を見つめながら、そんなことを思った。

「雪！ おはよ！」

 久しぶりにやってきた学校。

 昨日はまったく眠れなくて、目の下のクマを隠すのに時

間がかかった。
　教室につくと、すでに楓ちゃんと瞳ちゃんが席についていた。
「おはよう」
　２人とすぐ近くの自分の席に、私も座る。
　昨日はあのあとすぐに別れたから、きちんと話すのは本当に久しぶりだった。
「雪……その腕、大丈夫か？」
　楓ちゃんは包帯を巻かれた私の腕を指さして、眉間にシワを寄せる。
「うん、軽い打撲だよ」
　……というのは、心配させないための嘘。
　私は、昨日は地面に叩きつけられた衝撃で、腕の骨が折れてしまった。
　全治１ヶ月。
　利き手じゃなかったのが救い。
　それに……もし和くんが助けてくれなかったら、私は死んでいたかもしれない。
　……ううん、死んでいた。
　しかも、『彼が生きているのは奇跡だ』と、お医者さんは言っていた。
「そっか……」
　楓ちゃんはそう言って、黙り込む。
　私たち３人の間に、沈黙が流れた。
　……わかってる。

「休んでた時のことと、昨日のこと……だよね」

 2人は、気になっているはずだ。

 どうして、こんなことになってしまったのか。

 私のセリフに、2人はあからさまに反応を示した。

 当たり前だ、たくさん心配をかけたに決まっている。

「ゆ、雪、言いたくなかったらいいんだ……！ つーか言いたくないよな、大丈夫だから！ さ!!」

「そうだよ。無理に話さなくったって、雪が悪くないのはわかってるから」

 優しい、2人。

 私のことを気づかって、そんなことを言ってくれる。

 2人の優しさに、泣きたくなった。

「違うの……全部ね、私が悪いの」

 原因、要因、そのすべてが私。

 被害者ぶってなんて、いられないほどに。

「今日……ちゃんと話す、ね。きっと北口先輩と瀧川先輩も気になっていると思うから、みんなで病院に行く時、ちゃんと話すね」

 放課後、和くんの病室に行く約束をしている。

 朝から決めていたんだ。そこで、ちゃんと話すと。

 楓ちゃんと瞳ちゃんは、私の言葉に黙って首を縦に振った。

 その時、教室の扉が勢いよく開かれる。

 クラス中の視線がそこに集まった。

 その先にいたのは、息を切らした北口先輩。……と、遅

れて瀧川先輩も現れた。
「瞳！　楓ちゃん……と、雪ちゃん!!」
「どうしたのよ涼介、そんな慌てて……」
「和哉が、目ぇ覚ましたって!!」
　ガタリ、と音を立てて立ち上がった私。
　和くん、が……目を？
　……っ。
「ちょっ、雪!!」
　カバンも何も持たずに、教室を飛び出した。
　病院は、走れば10分ほどでつく。
　和くん、和くん、和くんっ……！
　頭の中はもうそればかりで、病院への道を全力で駆け抜ける。
　後ろからいくつかの足音が聞こえ、みんなも走っているのだとわかった。
「ちょっ、雪、速え……っ」
「あたし、もう走れない……！」
　みんなの声も、耳に入らない。
　瞳から溢れ出た雫が頬を伝っていることにも、気づかなかった。

「すみません!!　水谷和哉さんは何号室ですか!!」
　息を切らし、半ば叫ぶように聞いた私に、受付の看護師さんは驚いた様子で病室を教えてくれた。
　その番号を必死に探して、ようやく見つける。

後ろからは北口先輩だけがついてきていて、私は勢いよく病室の扉を開けた。
　——バンッ!!
　スライド式の扉が開かれて、病室にいる人物が映った。
　和くんパパと……和、くん。
　ベッドに座りながら、私たちの訪問に驚いた様子で目を開きながらこちらを見ていた。
　……和くんだ。
「和、くん……っ」
　和くんが、いる。
「よかったっ……」
　駆け寄って、その場にしゃがみ込んだ。
　胸に手を当てて呼吸を整える。
　和くんは、そんな私をじっと見つめていた。
　その目は、まるで知らない人を見るような視線だった。
　……？
「和くん、ごめんねっ、私のせいでっ……」
　気にしないふりをして、いちばん伝えたかった言葉を伝える。
　すると、和くんは私を見て困ったような表情を浮かべた。
　そして、次に彼の口から出てきた言葉に、私は頭の中が真っ白になる。

「……えっと……どちら様？　俺の、知り合いかな？」
　——神様は、いつだって残酷だ。

病室にいた和くん以外の誰もが、驚きのあまり目を見開いていた。
「和哉……？　なに言ってるんだ、雪ちゃんだぞ？」
　和くんパパが、困ったように笑う。
　その額には、冷や汗が流れている。
「雪、ちゃん……？　……ごめん、どこかで会ったことあるのかな？」
　喉から、声が出なかった。
　和、くん……？
　……え……？
「おい和哉、お前、冗談きついって」
「冗談？　お前こそ、なに言ってるんだ涼介」
　タタタタっ、という、足音が聞こえる。
　病室に、遅れてきた楓ちゃん、瞳ちゃん、瀧川先輩が入ってきた。
「和哉くん……！　生きてた……！」
「本当……よかった、心配したんだから！」
「お前……心臓止まったぜ、マジで」
　３人は口々に何か言っているけれど、私は今それを理解できるほど冷静ではなかった。
「笹川、小泉、真人も……ごめん、親父から全部聞いた。心配かけて悪かったな」
　ど、う、して……？
　――私だけが、わからないの？
「おいおい……雪ちゃんにも何か言ってやれよ和哉……」

第5章　そしてあなたさえも

　北口先輩の声は、焦りを含んでいた。
　私は、最後の希望を込めて、和くんを見つめる。
　私の視線と、和くんの視線が交わった。
「……ごめん、本当に思い出せない……俺の知り合い？」
　——あぁ、そうか。
　これは天罰なんだ。
　和くんに、たくさん迷惑をかけてしまった、たくさんの人を不幸にしてしまった、私への、天罰。
　青い顔をした、和くんパパと北口先輩。
　あとから来た3人も、この異常な空気を察したかのように、誰もが言葉を失った。

第6章
お前じゃなきゃ無理

俺には、お前のそばにいる資格がない。
それでも、どう頑張ったって、
お前への想いだけが断ち切れない。
俺はもう、頭がおかしくなるくらい……。
お前"だけ"が、愛しくてたまらない。

私を知らないあなた

「みんな、授業を抜けてまで来てくれてありがとう。せっかく来てくれて申し訳ないんだけど、少し和哉と話をさせてくれないかな……？」

　沈黙を破ったのは、和くんパパのそんな言葉。

　私はもう何も言う気力がなく、ただゆっくりと立ち上がった。

「放課後、また伺ってもいいですか？」

「もちろん……本当にごめんね」

　北口先輩の言葉に、和くんパパは無理やり作ったような笑顔を浮かべた。

　5人で、病室を出る。

　誰も口を開くことはなくて、みんな申し訳なさそうに視線を下へやった。

　……ダメだ。

　私、完全に気をつかわせちゃっている。

「な、なんだかすみません……！　私、大丈夫です！　学校、戻りましょっか？」

　笑顔で、言ったつもりだった。

　それなのに、みんなが私を見る顔は悲痛に歪んでいる。

　あれ？　私、笑えてない……？

　口角を上げて、きっと今、笑顔を作れているはずだ。

なのに……っ、あ、れ……。
ポタリ、と、床に何かがこぼれた。
それは、私の瞳から落ちたものだった。
「あ、あはは……おかしいなっ……今日は寝不足だから、アクビでもしすぎたのかなぁ……」
「……雪」
「……アクビすると、どうして涙が出るんですかね？　不思議だなぁ」
「……雪っ、やめて」
　瞳ちゃんは、私を抱き寄せた。
「大丈夫、大丈夫だから……。目覚めたばかりで、正気じゃなかったんだよ」
「……」
「和哉くんが、雪のこと忘れるわけないじゃない……っ、大丈夫だから」
「……っ」
　瞳ちゃんは、私を抱きしめる腕に力を込めた。
　私の涙が、瞳ちゃんの服を濡らす。
『……えっと……どちら様？　俺の、知り合いかな？』
　和くんの目を、思い出した。
「も、もし……本当に、私のこと忘れてたら……」
　言いかけて、一瞬喉の奥で言葉が詰まる。
「私、どうしようっ……」
　溢れた情けない言葉は、聞こえるか聞こえないか、掠れた小さな声。

「……っ」
　瞳ちゃんは何も言わず、私を抱きしめる腕の力だけを強めた。

　私たちは、いったん学校へ戻って、授業を受けた。
　帰り道、誰も、一言も言葉を発さなかった。
　北口先輩は、私と和くんが幼なじみだということを知っていたようで、瀧川先輩も、何か察した様子だった。
　学校へ戻っても、授業どころではなく、内容がまったく頭に入ってこなくて、ただぼーっと外を眺める。
　気を緩めたらすぐにでも涙が流れてしまいそうで、ずっと気を張っていた。
　和くんは、本当に私を忘れてしまったのだろうか……。
　冷静になった頭で、そんなことを考える。
　私以外の全員のことは、覚えていた。
　私だけ、私のことだけを忘れたの……？
　だったら、どうして？
　どうして私だけを、忘れたんだろうか。
　――忘れたいほど、嫌いだったってこと……？
　でも、ならどうして……助けてくれたの？
　和くんの考えていることが、私にはまったくわからなかった。

　いつの間にか、放課後はやってきた。
「雪……和哉くんのところ、行く？」

恐る恐るそう尋ねてきた瞳ちゃんに、首を縦に振る。
「涼介たちが正門のところで待っててって……行こ？」
　私はなんとか笑顔を作って頷き、席を立った。
「ごめん……！　お待たせ！」
　10分ほど待っていたら、北口先輩と瀧川先輩が走ってやってきた。
　5人揃って、みんなで病院へ向かう。
　唇をギュッと噛みしめ、神にも祈る思いで願った。
　和くんが、私のことを、覚えていますように……。
　さっきの出来事は、一時のことでありますように……。
　きつく瞼を閉じてから、意を決してみんなのほうを向く。
「昨日のこと、話します」
　さっき、2人と約束したもんね。
　何も言わず、真剣な表情で私を見るみんな。
　すぅっと息を吸ってから、吐く息に言葉を乗せる。
「私……風邪で倒れて、和くんの家にお世話になってたんです」
　歩きながら、話を始めた。
「昨日……和くんの家から帰る途中に、元担任の先生に誘拐されました」
　楓ちゃんと瞳ちゃんが、「は？」と反応した。
　2人は、先生を知っているからだろう。
「眠らされたまま先生のマンションに連れていかれて、手足を縛られて……もうダメだって思った時、和くんが助けに来てくれて……」

「やっぱり、あいつか……」
　楓ちゃんはそう言って、下唇を噛みしめる。
　瞳ちゃんも、視線を下へ下げた。
「先生が私を人質にとるように、ベランダの外に身を放り出されたんです。先生が手を離したら今にも落ちる体勢にさせられて……マンションの、5階でした」
　4階だと思っていた場所は、5階だった。
　これは、あとから警察の人が教えてくれた。
「その時、パトカーの音が響いて、先生が手を緩めたんです。……私、そこから落とされました」
　みんなが、息をのんだのがわかった。
「……でも、無事だった」
　こんな小さな、ケガで済んだんだ。
「和くんが……私が落ちてすぐに、自分から身を放り出してかばってくれたんです。落ちた時、一瞬何が起きたかわからなかった」
　あの時の光景が鮮明に頭の中に浮かんで、それを払拭するように目をきつくつむる。
「ただ……和くんが、私の下敷きになってて……頭から、血を流して……それで……」
「雪ちゃん、もういいよ……」
　私の言葉を遮ったのは、北口先輩だった。
　でも、私の口は止まらない。
「俺が帰ってくるまで家にいろって……和くんから置き手紙があって、それなのに……私、1人で勝手に帰って、そ

れで……先生に連れ去られたんです」
「雪もういいって……わかったから……」
「私が、大人しく和くんの言うことを聞いていれば、こんなことにはならなかったっ……」
　私が悪いんだ。
　みんな気をつかってくれているけれど、私は被害者なんかじゃない。
　和くんをこんな目に遭わせた張本人なんだっ……。
「私が連れ去られたりしなければ、和くんはこんな目に遭わなかったのにっ……」
　和くんの記憶から忘れられたって……仕方がないようなことを、私はしたんだ。
「全部全部、私が悪くて……っ」
「バカ!!」
　そう叫んだのは、瞳ちゃんだった。
　私は驚きのあまり、出かけていた言葉が喉の奥に引っ込んだ。
　瞳ちゃんは珍しく怒った顔をしていて、眉間にシワを寄せている。
　瞳……ちゃん？
「『私が私が』って、全部自分のせいにするのはやめなよ!!」
「……」
「和くんは、自分の意思で雪を助けたんでしょ？　そんな和くんの気持ちを、あんたは否定するの？」
　和くんの……気持ち……？

「誰が聞いたって、雪が悪いだなんて思わない。雪を責めようと思う人なんて、誰もいないんだから……」
「……っ、瞳、ちゃん……」
「大丈夫。和哉くんは大丈夫。だから、早く行ってあげよう？ ちゃんと、話しなよ」
 「ね？」と首をかしげて、瞳ちゃんは眉の端を下げながら笑った。
「そうだよ雪ちゃん」
「瀧川、先輩……」
「自分のこと責める必要ないって。それに、和哉はバカみたいに記憶力がいいから、きっと雪ちゃんのこともちゃんと覚えてるよ」
「……はい」
「ほら、そんな暗い顔しない！ もし何かあったら、俺が慰めてあげるから！」
 冗談交じりにそんなことを言う瀧川先輩。
 私が……全部全部、悪い……。
 ずっとそう思っていたから、２人の言葉にとても救われたんだ。
 他のみんなに視線を向ければ、同じように私へほほ笑んでくれる。
 みんなの優しさに、罪悪感で重くてたまらなかった心が少し、軽くなった気がした。

 病院が近づくにつれ、心臓が脈打つペースを加速させる。

さっきと同じ病室の前。
意を決して扉を開けると、そこには和くんパパの姿だけがあった。
あれ……？　和くんは？
無人のベッド。
みんな思っていることは同じなようで、きっと似たような表情をしていたのだろう。
和くんパパは私たちの疑問を察したように、会釈した。
「よく来てくれたね。和哉は今、検査を受けているから、よかったらここで待っているかい？」
あ……検査、か。
よかった……。
みんな頷いて、病室にあるイスに座らせてもらった。
個室だからか、静かな病室。
誰かが話さなければ、物音１つしない。
「雪ちゃん……ごめん」
静寂の中、和くんパパの言葉は室内によく響いた。
心臓が、どくりと音を立てる。
体中の血の巡りが悪くなったように、体温が冷えていくのがわかった。
ご、めん？
「和哉……部分的記憶障害、なんだって……」
頭に、強い衝撃が走る。
部分的、記憶障害……。
「何度話しても、雪ちゃんのことだけがわからないみたい

だった……」
　和くんパパは、申し訳なさそうにそう言って、私から視線をそらす。
　部分的……そっか。
　私のことだけ、わからないのか。
「お医者さんからは、思い出すかもしれないし……思い出さないかもしれないって……今はなんとも言えない状態らしい」
　……覚悟は、していたつもりだった。
　和くんが、私を知らない人だと言ってからずっと。
　けれど、どこかで期待していたんだ。
　何かの間違いじゃないかと、目を覚ましてすぐだから、混乱しているだけだと。
　だって、和くんが私を忘れるなんてことがあると、思えなかったから。
　毛嫌いしている、私を。
「後遺症もなくて、原因は不明だそうだ……」
　そう言って、和くんパパは黙り込んだ。
　誰も口を、開こうとはしない。
　きっと今の私は、とてもみじめでかける言葉さえ浮かばないと思う。
　当の本人の私も、もう言葉が出てこなかった。
　──でも、冷静になって考える。
　和くんは、嫌な記憶もすべて消えてしまったのだろうか。
　和くんママのこと、4年前の交通事故のこと。

そして――私に関しての、憎悪すべて。
　和くんにとっては、夢のような出来事かもしれない。
　だって、大嫌いな私を、忌々しい過去を、もう思い出さなくていいのだから。

　病室の扉が、カラララという音を鳴らしながらゆっくり開かれる。
　検査から戻ってきたらしい和くんが、私たちを見ながら笑った。
「お前たち、来てくれたんだ」
　――あ。
　痛感する。
　本当に、覚えていないんだ。
　だって和くんは、こんなふうに笑わない。
　私に、笑顔を向けなくなったのだから。
　全身が痛いのか、松葉杖をついてベッドへ座ろうとする和くんをお父さんが支えた。
　腰をおろし、和くんは私へと視線を向ける。
「雪ちゃん……だよね？」
　和くんは、私を見つめてそう言った。
　その瞳は、さっきと変わらない。
　知らない人を見る……目。
「ごめんね……俺、何も覚えてなくて……」
　何、も？
「君と俺は、幼なじみだったって親父から聞いたよ」

私に関しての記憶だけが、すべてなくなっているってこと……？
　　幼なじみってことさえ忘れてしまったって、こと……？
『雪はすごいな』
『俺、雪のピアノすっげー好き』
『雪のお母さんが雪をいらないって言うなら、俺が雪をもらうから』
『俺が絶対、雪を守るから……！』
　　——本当に、私と過ごしたすべての日々を、忘れたの？
「本当にごめんね……俺、思い出すように努力——」
「いいえ」
　　そっか。
　　忘れたんだ。
　　忘れ、られたんだっ……。
「……いいの」
　　和くんの温かい手を握った。
「思い出さなくてもいいの」
　　両手を、包み込むようにして、私の熱を伝えるように握りしめる。
　　自分の瞳から流れる涙なんて、今はもうどうでもいい。
　　今はもう、何もかもがどうでもいいんだ。
　　彼がここにいる。
　　和くんが、生きている。
　　……もう、それだけでいい。
「あなたは、私のことを思い出さなくてもいいんです。私

が覚えているから、大丈夫」

 和くんにとって、私の記憶はいいものではなかったはずだから……。

 和くんは言っていた。

 私の顔を見るたびに、お母さんのことを思い出すと。

 私と彼には、一生消せないような忌々しい出来事が山ほどある。

 でも、彼にとって必要のない、消えたほうがいい記憶は消えた。

 和くんは……これ以上、苦しまなくていいんだ……。

「でも……1つだけ覚えていてほしい」

 和くんは、驚いた表情で私を見つめていた。

 それもそうだ。目の前で、知らない女が泣きながら自分にほほ笑んでいるんだから。

 驚くに決まっている。

 けれど、そんなことも今はどうでもいい。

「私は、あなたにたくさん救われました」

 私は、伝えたいことだけを伝える。

「あなたは……たくさん私を救ってくれたの。それだけは、忘れないでください」

 ──もう、終わりにしよう。

 心臓はまるで押し潰されるかのように痛いのに、心の中はとても澄んでいた。

私の中の醜いものたちが、すべて涙となって浄化されていく。
　病室の中は、まるで静寂。
　誰もが声をのみ込んで、音１つ立つことはない。
　和くんは唇も目も開いて、瞬きすら忘れたように私を見つめていた。
「えへへっ……変なこと言ってごめんなさい。私、下のコンビニで飲み物でも買ってきますね」
　涙で濡れる瞼を擦って、立ち上がる。
　呆気にとられたように動かないみんなを置いて、病室を出た。

　病室を出てすぐにある階段を上れば、屋上に出ることができた。
　運よく、ここにいるのは私１人。
　雲１つない青空を見つめて、ニコッと笑った。
　世界はいつだって、私の孤独を際立たせるような演出をする。
「和くん、好きだよ」
　ぽつりと呟いた言葉は、風に乗って消えた。
　だから、もう一度……。
「大好きだよ……」
　今度は、自分の心に言い聞かせるように。
「ふっ、うっ……」
　私は、本当に泣き虫になったなぁ。

最近は、泣いてばかりで本当に情けない。
　でもね、もうちゃんと前を向くから。
　和くんとの思い出を、私だけの中に閉じ込めて、ちゃんと前を向くから……。
　1人で、歩いていくから。
　──ここに誓うんだ。
　和くんに、もう迷惑はかけないと。
　彼から離れると、自分自身と約束しよう。
　だって私がいると、きっと和くんはまた危険なことに巻き込まれる。
　何度彼を、危険な目に遭わせた？
　不幸に、させたっ……？
　きっと、数えきれない。
　もう十分、一生1人で生きていけるだけの幸せを、和くんからもらったはずだ。
　だから……。
　……この恋はもう、終わりにする。
　──ガチャリ。
「雪ちゃん……！」
　屋上の扉が開いて、誰かが入ってきた。
　……瀧川、先輩？
　現れた人物に驚き、涙が引っ込む。
「やっぱり……1人で泣いてると思った」
「先輩……どうして……」
「なんでって……」

体がぐいっと引っ張られ、瀧川先輩に引き寄せられる。
　抱きしめられているのだと気づいた。
「……瀧、川……先輩……？」
　な、んで……。
「何かあれば俺が慰めてあげるって、言ったでしょ？」
　……っ。
　先ほどの言葉を思い出して、唇を噛みしめた。
　瀧川先輩の優しさに、温もりに、再び涙が止まらなくなる。
「もう無理しなくていいから。泣きたいだけ泣きな」
「せん、ぱいっ……」
「泣きやむまで、俺はずっとここにいるから」
　私をあやしてくれようとしてるのか、瀧川先輩は頭を優しく撫でてくれる。
「ごめ、なさいっ……」
　大きな背中に腕を伸ばして、強く抱きついた。
「大丈夫、大丈夫だよ」
　心地いい声色に、少しだけ心が落ちつく。
　その腕の中で、私は涙が枯れるまで泣き続けた。

　泣き疲れたのか、ようやく涙が止まって、瀧川先輩から離れる。
「ごめんなさい、私……バカみたいに泣いて……」
　あまりにショックな出来事に我を失っていたけど、瀧川先輩の胸で泣きわめくなんて、冷静に考えればすごく迷惑

なことしてしまった……っ。
　謝る私に、瀧川先輩は笑顔を返してくれる。
「『泣けばいい』って言ったのは俺なんだから、気にしないでよ」
　……瀧川先輩……。
　にかっと効果音がつきそうなほど清々しい、人懐っこそうな笑顔。
　瀧川先輩って、正直苦手だなって思っていたけど、本当はすごくいい人なのかもしれない……。
　軽そうな人だなんて思ってて、ごめんなさい……！
　心の中でそう、そっと謝罪をした。
「落ちついた？」
「は、はい……」
「そっか、ならよかった」
「ほんとに……ありがとうございます」
「どういたしまして。それより、このあとどうする？　病室に……戻る？」
「……」
　瀧川先輩の言葉に、固く口を閉ざした。
　……どう、しよう。
「今は和哉に会いたくない？」
　図星をつかれ、思わず肩がびくりと震えた。
　今、和くんに会って平然としていられる自信は……正直ない……。
「……ごめん、なさい」

瀧川先輩には申し訳ないけれど、どうしても、和くんに会う気分にはなれなかった。
　今、会っても、きっとまわりのみんなにも、気をつかわせて迷惑をかけちゃいそうで……。
　って、すでにもう、瀧川先輩に迷惑をかけちゃっているよね……。
　俯く私の頭に、手が置かれた。
「わかった、じゃあここで待ってて。病室にカバン置きっぱなしでしょ？　雪ちゃんのカバンも取ってくるから、一緒に帰ろ」
「えっ……でも……」
　瀧川先輩に、これ以上、気をつかわせるのは避けたい。
　それに、和くんは私以外のみんなの記憶はあるのだから、瀧川先輩には、みんなと一緒に和くんのそばにいてあげてほしい。
　そう思ったけれど、どうやら瀧川先輩の考えは変わらないらしい。
「『でも』じゃありませーん！」
「わ、私、１人で帰れ……」
「はい、けってーね！　すぐ戻ってくるから、ちょっと待っててね」
　私の言葉を遮ってそう言った瀧川先輩は、返事も聞かずに屋上を出ていった。
　ご、強引な、人……。
　そう思ったけれど、正直、救われたんだ。

今、1人きりになったら心が押し潰されそうだったから……瀧川先輩の明るさに、ずいぶんと心が軽くなった。

「お待たせ、雪ちゃん！」
　瀧川先輩は、本当にすぐに戻ってきた。
　自分のものと私の分。カバンを2つ手に持った瀧川先輩が、私のもとに駆け寄ってきてくれる。
「すみません……ありがとうございます」
「じゃ、帰ろっか」
「はい」
　バイバイ……和くん。
　苦しいと悲鳴を上げる心臓を押さえながら病院を出る。
　私はもう、和くんには近寄っちゃいけない。
　もう……そばには、いられない。

幸せを願う愛

　和くんが入院してから、もう1ヶ月がたった。
　あと1週間ほどで、退院できるそう。
　私は、あれから一度も和くんのもとへ行っていない。
「雪……今日も行かない？」
　いつもと同じセリフを私に言って、瞳ちゃんは少し困った顔をした。
「うん……ごめんね」
　そして私も、いつもと同じセリフを返す。
「そっか……わかった。じゃあまた明日ね」
「雪、明日な！」
　瞳ちゃんと楓ちゃんは、私に手を振りながら教室を出ていく。
　2人の姿を見送ってから、ため息を1つついた。
　会いたい、な……。
　和くんの姿が脳裏に浮かんで、慌てて首を振った。
　ダメダメ！
　もう会いに行かないって決めたんだから……。
　私をかばってあんなケガをしたのに、お見舞いに行かないなんてとんだ薄情者だと思う。
　けれど、決めたんだ、もう。
　私は遠くから、和くんの幸せを見守るのだと──。

第6章 お前じゃなきゃ無理

　教室を出ると、外に瀧川先輩がいた。
　先輩とは、2日に一度ほどのペースで一緒に帰っている気がする。
　瀧川先輩は、いつも一緒にいて、私を笑わせてくれた。
「ゆーきちゃんっ。帰ろ」
　いつものように並んで歩く。
「瀧川先輩は、和くんのお見舞い、行かないんですか？」
　正門を出てすぐくらい。
　気になっていた質問をすれば、瀧川先輩は平然とした顔で言う。
「だから言ったでしょ。雪ちゃんが行かないなら、俺も行かないって」
　瀧川先輩も、あの日以来、お見舞いに行っていないのだろう。
　私が行かないならなんて言うけど、私としては行ってあげてほしいのが本音。
「でも和くんは、瀧川先輩に来てほしいと思いますよ？」
　だって、2人は友達でしょ？
　生徒会長と副会長だし、きっと仲がいいはずだ。
「へっへーん、それはないね」
「どうして……？　お2人は仲がいいんですよね？」
「つるんでるからって、仲がいいとは限らないよ。むしろ、俺はあいつが嫌いだから」
　瀧川先輩が、和くんを嫌い……？
　そういえば、以前、生徒会室で険悪だった2人のかけ合

いを思い出した。
「たぶん、あいつも俺を嫌ってる」
　初めて知った。2人の真実。
　そうなんだ……でも、和くんって昔から人とあんまり仲よくするほうじゃなかった。
　和くんの友達だって、1人や2人しか知らない。
　他人に合わせるのが苦痛だってよく言っていたから、別に瀧川先輩が嫌いなんじゃなくて、そういう態度が普通なんじゃないかな……？
　そう思ったけれど、瀧川先輩から出てきた言葉は、それを覆すものだった。
「俺たちね、正反対なんだよ。お互いがお互い、わかり合えないの。考えてることはさ、わかるんだ。自分の考えを鏡に通してみたら、あいつが考えてることになるから」
「……」
「でも、どうしてそんな考えになるのかが、いっつもわかんねー。理解し合えない者同士なんだよ」
　なんだか、私にはわからない世界かもしれない……。
　男の子の友人関係って、女の子同士とは違うものがある気がする。
　難しいな……と思いながらも、瀧川先輩の話を真剣に聞いた。
「でもね、1個だけわかったんだ」
「1個……？」
「どうしてあいつが雪ちゃんを好きになったのか。それだ

けはね、俺わかるんだ」
　言葉を失う。
　今、なんて言った……？
「和くんが……私を好き？」
　瀧川先輩ってば、冗談がきつすぎる。というか、冗談にもならない。
　天と地がひっくり返ったってありえない仮説に、私は困ったように笑った。
「ありえないですよ」
　そう、ありえない。
「本当にそう思う？」
　それなのに、瀧川先輩の瞳はいつにも増して真剣そのもので、思わず言葉をのみ込んでしまう。
「どうにも思ってない女をかばって、体はれると思う？」
　そ、れは……。
　返す言葉を、必死に探した。
「それは……和くんは私に負い目を感じてただけだと思います……いろいろ、あったので……」
　きっと和くん自身も、お父さんとお母さんのことをずっと負い目に感じていたんじゃないかって……最近、思うようになった。
　だってそれ以外に、和くんが私をかばう理由が見当たらない。
　必死で考えて、見つけた答えだったのに、
「違うよ、雪ちゃん」

瀧川先輩は、あっさりとそれを否定した。
「わかってないのは雪ちゃんだけだ」
　私だけ……？
　何を、わかっていないって言うの……？
「俺ね、本当は和哉に好きな子ができたら、横から奪ってやろうと思ってたぁ」
　突然のカミングアウトに、「え？」と声が漏れた。
「奪って捨てて、和哉をあざ笑ってやろうと思ってた」
　瀧川先輩は笑って話しているけど、笑いごとじゃない。
　奪って捨てる……？　な、なんてこと言うんだっ。そんなに、和くんのことが嫌いなの……？
「コンプレックスっていうの。だせーけど、なんでもできるあいつに一泡吹かせてやりてーって、ずっと思ってた」
「そんな理由で……」
「……でもね、いざとなったら計画どおりにいかない。マジで好きになっちゃうし、相手は俺に堕ちてくれないし」
　まるでひとり言のように、瀧川先輩は空を見上げながら話す。
　私とは、一向に目を合わせようとしない。
「……なんか奪う気になれなくなっちゃったんだよね」
「……は、はあ……？」
「俺は、あいつみたいに１人の女を想い続けるなんてできねーわ」
　あ、あの、先輩……？
　さっきから、言っている意味がまったくわかりません。

思わず首をかしげて、パチパチと瞬きをする。
　頭上には数えきれないほどの、はてなマークが浮かんでいることだろう。
　瀧川先輩は、ようやく私のほうを見てクスッと笑う。
「ここまで言ってわからないなんて、雪ちゃんはほんと、鈍感だなぁ」
　視線が交わった。
　真剣な瞳が、私を捉える。
「行きな」
「どこに、ですか？」
「和哉のところ」
　……な、にを……。
「い、嫌です……！　行かないって決めたんで……」
「じゃあ、俺と付き合う？」
　会話が、成り立たない。
　何を言っているんだろう、この人は……！　そう思ったけれど、冗談ではないらしい。
　その瞳は、真剣そのものだったから。
　ごくりと、息をのむ。
「和哉に会わないって決めたのはいいけど、だったらちゃんと、ケジメをつけなよ。最後に言ってやれ。好きだ！　もう諦める！って」
「そんなこと……」
「それができないなら、俺と付き合おう」
　どうやら、本気らしい。

普段は冗談ばかり言っておちゃらけている瀧川先輩が見せる、真剣な瞳。
　私は何も言えなくて、ただその瞳の先に映る自分を見つめる。
「さ、ケジメをつけるか俺の彼女になるか、どっちがいい？」
　この人は……もしかして……。
　……私の、背中を押そうとしてくれている？
　わかっているんだ、きっと。
　私が、後者を選ばないことを。
「瀧川先輩……強引すぎますよ……」
　付き合えって言うのはきっと冗談。けれど、和くんに伝えてこいという気持ちは、本物なはずだ。
　わかっていた、自分でも。
　こんなふうに一方的に断ち切って、いつか後悔するんだろうと。
　きちんと、ケジメをつけるべきなんじゃないかと。
　家の方向へと向かっていた足を止めると、瀧川先輩は察したように、いつもの笑顔に戻った。
「うわ、行くんだ。俺よりケジメを選ぶんだぁー！」
　おちゃらけた表情で、ふざけたような言葉。
　けれど、それが彼の優しさなんだと痛いほどに伝わってきた。
「ふふっ、ごめんなさい」
「いーよ。久しぶりに雪ちゃんの笑顔が見れたから、許してあげる」

どうして私にそこまでしてくれるの？　と思ったけれど、きっと優しい人なんだと思う。
　私がウジウジしていたから、和ませてくれたんだ。
「さ、行っておいで」
　肩を、優しく叩かれた。
「フラれたら慰めてあげるから」
「フラれると思いますけど、慰めはいりません」
「雪ちゃん、マジで鬼だわ」
　もう、迷いはない。
「じゃーね」
「ありがとうございます、瀧川先輩」
　私は逆方向を向いて、足を踏み出した。
　走って走って、和くんのいる病院へ一直線に走る。
「……はぁ……。結構マジ恋だったけど……散るのあっけねー……」
　私がいなくなった場所で、彼がそんなことを呟いているとも知らずに。
　私は、全力で走った。

さよなら、私のすべて

　勢いよく、扉を開けた。
　視界に映ったのは、ベッドを囲むように座る、瞳ちゃんと楓ちゃん、そして北口先輩。
　そして……。
　驚いた表情で私を見つめる、和くん。
「君は……雪、ちゃん？」
「あっ……すみません、急に来て……」
　いざ和くんを目の前にすると、言葉が見つからない。
　わ、私……勢いで来てしまったけど、何を言えばいいんだろう……！
　久しぶりに見る和くんの姿に、あたふたしてしまう。
　そんな私を見てか、3人はほぼ同時に立ち上がった。
「お、俺、トイレ」
「俺はジュース買いに行こっかなぁ？」
「私、化粧が崩れちゃったから直してくるわね」
　……なっ……！
　絶対に嘘だ！
　こんな同時に、席を立つだなんておかしい！
　私の叫びは当たっていたようで、楓ちゃんはニヤニヤしながら、瞳ちゃんは私の肩を叩いて、病室から出ていってしまう。
　気をつかってくれたんだろうけど、逆に2人きりはきつ

いよ……。
　と言っても、今さらもう戻れない。

「どうぞ座って」
　和くんは、笑顔で前にあるイスを指す。
　私は頭を下げ、言われるがまま座らせてもらった。
　どちらからとも何も話さず、いや、和くんが私に話すことなんてあるわけがない。
　だって、記憶がない彼にとって私は赤の他人。
　私から、話さなきゃっ……！
　そう思った時、ベッド横のテーブルに、何も書かれていない短冊が置いてあることに気づいた。
　あ……そっか、明日は、七夕。
「短冊ですか？　それ……」
「ああ、そうなんだ。病院のスタッフから患者に配られてるそうでね。俺も渡されたんだけど……」
　続けて「何を書けばいいかさっぱり」と言って、困ったように笑った和くん。
　私は、思い出した。
　毎年、一緒にマンションに置かれた笹に短冊をかけた。
　けれど……和くんはいつも何を書いたのか教えてくれなくて。
『和くんはなんて書いたの？』
『い、いつか教えてやるよ！』
　顔を真っ赤にして、そう言った彼。

和くんは、そんなこと覚えてないよね……？
　けれど、私は鮮明に覚えているよ。
　あなたと過ごした日々を。
　あなたと交わした言葉を。
　あなたが私にくれた……幸せを。
　……そっか。単純でいいんだ。
　私のことを話そう。
　あなたが知らない、知らなくていい、思い出を。
　ゆっくりと、私はイスから立ち上がった。
　まるでスローモーションのように感じたその瞬間、私は今にも泣き出しそうなのをこらえ、口角を上げる。
「水谷さん」
　そう声にして、和くんだけに向けてほほ笑んだ。
　窓際に寄って、一瞬だけ空を見つめる。
　外には夕日が浮かんでいて、まるで和くんと別れたあの日のよう。
「どうしたの？」
「ちょっと、お話を聞いてもらえませんか……？」
　ニコッとほほ笑み、首を縦に振った和くん。
　再び涙が出そうになり、慌てて笑顔を作った。
　泣く、ものか。
　私はケジメをつけに来ただけ。
　和くんに迷惑をかけないと決めたんだ……。
「私ね、好きな人がいたんです」
　あえて過去形にした。

和くんは少し驚いたリアクションをしたけれど、優しい笑顔は崩さなかった。
「……そうなんだ……」
　その一言だけが、発せられる。
　私はかまわず、話を続けた。
「その人は私に、いろいろなものをくれました。その人といるといつも幸せで、幸せで幸せで仕方なかったです。……でも、いろいろあって、私はその人をひどく傷つけてしまった……その人から、いろいろなものを奪った……。愛想を尽かされても仕方ないようなことをしてしまって、彼は私から離れていきました。当たり前です」
『お前だけは無理』
　そう、はっきりと断言して。
　和くんは、黙って私の話に耳を傾けてくれる。
　それがなんだかうれしくて、笑顔がこぼれた。
　ねぇ、和くん。
「どうしても好きで、どうしても彼の隣にいたくて、何もしないで後悔するくらいなら、当たって砕けようなんて思って、追いかけて……」
　たくさんたくさん、ごめんなさいと伝えたい。
　でもね、それ以上に。
　数えきれないほど、ありがとうと言いたいよ。
「でも、それって自分のことしか考えてなかったんですよね。結局、私は彼が好きだって気持ちを押しつけただけで、彼の気持ちを考えてなかったんだと思います」

もし和くんのことを第一に考えたら、追いかけるなんて選択肢にはならなかったんだと思う。
　一生会わないって、会いたくないって、私ははっきりと言われていたじゃないか。
　それなのに、本当にごめんなさい。
「最低なんですよ、私。今さら気づいたんです……私が彼のそばにいたら、彼が不幸になるって」
　そう言って、涙をこらえ和くんを見つめた。
「本当に、ただただ大好きでした」
　そういえば、もう何度、あなたに好きだと伝えただろう。
　そのたびに、あなたはとても嫌そうな顔をして……なんて、今の和くんに言ったらなんて言うかな？
　ふふっ、そんなこと、言わないけれど。
　一度だけ、気づかれないように深呼吸をした。
「だから……今度は違う形で彼を想っていこうって決めたんです」
　和くんを直接見つめるのは、これが最後の機会になるかもしれないと思うと、名残惜しくて視線をそらせない。
　目にいっぱい焼きつけたくて、視界いっぱいに和くんを映した。
「彼には、幸せに……なってほしい。隣にいるのが私じゃなくても、彼には、笑っててほしい。彼が幸せでいられるなら、私だって幸せなはずです」
「……」
　和くんは、視線をそらさずに私を見つめていた。

「七夕にね……私、彼と出逢ってから、毎年ずっと同じ願いごとをしてました」

　思い出して、くすりと笑う。

　あの時は、その夢が叶うと疑わなかった。

「大好きなその人と、ずっと一緒にいられますように……『その人の、お嫁さんになれますように』って」

　私の言葉に、なぜか和くんが顔色を変えた。

　一瞬、不思議に思いながらも、気にせず話を続ける。

「でも、その人と短冊を書いた時、恥ずかしくて【素敵なお母さんになれますように】って書いたんです。素敵な旦那さんと、子どもは２人欲しいなーなんて、必死の照れ隠しでした」

　和くんは毎回、笑顔で聞いてくれたよね。それが、とってもうれしかった。

　思い出すだけで、幸せな気持ちになれるほどに。

「……子どもは、いらないの？」

　今までずっと口を閉ざしていた和くんが、突然そんなことを聞いてくる。

　こ、ども……？

　どうして、そんなことを聞くんだろうか？

　不思議に思いながらも、ぎこちなく笑ってみせた。

「……え？　……えっと、どちらでも……。好きな人との子どもができるなんて、すごく幸せなことなんでしょうけど……その人がいてくれれば、それで、それだけでよかったんです」

和くんの目が、見開かれる。
　その瞳が、途端に色を変えた気さえした。
　でもきっとそんなの気のせいで、私は気にせずに口角を上げる。
「でも、今年からは変えます。願いごと」
　あんな自分勝手な願いごとは、もうしない。
　私は……。
「彼が幸せになりますようにって……この願いごとだけは、叶えてもらわなきゃ……」
　好きな人の幸せを、願える人間になろう。
　すべて話し終わると、すっきりしたわけではないが、心は軽くなった。
　ちゃんと言えたから。
　和くんに、私の気持ちも、想いも、願いも。
　だから、これで本当に……本当に本当に終わりにする。
　そう決意して、にこりとほほ笑み頭を下げた。
「私のどうでもいい話、長々としちゃってすみません！　聞いてくれてありがとうございます！　それと……」
　もう１つ、大事な言葉を言わなきゃ。
「ごめん、なさいっ……」
　私の和くんへの気持ちを表すような言葉だった。
　大丈夫。私は今ちゃんと笑えている。
　涙は出ていない。
　ぼうっと私を眺める和くんは、何も言わない。
　むしろそっちのほうが好都合なので、私は置いてあった

カバンを持ち上げて病室を出ることにした。
　もう、話はない。
　これ以上、私が和くんのそばにいる理由はないから。
「それじゃあ私、帰り……」
「待って!!」
　それなのに、どうして。
「待ってっ……待、て、よ……」
　震えた声で私を引き止めたのは、紛れもなく愛しい彼。
　振り返れば、そこには今にも泣き出してしまいそうな、和くんの姿があった。

「……お前、何、言ってんの……？」
　喉の奥から振り絞ったような声色に、私は頭が真っ白になる。
　──え？
　今、お前って言った。
「家族が欲しいって……あれだけ言ってたじゃないか……」
　まるでそれは、昔の話をしているようで。
　和くんが忘れてしまったはずの、記憶なはずで。
「……え？」
「……待て、よ……。そんなこと、どうして今さら……今さら……っ」
「……和くん？」
　1つの疑問が浮かんだ。
「……思い、出したの？」

目の前に映る和くんは、私のよく知る和くんだった。
　彼は何も答えないけれど、確信する。
　……な、んで……。
　どうして……思い出さなくて、いいのに……。
　和くんは、私の手を身を乗り出して掴んだ。
　そして、視界が一変する。
　引き寄せられるようにベッドへと座らされ、次の瞬間には、目の前に和くんの体があった。
　抱きしめられていたのだ、私は。
「……どうしたらいい……？」
　それは、和くんが言った言葉。
　私はもう、何がなんだかこれっぽっちもわからなくて、ただ胸の中で彼の言葉を待った。
「お前に、そんなこと言われて、俺、俺は……」
「……」
「……忘れるわけ、ねーだろ……っ」
　——どうして。
「俺がっ、お前をっ……忘れるわけがないだろ……っ」
　その言い方は、思い出したとか、そういう意味を含んだものではなかった。
　そう、まるで、もともと忘れてなどいなかったと言うように。
　忘れた……ふりをしていた、の？
「なんで、そんなこと……」
「そばに、いちゃいけないから……」

「……え?」
「お前を、俺から解放してあげなきゃいけないと思ったから……っ」

　解放……?

　和くん、何を言っているの……?

「でも、お前が真人とずっと一緒にいるって聞いて……」

　いったい誰から聞いたのだろうかと思ったけど、きっと瞳ちゃんか楓ちゃんあたりだろう。

　和くんが、抱きしめる腕に力を込めた。

「俺、ダメだって、わかってるのに……俺は、お前を引き止める権利なんてないって……わかってんの、に……」
「和、くん……?」
「真人のとこなんて、行くなよっ……」
「……っ」
「もう……無理だっ……。お前が他の男のものになるなんて、堪えられない……っ」

　本当に、言われている意味を理解できなかった。

　だって、和くんは私が嫌いで、恨んでいて、私のことなんてどうでもよくて……。

「ダメだ……俺、変なこと口走ってる……。俺から離れて、雪っ……」

　抱きしめられているから、和くんの表情は見えない。

　けれどその声は、とてもとても苦しいもので、私は心臓が痛くてたまらなかった。

　ねぇ……。

「離れてなんて、和くん……」
　できないって、わかって言っているの？
「そんな強く抱きしめられたら、離れられないよ……」
　苦しいほどきつく抱きしめられていて、私の力じゃ離れることなんてできない。
　振りほどくことなんてできなくて、和くんもきっとそれをわかっている。
「雪……ゆ、き……俺っ……」
　私の名前を何度も何度も、これでもかというほど、苦しそうに呟いた。
「うん、どうしたの和くん」
「聞いてっ、俺の、俺の話も……聞いてくれ……」
　いったい、何を話してくれるのだろうか。
　わからないけれど、聞きたかった。
「うん。聞かせて」
　あなたが紡ぐ話なら、いくらでも。
　病室は、まさに『静寂』を表すように静かだ。
　和くんの声が、心地いいほどに響く。
　私は、その腕の中で、彼の言葉に耳を澄ませた。

第7章
ただ、守りたかったもの

俺にはあいつ以外に、
大事なものなんて存在しない。

俺のすべてになった日

【和哉side】

　人は生涯、いったい何人の人を愛することができるのだろうか。

　そう聞かれたら、俺は間違いなくこう答える。

　そんなもの"１人に決まっている"と。

　俺は、幼少期の頃から幾度と転校を繰り返していた。

　原因は、母親の浮気。

　俺の母親は気の多い女で、相手に恋人や奥さんがいようといまいと、気に入った男にはすぐに手を出すようなどうしようもない人間だった。

　相手の周囲に浮気がバレるたび、近隣で『水谷さん家はおかしな家族だ』と噂になり、嫌がらせを受けた。

　かく言う俺も、学校では水谷さん家の息子と遊んではいけないと噂され、友人１人いなかった。

　俺の父親は、母親が浮気していることを認知していて、それなのに何も言わない。

　本当に、おかしな家族だったんだ。

　最初は、どうして俺が学校で避けられなければいけないのか、近所で嫌がらせを受けるのか、わからなかった。

　それがわかったのは、小学３年生の時だった。

　何気なくつけていたテレビで、とあるドラマが放送され

ていた。
　そのドラマは"浮気"がテーマのもので、ひどく衝撃を受けたのを覚えている。
　――お母さんと、一緒だ。
　浮気という行為が、どれだけ歪んだことか、醜い人間が犯す行為なのか、真っ青になりながら食い入るようにドラマを見ていた。
　ああ、そうか。
　だから、うちはおかしいって言われるんだ。
　お母さんがしていることは、"最低"なことなんだ。
　俺の中の何かが崩れ始め、薄暗かった世界はついに光を失った。

　その数日後、母親がPTAの会長と浮気をしたとかで大問題になり、1ヶ月後に引っ越すことが決まった。
　引っ越すまでの間、学校では悪質ないじめに遭った。
　持ち物は使い物にできなくされ、暴行も受けた。
　空手と柔道を習っていたので抵抗することはできたが、俺はそれをしなかった。
　なんだかもう、何もかもがどうでもよかったんだ。
　きっと、普通の子どもなら耐えられなくなって登校拒否でもするんだろうか。
　でも俺は、引っ越しの前日まで、きっちり学校へ通った。
　たぶん、俺も母親と一緒でおかしかったんだ。
　感情が欠陥していたから、強がりとかではなく、本当に

なんとも思わなかった。

　そして、俺たち家族は新しい地に引っ越した。
　何度、引っ越したって一緒だ。
　今回は、何ヶ月で引っ越すだろうか。
　この時の俺は完全に、冷めきっていた。
　よくあるマンションの1室。
　そこが、俺たちの新しい家。
　母親は自分が原因でこんなことを繰り返しているというのに、新しい生活に心躍らせた様子で鼻歌を歌いながら荷ほどきをしていた。
　どれだけ図太い神経をしているんだろう。
　本当に、頭がおかしい人間だ。我が親ながら、考えていることなんてさっぱりわからなかった。
「さあ、みんなでお隣へご挨拶に行きましょう！」
　母親のセリフに、しぶしぶ立ち上がる俺と父さん。
「息子の和哉です。ほら和ちゃん、挨拶しなさい」
　母親はそう言って、無理やり俺の頭を下げさせてくる。
　挨拶なんてするものか。
　名乗ること自体が嫌だったわけではない。ただ、この母親に従うことが嫌だった。
　相手側もきっと、なんて愛想の悪い息子とでも思っているだろう。
　それでいい、どうせお前たちも、手のひらを返したように俺たちを追い出そうとする。

そんな未来が、俺には目に見えているんだ。

そう、思っていた。

母親が、何も言わない俺に痺れを切らしているのがわかった。たぶん、そろそろ頭でも叩かれる。

俺の親はそういう親。

別に、どうでもいいけど。

案の定、母親が軽く手を振りかざそうとした時、

「私も、初めまして……！　白川雪です……！」

相手の女の子が、俺たちに笑顔を向けてきた。

……なんだよ。

なんで笑ってんの、こいつ。

まるで空気を読んだかのような女の子の対応に、母親は気をよくしたのか振りかざした手をおろした。

「雪ちゃんかわいいですねぇ！　ちゃんと挨拶できてえらいわね!!」

「ふふっ、ありがとうございます。和哉くんも、すごくかっこいいですね」

空気は一変して、母親同士、会話に花を咲かせている。

……もしかして。

……助け、られた？

腹が立つ。助けただなんて思うなよ。

俺はそんなこと頼んでないし、別に叩かれたって痛くなんてないんだ。

だから、そんな笑顔を、俺に向けてくるな。

俺は知っている。

最初は仲よさげに繕って、あとで本性を知った時、人間は手のひらを返すんだ。
　裏切り者だなんだと、罵声を浴びせてくるんだ。
　——ずっと思っていたことがある。
　たしかに、母親がしたことは最低だ。
　でも、母親だけが悪いのか？
　相手にだって、少しは非があるんじゃないのか？
　それなのに、全部こちらに責任を押しつけて、結局、悪者になるのは俺たち家族だけ。
　責任転嫁もいいところ。結局人間は、自分以外を責める生き物なんだ。
　この女の子も、すぐに俺を無視して、毛嫌いするようになる。
　別に……どうでもいいけど。
　その時までは、皮肉にもそう思っていて、俺は雪に好意なんて微塵も持っていなかった。
　そう、あの日が来るまでは。

　マンションの中に、ピアノルームというものがあった。
　開放されていて、住居者はいつでも利用可能らしい。
　たまたま見つけて、俺はその中に入った。
　晩ご飯を食べ終えたあと、家を抜け出すのが俺の日課。
　母親と父親は、家の中でいっさい言葉を交わさない。
　まるでそこには誰もいないかのように、お互いの存在が見えていないんじゃないかとすら思う。

その異様な光景にだけは、慣れることができなかった。
　息苦しい空間から逃げ出したくて、こっそりと家から抜け出す。
　いい場所が見つかって、ラッキーなどと思っていた。
　その時、防音用の重たい扉が開く音がした。
　驚いてそちらを向けば、そこには１人の女の子が。
　……隣の家の、女の子だ。
「和哉、くん？」
　そいつは、覚えていたのか俺の名前を呼んだ。
　なんだよ、せっかく１人だったのに……。
　ピアノの隣にあるソファに座り、女の子を睨みつける。
「……何？」
　俺がそう言えば、不思議そうに首をかしげた。
「お家に帰らないの？」
「……うるさいな、ほっといて」
　お前には、関係ないだろ。
「どうしてお家に帰らないの？」
　そう思うのに、しつこく聞いてくる女の子。しまいには俺の隣に座り始めて、鬱陶しいこと極まりない。
　家に帰らない理由？
　そんなの……。
「……家にいたくないから」
　勝手に口から溢れていた言葉に、ハッとする。
　何を言っているんだよ、俺。
　こんな子どもに言ったって、わかるわけないだろ。

「……俺の気持ちなんて、どーせ誰にもわからない」
　ソファから立ち上がって、部屋を出ようと扉まで歩く。
　ドアを開けようと、強く押した時、
「雪、わかるよ」
　背後から、そんな言葉が聞こえたのだ。
「雪もね、お家にいるのちょっとしんどい、えへへ……」
　俺は驚いて振り返った。
　視界に映った彼女は、無理をしたように笑っていた。
　この子も、同じ気持ち？
　そんなはずないと思っていた。
　思っていた、というか、初めて会った時、彼女はすくすくと愛されて育ったのだと直感したのだ。
　だって、彼女の笑顔は眩しかった。
　俺は、あんなふうに笑えない。
　しかし、そういえばあの時、彼女がとった行動はまるで場の空気を読んだかのようなものだった。
　自分が笑って、みんなを和ませなければ。
　そんな気持ちすら見えるような、ものだった。
「……そうなの？」
　彼女は、笑顔を浮かべたまま首を縦に振る。
　何かを感じたんだ。
　彼女の笑顔から。
　この時はまだわからなかったけれど、1つだけわかったことがあった。
　彼女は、他の人間とは違う。

「そっか……俺と、一緒だね」

「……うん」

「じゃあ、さ……」

　自分でも、自分の行動に驚いたほどだ。

「家に帰りたくない時は、ここに来ようよ」

　今まで、他人と時間を共有することが苦痛だったのに。

　それなのに、まさかみずから、自分のテリトリーに他人を招き入れるなんて。

「うん！」

　彼女は、うれしそうに笑った。

「雪……だよね、名前」

「うん！　和哉、くん？」

「呼び方はなんでもいいよ」

「じゃあ……和くんって、呼んでもいい？」

「うん。雪ならいいよ」

　きっともうこの時から、俺は惹かれていたんだ。

　きれいなきれいな心を持つ、この少女に。

　世界が、色を変え始めた。

　その日から、俺は毎日のように雪と同じ時を過ごした。

　雪と過ごす時は、とても安らげる時間だった。

　雪と出会うまでは、他人と同じ空間にいることが苦痛でしかなかったのに……。

　俺の中の凍った何かが、雪によって溶かされているのを感じていた。

　"雪"だなんて名前なのに、雪は太陽のように明るくて

温かい女の子。

いつも笑顔で、俺のくだらない話を聞いてくれた。

知れば知るほど、雪に惹かれていく自分がいたんだ。

「ここのピアノ教室って、雪のお母さんが先生をしてるんだよな？」

「うん、そうだよ」

「雪もピアノとか弾けるの？」

俺の質問に、雪は「少しだけなら……」とはにかんだ。

「弾いてみてよ！」

「へ、下手っぴだけどいい？」

ずいぶんと自信がなさそうな雪に、俺は大きく首を縦に振る。

雪はピアノの前のイスに腰かけて、すぅっと大きく深呼吸をした。

空気に馴染むような、優しい優しい音色。

驚くほど、雪は上手だった。

小学１年生で、ここまで弾けるものなのか……？

下手っぴだなんだと言っていたが、十分に胸を張っていいレベルだった。

そして何より、美しい。

流れるようなピアノの音も、ピアノを奏でる雪の姿も。

俺はそのすべてに見惚れて、間抜けに口を開けたまま、音色に酔いしれた。

「……っと、いう感じ、です……」

演奏が終わり、雪は照れくさそうに視線を下へ向ける。

俺は少しの間、言葉すら出なくて、呆然と立ち尽くしていた。
「や、やっぱり下手っぴだったかな……？」
「……っ！　違う‼　すごすぎて、感動してた……！」
　俺の言葉に、雪は驚いたように目を見開く。
　そして、今まで見た中でいちばんと言っていいほど、うれしそうに笑った。
「和くん、やっぱり優しいね……」
　優しいねって、俺がお世辞で言ったと思っているのか？
「本当だって‼　俺ほんとに感動した‼」
　雪を表すような、そんな音色だった。
　繊細で、温かくて、優しくて……。
　俺の好きな子は、ピアノまで上手らしい。
「……は？」
　そう思って、ハッとした。
　好き……な、子？
　……いやいや、違うだろっ。雪は２つも年下だし、妹のように、かわいくて……だから……。
「和くんどうしたの？　お顔が真っ赤だよ？」
　顔を覗き込まれながらそう言われ、俺は雪から目をそらした。
　いやいや違うって、ほんと。
　ていうか、俺は人を好きになんてならない。
　あの父親と母親を見て育ってきたんだ。
　愛というものが、どれほどに脆いものか、醜いものか、

俺がいちばんわかっている。
　その時は、まだこの気持ちを認められなかった。

　その日は、なぜか胸騒ぎがしていた。
　雪は4限で終わって、もうすでに帰っている時刻。
　俺は6時間目まであるので、あと1時間は学校にいなきゃいけない。
　なんだ……？
　本当に直感だった。
　雪が、泣いている気がしたんだ。
　帰りの挨拶が終わると、俺は全力で走って、マンションまでの道をかけた。
　いつもは家に帰ってランドセルを置いてからピアノルームに行くけど、今日はそのままピアノルームへと向かう。
　いや、気のせいだとは思うけどさ。
　いつもみたいに雪は笑って、走ってきた俺を見て和くんどうしたの？　って言うと思うんだけど……。
　心配でたまらなかった。
「……っ、雪……？」
　ピアノルームの扉を勢いよく開ければ、そこには暗い顔をした雪の姿が。
「……和、くん……？」
　今にも泣きそうな声で、俺の名前を呼んだ。
　雪……？
　やっぱり、何かあったのか……？

「……和くん、学校は？」
「授業が終わって、急いで帰ってきた……。なんか、雪がいる気がしたんだ」

そう言えば、雪は突然、その瞳から涙をこぼした。
——驚いて、言葉が出なかった。
雪が、泣いている。
いつも笑顔だった雪が、だ。

「どうしたの？」

必死に平然を装って、雪の頭を優しくて撫でた。
内心は動揺しまくっていて、とにかく泣きやんでほしいという一心だった。
いつも太陽のような笑顔で笑っている雪の泣き顔は、見ていられないほどにかわいそうだった。
どうにか慰めてやりたくて、大丈夫だよと言って抱きしめたくなる。

「バカな子は……いらないって……お母さんが……」

雪の口から出たセリフ。
……なんだよ、それ。

「雪はバカなんかじゃないよ」

俺は知っている。
雪がどれだけ真面目な子か。
いつもここへ来て、宿題をしてからピアノの練習をしていた。
俺は宿題なんてする人間ではなかったから、そんな雪の姿を見て言ったんだ。

『宿題なんて、しなくていいのに』
『だ、ダメだよ！　宿題は、するためにあるの！』
　必死に俺を説得して、宿題をやらせた雪を思い出す。
　サボるなんて考えがまずないんだ。
　雪は、本当に純粋な女の子。
　一度、無理やり通知表を見せてもらったけど、すべて【よくできました】だったことには本当に驚いた。
　そんな雪が、バカな子のはずがあるか。
　無性に雪のお母さんに対して怒りが湧いてきて、下唇を噛みしめる。
　そんな俺に、雪はクシャクシャになった紙きれを渡してきた。
　ん？　なんだこれは……？
　不思議に思いながらも、その紙を広げる。
「すごい！　94点じゃんか！」
「でも……３つも間違えたんだよ？」
「３つしか、だよ。雪は天才だね！」
　俺なんて、この前40点だったぜ。
　その言葉は、恥ずかしいのでみ込む。
　雪は涙を止めるどころか勢いを増して溢れさせた。
「和くん……っ……」
「泣かないで。雪のお母さんが雪をいらないって言うなら、俺が雪をもらうから」
　小さな体を、たまらず抱きしめる。
　大丈夫だよ、と教えてやりたかった。

雪には、俺がいるよ。

ずっとずっと、そばにいるよ。

「……あり、がとっ、和くんっ……」

ようやく、彼女がいつものような笑顔を浮かべる。

よかった……。

俺はひどく安心して、同じものを雪に返した。

それにしても、雪のお母さんって案外怖いのか……？

いつもニコニコしているのに、バカな子はいりませんだなんてひどいこと言うんだな……。

そして、この時から感じていた違和感が、確信に変わる日がやってくる……。

いつものようにピアノルームへ行くと、珍しく先に雪がいた。

俺のほうが先に来ていることが多いから、少しうれしくなる。

「雪っ！　……って、お前どうしたの!?」

俺の訪問にこちらを向いた雪。

その顔に、アザがあった。

「えへへ……大丈夫だよ」

「いつものことだから……」とつけ足して、困ったように笑う雪。

いつもの、こと……？

ハッとして、雪の服を見る。

そういえば、不思議に思っていたんだ。

雪はなぜか、真夏の暑い時にでも長袖を着ていたから。
「ちょっと雪、腕見せて……！」
　まさか……。顔が、青ざめる。
「だ、ダメッ……！」
　腕を掴んだ俺に、雪は抵抗して離れようとしたが、そんな弱い力で振りほどけるわけがない。
　長袖をまくり上げると、俺はその下にあった光景を見て、頭にカッと血が上ったのがわかった。
　なんだよ、これ……。
　いくつもつけられた、痛々しいアザ。
　雪は見られたくなかったのか、俺から顔を背け、目に涙を溜めていた。
　雪、お前……。
　どうして、気づいてあげられなかったんだろう。
「お母さんか？」
「ゆ、雪が悪いのっ……！　雪がいい子じゃないから、お母さんを怒らせちゃったの……！」
　ようやく気づいた真実。
　そうだよな。元はと言えば俺たち、家に帰りたくなくてここへ集まったんだ。
　ひねくれた俺とは雪は似ても似つかなかったから、気づかなかった。
　——雪の家族も、おかしいんだ。
　虐待という言葉をつけても、申し分ないだろう。これほどのアザ……。

雪の白い肌に浮かぶアザは、見ていられないほどに痛々しい。
「雪、俺が雪のお母さんに言ってやるよ」
「だ、ダメッ、やめて……！　私は大丈夫だから、私が悪いからいいの！」
　何を、言っているんだ？
「お母さんは悪くないの……！　お母さん、お父さんとケンカばかりしてイライラしてるから、仕方ないんだ……。お母さんかわいそうだから、雪は少しくらい痛くたって我慢できるもん」
　雪の瞳からは涙が流れていて、俺はそれをぼうっと見つめる。
　なんてきれいな涙を、流すんだろう。
　ねぇ雪、俺の家もおかしいんだ。
　みんな自分勝手で、自分のことしか考えてなくて、異常なんだ。
　お父さんもお母さんも、おかしいんだ。
　でも、だから俺は、２人が嫌い。
　あいつらの言うことなんて絶対に聞かないし、たまに死んでしまえって思うことさえあるくらい。
　なのに……なんでお前は……。
「バカじゃねーの、バカ雪っ……」
　──他の誰かを、責めないの？
　俺みたいに、ひねくれた考えができないの？
　お前、お前っ……なんにも悪くねーじゃん。

知っているんだよ、俺。
　雪は近所で、いい子だって有名だ。
『どうやったら、雪ちゃんみたいな子に育つのかしらね』って、おばさんたちが話していたのを、何回も聞いたことがある。
　お母さんがピアノの教室の先生で、娘も県内ではトップレベルの生徒だって、子はやっぱり親の才能を受け継ぐんだってみんな話しているけど、違うだろ？
　お前には才能もあるかもしれないけど、それ以上に努力の塊なんだよな……？
　お母さんがピアノの先生だから、恥をかかせないように、お母さんが自慢できるくらい上手になりたいって雪は話していた。
　どうして……そんなひどいことされてんのに、なんでお前はそこまでできるの？
　まわりのことばっかり考えて、自分は痛くても我慢できるだって……？
　雪の優しさが、とてつもなく痛々しかった。
　けれど、こんなきれいな人はいないと思った。
　もっと、まわりを責めてもいいんだ。
　自分を大切にしていいんだよ。
　そう言いたかったけど、雪はきっとそんなこと言ったって変わらないんだろう。
　まわりを優先して、いつだって自分を疎かにするんだ。
　なぁ……。

こんなヤツを、どうやったら愛さずにいられるんだよ。

　抱きしめる腕に力を込めた。
　肩が、濡れているのがわかる。それは、きっと雪の涙のせい。

　──ああ、愛しい。
　俺はこの子が愛しいんだ。
　全身が、そう叫んでいた。
　この子が自分を大切にしないなら、俺がこの子を大切にしよう。
　誰よりも大事にして、幸せだけを与えてあげたい。
　この子の何もかもを、守ってあげたい。
　そして、その日から俺は変わった。
　今までしなかった宿題は必ずするようになったし、テストだって頑張った。
　運動も、素行も、誰にも文句を言わせないように。
　今の俺は弱いから、もっともっと強くなって、大きくなって、雪を幸せにしてやるんだ。
　俺は、この子を世界でいちばんの、幸せ者にしてあげるんだ。
　その日から、それが俺の夢だった。
　唯一の、何に変えても叶えたい願いだった。

君の幸せを願った日

【和哉side】
　幸せにすると誓ったのに。
　俺は、再び雪を泣かせてしまった。
「お母さん……おかあ、さん……」
　動かないお母さんを見つめて、雪は悲痛な声を上げる。
　その姿が見ていられなくて、思わず目をそらした。
　俺の母親は、雪のお父さんを連れていってしまった。
　そして、それを追いかけた雪のお母さんは、途中で事故に遭ってしまった。
　俺は、わかっていたのに……。雪から2人がキスをしていたと聞いた時から、こうなることは薄々わかっていたのに……っ。
　止められ、なかった。
「雪」
　俺が名前を呼べば、雪はゆっくりと振り返った。
　その目から流れる涙は止まらなくて、なんてことをしてしまったんだと、自分を責めることしかできない。
「か、和くん……どうしよう……。お父さんもお母さんも……いなくなっちゃったっ……」
「ごめん雪。ごめんなっ……！」
　俺のせいだ……っ。俺の、家族のせいで……。
「……どうして、和くんが謝るの……？」

第7章　ただ、守りたかったもの ≫ 313

「俺が、止められたら……」
「和くんは悪くないよ……？　だから、泣かないで？」
　それなのに、雪は俺たちを責めようともしない。
　どうしてお前は、そんなに優しいの？
　俺はっ……。
「泣きたいのは雪だよな、ごめん……」
　──約束するよ、雪。
「大丈夫だよ、これからは、雪のことは俺が守るから。絶対約束……1人にしないからな」
　何があっても、俺が守るから。
　これ以上、君を不幸にしないから。
　雪にふりかかる悪いものすべて、俺が排除してみせるから……っ。
　小さな体を、これでもかと抱きしめて、俺たちは2人で涙が枯れるまで泣いた。

　今日は、中学の学園祭。
　俺は軽音部に所属していて、友人4人と組んでいるバンドで演奏する。
　ステージの真ん前、俺がいちばん見える席のチケットを、雪に渡していた。
　雪には、雪にだけ、見てほしかったんだ。
「雪っ……！　どうだった？」
　ステージを終えた俺は、雪のもとへ駆け寄った。
「すっごくかっこよかった……！　和くん、すごい!!」

「ほんとにっ……？　……やった」

　よかった……！

　雪のその言葉を聞いただけで、練習の日々が報われたと思った。

　ギターを始めた理由は、やっぱり雪だった。

　俺の家でテレビを見ていた時に、やっていた音楽番組。

　熱心に見ているから、ピアノの伴奏者を見ているのかと思っていたら、雪はこう言った。

『ギターって、かっこいいね……』

　え？　ギター？

　雪はてっきり、ギターなんかには興味がないのかと思っていた。

『雪はしないの？　ギターとか……』

『私、弦楽器は苦手なんだ……弾けなくて……でも、弾ける人はかっこいいよね』

　基本的になんでも器用にこなす雪が、初めて何かを苦手だと言った気がする。

　ギター……か。

　雪がピアノで、俺がギターで、将来、子どものために演奏してあげたり……。

　なんてことを想像して、顔が熱くなる。

　お、俺……妄想が早すぎるだろ……っ。

　恥ずかしいヤツ……。

　……でも、そんなことができたなら、なんて素敵なのだろう。

だって雪の夢は『素敵なお母さんになること』だから。

いつも言っていた、七夕になると、毎年同じことを。

『素敵な旦那さんと、子どもは２人欲しいなー』って、幸せそうに。

お母さんに、家族に、恵まれなかった雪だからこそ……俺は彼女に、最高に幸せな家庭を作ってあげたい。

俺の夢は、彼女を幸せにすることなんだから。

……と、なんだか話がずれたが、いろいろな経緯（けいい）があってギターを始めたわけで……。

成功して、ホッとする。

その日は１日浮かれていて、雪と帰る時もスキップをしてしまいたいほどだった。

そんな俺がおかしかったのか、帰り道。隣を歩く雪が俺の顔をじっと見つめてくる。

「……何？　俺の顔になんかついてる？」

「ううん。かっこいいなって思って……」

　……っっ！

「……バッカ！　お前すぐそういうこと言う……」

何を言ってんの……！

はぁ、心臓に悪すぎるって……。

きっと今の俺の顔は、ゆでダコのように赤いだろう。

幸せだった。

雪が隣にいてくれることが。

それだけでもう、何もいらないと思っていた。

雪を世界一幸せにしてやるなんて思いながら、きっと今

世界でいちばん幸せなのは俺のほう。
　ああ、こんなに幸せでいいんだろうか。
　……なんて、思っていたからだろう。
　その幸せが、音を立てて崩れ始めた。

　キイイイー!!
　聞いたこともないような轟音が響く。
　——なんだ？
　驚いて振り返れば、1台の自家用車が、雪めがけて一直線に走ってくる。
　目を疑って、一瞬動きが止まった。
「雪っ……!!」
　けれど、俺は本当にとっさに飛び込んだんだ。
　車との衝突を防ぐため、道路横にいた雪を抱きしめて飛び込む。
　地面に倒れた時、雪が頭を打たないように、自分が下敷きになるように滑り込んだ。
　必死だった。
　正直、彼女さえ助かればいいと思った。
　俺がいなくなったら、雪が悲しむに決まっているのに、それでも、雪を守ることだけを考えた。
　雪が俺の、すべてだったから。
　目を覚ました時、一瞬、自分がどこにいるのかわからなくて混乱する。
　しかし、首を横に向ければ、「ごめんなさい」と繰り返

し呟きながら泣いている雪の姿があって、俺はすぐに理解した。
　——ああ、俺、生きてるのか。
「ゆ、き……？」
　雪は……？
　ケガは、ないか……？
　俯いていた雪の顔が上げられ、俺と視線が交わる。
「和、くん……」
　雪は涙でぐちゃぐちゃの顔で俺を見ていて、思わず笑ってしまった。
　こんな状況で、そんな姿もかわいいだなんて思ってしまった俺は、バカなのかな？
　どうやら俺は何日間か目を覚まさなかったらしく、すぐに来た医者から事件の真相を聞かされた。
「和くん……ごめんね、私のせいで……」
「バカ。なんで雪が謝んの？　悪いのはあの運転手だろ。それに、かばったのは俺の意思」
　身を乗り出して、雪を抱きしめる。
　よかった。
　心からそう思う。
「雪が……無事でよかった。お前に何もなくて……本当によかったっ……」
　お前がいてくれるだけで幸せなのだと、そんな俺にとっては当たり前のことを、再確認した。
「……っ」

「……なぁ、今度は俺、雪のことちゃんと守れた？」
　あの時は守れなかったけど、今度こそ、守れただろうか？
「和くんは……いっつも私を守ってくれてるよっ……」
　雪は、俺に一生懸命抱きつきながらそう言った。
　ああ、愛しい。
　雪……俺は本当に、お前だけが愛しいよ。
　お前を守るためなら、なんだってできるくらい。
　お前がこの世界にいることが、俺にとって唯一の希望。
　──だから、お願いだ。
　今すぐ、時を止めて。
　このあと起こる悲劇から、目をつむらせてくれ。
　なんだって差し出すから、何もいらないから……。
　──この子だけは、俺から奪っていかないで。

　入院生活も、今日で１週間になる。
　朝から最終検査を受けていて、異常がなければ退院できるらしい。
　体ももう痛いところはないし、すぐにでも退院できるだろう。
　のん気にそんなことを思っていると、親父と２人だった病室に医師が入ってくる。
　その表情は、どこか暗かった。
「水谷さん。検査の結果を伝えに来ました。ケガも完治していますし、後遺症などの心配もないでしょう」
　よかった……。

そう思ったのも束の間、医師の話には続きがあった。
「ただ……骨髄を強く損傷していたので、先ほど検査をさせてもらったと思うのですが……」
　……？
　その先の言葉を言うことをためらった医師に、嫌な予感がした。
　今すぐにこの場所から、逃げ出したくてたまらなくなったほど。
「事故に巻き込まれた時、骨盤を強く打ってしまったようです。その際に、一部血液を供給する血管が完全に破損したようで……」
「……は？」
　言っている意味がわからなくて、ぽかんとしたが、そんな俺とは裏腹に、親父が青ざめた顔をしていた。
「どういう意味ですか？」
　そう問いかけた俺に、医師は言いにくそうに口を開く。
「……簡単に説明すると、子どもを作る機能が損傷していました」
　……は？
「子どもが、できないということですか？」
　親父は、確認するように医師に向かってそう言った。
　頭に、強い衝撃が走る。
　——子どもが、できない？
「……はい。損傷が激しいので、治療しても治るとは……少し言えません。治る可能性がゼロというわけではないの

ですが……ほぼ、ないに近いでしょう」
「……」
「それ以外に体に異常は見つからなかったので、もう退院はできますよ」
　置いてけぼりの俺に、医師は説明口調で淡々と話す。
　何も言えない俺に代わって、親父が医師に頭を下げた。
「わかりました。ありがとうございます」
「失礼します」
　ぱたり、と、閉められた扉。
　——え？
　ちょっと待ってくれ。
　何を言ってんのかわかんないって。
　適当なこと、言ってんじゃねぇよっ……。
「和哉……、可能性はゼロじゃないと言っていたし、きっと——」
「ほぼないに近いって、言った」
　慰めようとしているのだろうか。そんな親父の言葉を遮った。
「お、れ……子ども、できないの？」
　親父の顔が、悲痛に歪んだ。
　まるでその質問の答えを表すかのような表情に、頭に強い衝撃が走る。
　視界が揺れて、まるで焦点が合っていないようだった。
「ゆ、きを……お母さんにしてやるって誓ったんだ……」
「……っ」

「お、お……俺、俺……っ」
　——どうしよう。
　頭の中が、その言葉に支配される。
　約束したんだ。
　ずっと雪のそばにいるって。
　俺が、雪を守るって。
　誓ったんだ。
　雪に幸せな家庭を作ってやることが……。
　——俺の、唯一の願いなんだ。
　当たり前に、その願いが叶うと思ってた。
　俺たちは２人で幸せになれるのだと、根拠もなく信じていた。
　それがとんだ自惚れだったのだと突きつけてくる現実を前に、俺は何も受け入れられなかった。
「父さん、俺、どうしたら——」
　バタン!!
　俺の声を遮るように、病室の扉が勢いよく開かれる。
「和ちゃんっ……！」
　懐かしい声が聞こえて、驚いてそちらを向いた。
　変な汗が吹き出し、頬に冷や汗が流れる。
　ごくり、と、息をのんだ。
　実の母親が、視線の先に立っていた。
　……は？
　意味がわからなくて、開いた口が塞がらない。
　しかも、その後ろには見覚えのある男が立っていた。

間違いない。
　雪の、お父さんだ。
　突然の来客に俺は混乱して、さらに頭がおかしくなる。
　……なん、なんだ。
　もう、何がなんだかわからなかった。
　わかりたくもなかった。
　母親は俺のほうに駆け寄ってきて、心配そうに手を握ってくる。
「優哉さんから聞いたのっ……和ちゃんが事故に遭ったって……」
　親父、が……？
　……待てよ。
　――こいつら、連絡を取っていたのか……？
　親父のほうを見れば、気まずそうに視線をそらされた。
　それは、無言の肯定を示していた。
　――ありえない。
　こいつら、腐ってるっ……。
「元気そうでよかったわ……っ、お母さん、和ちゃんに何かあったらって心配で……」
「いつからだよ……」
「……え？」
「……いつから、親父とお前は連絡を取ってたの？」
　母親は、「うーん……」と悩んだ仕草をしたあと、あっけらかんと答える。
「出ていってから……１ヶ月後くらいかしら？」

１ヶ月後？

　そんな時から、すでに繋がっていたのか……？

　平然とした態度の母親に、恐怖すら覚えた。

　俺はこいつから生まれたのだと、同じ血が流れているのだと思うと、唐突に吐き気が込み上げる。

　こいつらは、俺たちを巻き込むだけ巻き込んで、自分たちは裏で繋がっていたんだ。

　親父も、グルだったんだ。

　もう、親父すら、信じられない……。

「ごめんなさい和ちゃん、連絡するのが遅くなっ……」

「雪のお父さんは？」

　母親を無視して、後ろの男に声をかけた。

　ぼーっと、何も言わずに突っ立っている男。

「ねぇ、あんたそこで何してんの？」

　そう言って睨みつければ、雪のお父さんはひるんだように一瞬あとずさりする。

「僕は、理恵子さんの付き添いで……」

　ああそうか。

　お前ら、駆け落ちしたんだもんな。

　俺たちのことなんて忘れて、幸せな生活を送ってるんだよな。

「あの日から、雪には連絡したの？」

「あの子には、もう会わないよ」

　平然とした態度で、悪気がなさそうにそう言う男。

　神経を疑った。

ああ、こんなおかしいヤツらに囲まれていたら、俺までおかしくなってきそうだ……。
　心を落ちつかせようと、深呼吸をする。
「……実の子どもだろ？　……あんたバカなのか？　連絡くらいしてやれよ!!」
「……実の子どもには変わりないけど、望んでできた子ではないから」
「……は？」
「あの子も気づいてたはずだよ。僕が家族を、愛していなかったこと」
　そして、雪のお父さんは俺に話した。
　雪の、出生の経緯について。

　雪は、愛されてなどいなかったのだ。
　雪が産まれて、雪の両親は結婚した。
　世に言う、できちゃった結婚。
　でも、それは雪のお父さんにとって最悪の出来事以外の何物でもなかった。
　一夜限りの遊びと思って手を出した女に、たまたま子どもができた。
　突如、襲いかかった責任。
　雪のお父さんは……結婚せざるをえなかったんだ。
　雪のお母さんからしたら、雪の誕生は夢のようだったに違いない。
　好きな男を、理由つけて物にできるんだから。

……なんだ。こいつら。
「雪も私なんて、忘れているだろう。会わないほうが雪のためなんだよ」
　話を終えて、ケロリとそんなことを言う目の前の男。
「……ねよ……」
「……え？」
　雪は、お前らの都合のいいものじゃない。
　雪は、お前たちを愛していた。
　いつだって心配していた、お前らの期待に応えようとしていた。
　俺はそれを知っている。
　雪の優しさを、想いを。誰よりも、まわりの人を大切にしている雪を……。
　それなのに、なんで……。
　どうして、雪がっ……。
「てめえら全員まとめて死ねよ!!　雪のお母さんみたいに死んじまえ!!　一生、雪の前に現れんな!!」
　——こんな運命は、あんまりじゃないか。
　どうして雪なんだよ。
　おかしいだろ。不公平にもほどがある。
　あいつは、幸せにならなきゃいけない存在だろ？
　なのにどうして、他人の都合に振り回される運命の中にいるんだ。
「和……ちゃん……」
「……雪が、もうすぐ来るんだ……頼むから、全員今すぐ

出ていって……」
　もうこれ以上、何か言う気力もなくて、掠れた声でそう言った。
　あと、2時間くらいで来てくれるはずなんだ。
　だから……それまで、頼むから頭を冷やさせて。
　もう、本当に、何がなんだかわかんねーんだ……。
「……また、連絡するわね」
　母親はそう言葉を残して病室から出ていった。

　1人になって、冷静にいろいろなことを考える。
　俺はスマホを取り出して、医師に言われた症状について調べまくった。
　いわゆる『不妊』というのは、相手にもたくさん迷惑がかかること。
　今は技術が進んで、治療をすることも可能だが、相手への負担が大きいこと。
　何より、治る確率が低いと言われた患者が、治ることは少ないということ。
　普通に子どもを作ることは、俺にはできないのだと理解した。
　なんだか実感がわかなくて、ぼうっと窓の外を見る。
「和くーん？」
　雪の声が聞こえて、ハッとした。
「ゆ、雪……来てたのか」
　驚いた……。雪が来たことにも気づかないなんて、相当

上の空だったんだろう。

　焦りを気づかれないように、ニコッとほほ笑む。

「どうしたの和くん？　何かあった？」

「いや……何もないよ！」

　誤魔化すようにして、もう一度笑ってみせた。

「そういえば今日、検査の結果が出たんだよね？　どうだった？　異常、なかった？」

　ドキリと、心臓が跳ねる。

「……あぁ、もう明々後日には退院できるらしい」

　……言え、ない。

　子どもができない体になったんだ、なんて……。

「そういえば今日、七夕だね、和くん」

「……ああ、そうか」

「病院の１階にね、短冊がたくさん吊るしてあったよ！」

　そう言ってほほ笑む雪に、俺はふと思った。

　七夕、短冊、願い、ごと……。

「……雪は？　いつもと同じ願いごと？」

　ねぇ、雪。

「うん！　素敵な家族ができますようにって、書いたよ！」

「……そっか」

　どうしても、その夢じゃないとダメか……？

「雪は、どうしても家族がほしい？」

　家族は……１人じゃ……。

　……俺だけじゃ、ダメ？

「うん！　笑顔が絶えない家族がいいなぁ……私も頑張っ

て素敵なお母さんになりたい」
　……そう、だよな。
「和、くん……？」
　俺は今、どんな顔をしているだろうか。
「そっか。……叶うといいな、雪の夢」
「う、うん……」
　きっと、情けない表情をしているに違いない。
　雪の不安そうな顔が、それを表していた。
「雪、今日は天気もよくないし、暗いから早く帰りな？」
「うん……明日も来るね？」
　雪はそう言って、笑顔を残して病室を出た。

　誰よりも、人を愛せる女の子。
　自分を犠牲にし続けてきた、傷つけられてきた女の子。
　そうだよな……。
　雪は何よりも、家族に恵まれなかったんだ。
　彼女には、幸せな家庭が必要なはずだ。
　隣にいるのが、たとえ、俺じゃなくったって……。
　——雪なら、いいお母さんになれるはずだ。
　なぁ、俺はいったい、雪からどれだけたくさんのものを奪った……？
　大切な家庭を壊し、父親は俺の母親とともに行方不明、母親は亡くなった。
　全部全部、俺の、俺たちのせいで。
『治る可能性は、ほぼゼロに近いです』

……俺の、せいで。
『大きくなったらお母さんになりたい……。子どもは2人欲しくて、旦那さんと……4人で幸せに暮らすの』
　夢を語る雪の言葉が、脳裏をよぎる。
「く……、そっ……!　なんでだよ!!」
　なんで俺は、雪からいろんなものを奪ってしまうんだ。
　誰よりも笑顔になってほしいのに……誰よりも、幸せにしてやりたいのに……っ。
「……。っ、は……」
　……何が、幸せにしてやりたいだ。
「バッカじゃねぇ……」
　なに言ってんだ、俺。
　無理に決まってんじゃん。
　今日言われたこと、もう忘れたのかよ。
　俺はもう、雪の夢を叶えてやれない。
　俺はこれからも、雪を傷つけて、我慢させることしかできないんだ。
　……っ。
　頭ん中、真っ白だ。いや、違う。……真っ黒。
　先の未来が見えない。
　想い描いていた未来予想図にはいつも雪の姿があって、その雪がいなくなるとすれば……。
　――俺の未来は、再び色を失うのだろう。
　そうだ。
　これ以上、俺がそばにいれば、雪はもっと傷つくことに

なるだろう。
　今日、母親が来たのがその証拠。
　母親は『また、連絡するわね』と言った。
　俺と母親に接点ができてしまったんだ。
　そうなれば必然的に、雪のお父さんとも、また会うことになる。
　このまま俺のそばにいれば、雪はいずれ、自分の父親と対面してしまうことになるかもしれない。
　あんな事実、雪が知る必要はないんだ。
　自分が愛されていなかったなんて知ったら、雪はどれだけ傷つくだろう。
　絶対に、雪をあの父親に、会わせてはいけない。
　結局、俺はいつも何もしてやれない。
　俺に残された選択肢は……。
　……もう、雪から離れるしかないんだ。
　これ以上、俺は彼女から何かを奪うことはできない。
　その場で、俺は泣き叫んだ。
　心臓はもう張り裂けそうなほど痛くて、涙というものはこんなにも溢れるものかと思った。
　雪、俺はお前が好きだよ。
　本当に……愛しくてたまらない、唯一の宝物だよ。
　でもだからね、お前には、お前だけには、幸せになってほしい。
　俺はどうなってもいいから、世界一不幸になったって、そんなのまったく、かまわないから……。

第7章　ただ、守りたかったもの ≫ 331

　どうか君だけは、君だけが……幸せになりますように。

　真っ暗な夜の病室で、電気もつけずに俺はある人物へ電話をかけた。
「もしもし……親父？」
《和哉……あの、お母さんのことは、本当にすまな……》
「頼みがあるんだ」
《え？》
「この街から、出ていきたい」
《……和哉？》
「お願い、します……。俺……もう、あのマンションには住めない」
　——雪のそばには、いられない。
　父さんは何かを察したのか、それ以上何も聞かず、ただわかったとだけ言ってくれた。
　そして、俺は最低な言葉をたくさん並べて、君の前から姿を消したんだ。

　高校２年の、２月27日。
　愛しい人の誕生日である今日、俺は１人、屋上で風を感じていた。
　冬だから当たり前だけど、とても冷たい。
　目をつむって、彼女のことを考える。
　今日は、誰かに祝ってもらってるだろうか……？
　ねぇ、雪。

——幸せに、なった？
　会えない月日は、本当に長かった。
　毎日が長くて長くて、息が苦しくなるほどに。
　君を想うたびに、忘れられないと痛感するたびに、全身が愛しいと叫んでいた。
　自分から離れたくせに、なんて面倒くさい男だと我ながら思う。
　でもね、1日たりとも、雪のことを忘れたことなんかなかった。
　考えない日など、ありはしなかった。
　俺は変わったと思う。
　勉強も首席はずっとキープしているし、まわりの人に作り笑いができるようになった。
　生徒会長も任されて、たくさんの好意を寄せられていることも自覚している。
　でも、世界はあの日から灰色のままだった。
　心がずっと、悲鳴を上げている。
　『雪がいなきゃ無理なんだ』と。
　俺、結構いい男になれたと思うんだけどさ……なんでだと思う？
　会えないお前に、好かれるために頑張っているって言ったら、バカだって思うかな。
　でも、本当にそのとおりなんだ。
　何かあった時、雪をすぐに助けられる力を手に入れようと思った。

地位も名誉も手に入れて、そばで雪を守る盾になる。
俺のそばにいてくれなくなっても、もしお前がピンチな時は、必ず駆けつけられるように……。
——なんて……虚しすぎて、泣きたくなった。
手のひらに、冷たいものが落ちる。
これは、涙ではない。
……あ。
「雪だ……」
空を見上げれば、柔らかい雪が降っていた。
なんてタイミングだよ……あ、やばい。
こらえたはずの涙が溢れ出して、今度は本当に、それが俺の手を濡らした。
会えない期間が長ければ長いほど、気持ちは薄れるなんて、いったい誰が言ったんだろう。
嘘をつくなと、そいつに文句を言ってやりたい。
「……雪、好きだ……」
会えない日々の中でも、彼女へと気持ちは増していくばかり。
溢れて溢れて、止まらない。
もうきっと、自分でも抱えきれないほど、雪に恋い焦がれている。
雪はもう、俺なんて忘れたかな？
忘れられていたら……それはそれでいいじゃないか。
雪のためには、そっちのほうがいいはず。
けれど、心の中のどこかで、必死に叫んでいた。

俺を忘れないで。
俺がそんな、生半可な気持ちでいたからだろうか。

「新入生代表——白川雪」
お前が、俺の前に現れた。
そして、俺を好きだと言ったんだ。
なぁ……俺が、どれだけうれしかったかわかる？
その言葉に応えられないことが、どれだけ苦しかったかわかる……？
お前が俺を『好きだ』というたび、歓喜で震える自分がいた。
俺は本当に自分勝手で、最低な男。
お前の夢を叶えてやれないこんな体ごと、俺が消えてしまえばいいのに。
お前と再会してから、毎日そう思っていた。
でもね、ただただ、本当に、雪が好きだったんだ。
守りたかったんだ。
幸せになってほしかったんだ。
それだけは……嘘偽りない気持ちだから。

俺は……雪じゃないと無理。
雪、以外は……愛せない。

お前しか無理

「俺……雪の夢を、叶えてやれないんだよ……」

すべて話し終わって、和くんは改めてそう言った。

「お前に……家族を作って、やれないっ……！」

「和、くん……」

「それなのに……。……お前が、お前だけがっ、愛しくてたまらない……」

——私の中の、感情という感情がすべて、涙となって溢れ出した。

もう、今世界が終わってもいい。

世界一……うんん、世界で唯一愛しい人が、私を愛しいと言ったのだ。

信じられなくて、でも信じたくて仕方がなくて、今度は私から彼を抱きしめた。

「雪っ、雪っ……」

私を呼ぶ声が、痛々しいくらいに切ない。

悲痛な声で何度も私の名前を呼ぶ和くんに、応えるように強く強く抱きしめた。

「和くん、バカだよっ……」

そんなことで……そんな、小さなことで、ずっとずっと悩んでいたの……？

私のために、悩んでいてくれたの……っ？

「私は、和くんさえいてくれればいいのにっ……」

私の気持ちも知らないで……。
「和くんがいてくれるなら、それだけで幸せなのに……」
　彼の体温が伝わってきて、もうそれだけで愛しくてたまらなくなった。
　すべて崩れてしまったものが、今、再び積み重なる。
　和くんは、震える手で私を、抱きしめ返した。
「俺を選んだら……お母さんに、なれないんだぞっ……？　雪は、家族ができなくなるんだぞ……？」
　自惚れだってかまわない。
　だって彼の全身が、私を想ってくれている気がしてたまらない。
　声と体を震わせながら、それでも懸命に抱きしめ返してくれる。
　和くんだけじゃないね。
　私も、大バカだ。
「和くんは……？」
「え……？」
「和くんが、私の家族になってよっ……」
　ここまですれ違うほど、気づかなかったんだもの。
　こんなに互いを想い合っていたのに、私たち、似た者同士のおバカさんだね。
「……っ、うっ」
　和くんは、涙をこらえるように息をのみ込んだ。
　──お願い、聞いて。
「少しでも、私を好きで、いてくれるなら……そばに、い

させてほしいっ……」
「……ゆ、き」
「和くんがいないと、私、私……幸せに、なれない……」
　私の気持ちを、受け取ってください。
「それは……俺の、ほうだっ……」
　病室に響いたのは、嗚咽交じりのそんな言葉。
　すーっと、静かに頬を伝う雫が、少しくすぐったい。
「お願い……雪、もう、我慢しない……」
　私はその声だけを聞いていたくて、目を閉じた。
「絶対に泣かせない……。寂しい思いも、悲しい思いもさせないから……」
「……」
「……俺を選んで、雪っ……」
　耐えきれなくて、私の口からも嗚咽が漏れる。
　私たちの顔はきっともう、涙でぐちゃぐちゃなはずだ。
「俺には、お前しかいない……っ」
　――互いを強く強く抱きしめながら、私たちは、ようやく想いを結ばせた。
　和くんの胸に顔を埋めて、何度も何度も……何度も何度も首を縦に振る。
　すれ違いの日々を埋めるように、この思いが相手に届くように、夕日に照らされた病室で、壊れるほどに抱きしめ合った。

ねえ……

「雪……」
　ようやく涙が止まって、和くんが私の名前を呼んだ。
「本当に、俺でいいのか……?」
　和くん……目、腫れている。
　きっと、私も腫れちゃっているんだろうな。
　和くんにこんな不細工な顔、見られたくない……。
　のん気にそんなことを考えながら、心からの笑顔を浮かべた。
「和くんがいい」
　その気持ちは、ちゃんと伝わったようだった。
「無理……。俺っ、幸せすぎて死にそう……」
　和くんは再び私を強く強く抱きしめる。
「私もっ……」
　諦めなかった自分を、めいっぱい褒めてあげたい。
　見つめ合って、ほほ笑み合って、抱きしめ合って。
　そんな幸せなひと時は、彼女たちの登場で幕を閉じた。
「ちょっ、うわっ」
「あああ……楓のバカ……」
「あーあ、バレちゃった」
　病室の扉が開かれて、なだれ込むように倒れている3人が目に入った。
　私は、慌てて和くんから離れる。

え、えっ……!!
「お前ら……いつから覗いてたんだよっ……」
　和くんが、3人に向かって怒ったように言った。
　だけど、まるで悪気がなさそうな、瞳ちゃんと楓ちゃんと北口先輩。
「え？　いいじゃーん」
「オレっ……感動した！　雪、よがっだなぁ!!」
　楓ちゃんは号泣して、隣の瞳ちゃんに抱きついていた。
　みんなにも、たくさん心配かけちゃったもんね……！
　あ、そうだ！
「瀧川先輩にも、連絡しなきゃ」
　思い出してそう言えば、和くんの声のトーンが下がる。
「……なんで真人に連絡すんの？」
　その表情は明らかに怒っていて、私は不思議に思い首をかしげた。
「え……だって、瀧川先輩が、ケジメをつけなさいって背中を押してくれたの」
「……それだけ？」
「和くん……？」
「見舞いに来ない間、ずっと真人と一緒にいたんだろ？」
　それ、さっきも言ってたよね……？
　もしかして和くん、誤解してる？
「あの、瀧川先輩とは、何もないよ？　先輩は、そばにいて励ましてくれてただけで……」
「……ほんと、鈍感すぎて心配なんだよ」

「……？」
　鈍感って……？
　あからさまに不機嫌な和くんを見つめていると、何やら意味深な視線を感じた。
　それは、ニヤニヤとこちらを見つめる瞳ちゃんと楓ちゃんのもの。
「うわー、和哉くんって、ヤキモチとか焼くんだ」
「ぎゃはは！　意外と子どもっぽいな！」
　ヤキモチ……？
　えっ……やきも、ち？
　驚いて和くんのほうに視線を戻せば、その顔が心なしか赤かった。
　嘘……。
　不謹慎かもしれないけど、う、うれしい……。
「ほらほらお前ら、からかいすぎだ」
　からかう２人を止めるように、北口先輩が言った。
「よかったな、和哉」
　本当に、うれしそうな笑顔を和くんに向けて。
　和くんは、ちょっと照れくさそう。
「はいはい、どーも。用が済んだならお前ら帰れって。俺は今から雪との時間に浸んの」
「うわ、ひっどーい！　寂しいと思って、毎日交代でお見舞いに来てあげたのにー！」
「和哉くんの人でなしー！」
「さすがに帰れ、はひどいな……」

和くんの発言に次々に批判が殺到して、私はおかしくて笑ってしまう。
　あーあ……本当に、こんなにも素敵な友人に囲まれて。
　愛しい人が、そばにいて……。
「みんな、ありがとうっ……」
　心からの感謝を伝えれば、優しい笑顔が返ってきた。
　ねぇ和くん。
　……あなたのおかげで私は、今とても幸せです。

最終章
お前じゃないと嫌だよ

ずっと言いたかった言葉を、
ようやく君に伝えられる。

——愛してるよ、雪。

家族

　和くんの退院が、明日に決まった。

　私はうれしくって、スキップをしてしまいそうな気分で病院へ向かっていた。

　今日はみんなは用事があってお見舞いには行けないらしく、私1人。

「和くん……！」

　病室の扉を開くと、和くんが笑顔で迎えてくれた。

　……幸せ。

　唐突に、そんなことを思う。

「今日ね、リンゴ買ってきたよ」

「ほんとに？　ありがと」

　看護師さんに借りたフルーツ用のナイフで、リンゴをカットする。

　うさぎの形にしたそれを和くんに渡すと、和くんは恥ずかしそうに顔を赤らめた。

「……うさぎって……」

「だって和くん、昔はうさぎの形にしてくれーって、言ってたもん」

「お前っ……なんでそんなこと覚えてんの……？」

　和くんの顔がさらに赤くなって、私はふふっと笑った。

「覚えてるよ。和くんの好きなものは全部」

　言ってから、思う。い、今のセリフ、ストーカーみたい

じゃなかったかな……？
「俺も。雪に関してはぜーんぶ覚えてるよ」
「ぜ、全部……？」
「そ。恥ずかしい思い出も、全部覚えてる」
　は、恥ずかしい思い出!?
　いたずらっ子のようにほほ笑む和くんに、今度は私が顔を赤くした。
　他愛もない会話に、とてつもないほどの幸せを感じる。
　ああ、本当に、私は和くんの隣にいてもいいんだと思うと、泣きそうにさえなった。
「雪、今日さ……人が来るから」
　突然、和くんがそう言った。
「人……？」
　って、誰だろう……？
「うん。たぶん、もうそろそろ来るよ」
　その言葉と、ほぼ同時だったんじゃないだろうか。
　音を立てて、病室の扉が開く。
　私は、目を疑った。
　そこには、和くんママと……お父さんがいたから。
「どう、して……」
「俺が呼んだ。……2人とも、座ってください」
　和くんが……？　なんで？
　忘れようと、思っていたのに……。
　俯きがちの2人は、和くんに言われたとおり、私とベッドを挟んだ反対側に座った。

呆然と、2人を見つめる。
「本当は、雪にはもう会わせないつもりだったんだ」
　和くんが淡々と話す。
「でも、俺と雪が一緒に歩んでいく以上、ケジメをつけなきゃいけないだろ？」
「け、ケジメって……言われても……」
「2人とも、雪に言うことがあるんじゃないか？」
　和くんにそう言われた2人は、ゆっくりと顔を上げて、こちらを見つめた。
「……ごめん、なさいね……雪ちゃん。私たちの勝手で、あなたにはたくさん辛い思いをさせたでしょう。それなのにこの前、会った時……私たちはあなただって気づきもしないで……最低ね。本当にごめんなさい」
　和くん、ママ……。
　そんな、私、謝ってほしいなんて思ってないのに……。
「和ちゃんにも、とても怒られたわ」
「……んなこと言わなくていいから」
　和くんが……？
　私のために怒ってくれたのだろうか。それがうれしいなんて、思ってしまう。
「雪……」
　そして、お父さんが、口を開いた。
「どこから謝ればいいのか、わからないほど……お前をたくさん傷つけてしまったね……」
　お父、さん……。

「僕は、父親なんて名乗れないほど最低な人間だった」
「……」
「お前がこの世に授かった理由も、最低な理由だった。僕は……心から、お前とお母さんを、愛せていなかった。気が済むまで、殴ってくれてもかまわないから」

　私を見つめるお父さんの顔は、切なそうに歪んでいた。
　私が、この世に授かった理由。
「お父さん……ごめんね」
　謝るのは、私のほうだよ。
「私、全部知ってるの……」
「……え？」
「お父さんが、私を愛していなかったことも、お母さんを好きじゃないことも、全部知ってたの」
　２人のケンカを、一度聞いてしまったことがある。
　その時、お父さんは私を一夜の過ちで産んでしまった子だと、もともとお前なんかと結婚するつもりはなかったのだと、そう言った。
　当時はよくわからなかったけど、さすがに今はわかる。
「ごめんね……？　私が産まれてきてからずっと、お父さん苦しかったよね……？」
　お父さんもまた、苦しんでいたんだと。
「ごめんなさい……」
　そう言えば、お父さんは困ったように口を閉ざした。
「お父さん、今、幸せ……？」
「……あ、あぁ」

そっ、か……。
「よかった……」
　もう、それだけでいい。
「今の家族を……和くんママを、大切にしてあげてね？」
　「私のことも……たまには、思い出してね」と、冗談交じりに笑った。
「和くんママ」
　そして、視線を和くんママへと向ける。
「お父さんを、よろしくお願いします……！」
　そう言って、私は頭を下げた。
「雪ちゃん……」
　和くんママは、瞳から涙をこぼす。
　私は、再びお父さんに視線を戻した。
「それと……」
　1つだけ、言っておかなきゃ。
「お母さんは、お父さんのことが大好きだったんだよ？」
「……」
「ケンカばっかりしてたけど……いつも私に言ってたの。雪がいい子にしてたら、お父さんが喜ぶからーって」
　お母さんの言葉を、思い出す。
「いっつも『お父さんお父さん』って言ってた」
　お父さんがお母さんを愛していなくとも、お母さんは、とてもとても、愛していたんだよ。
「だからね……それは、ちゃんとわかってほしい」
　——忘れ、ないで。

「お母さんは、お父さんを好きだっただけなんだって……お願いだから、それだけは忘れないであげて」

　お父さんの瞳にも、涙が浮かんだ。

「雪……っ」

「はい。おとーさん」

　小指を差し出して、ほほ笑む。

「指切りげんまん」

「……っ」

「大丈夫だよ。私も今すっごく幸せだから」

　少し前だったら、お父さんの幸せを喜んであげられなかったかもしれない。

　けどね、今は違うよ。

「私をこの世に授けてくれて……本当にありがとう」

　今は、隣に和くんがいてくれるから。

　もうそれだけで、この世界のすべてを、受け入れられる気がするんだ。

「す、まない……すまないっ、すまない……」

　お父さんは、そう言ってわんわん泣き始めた。

「えっ……！　あ、謝らないで！　お、お父さん？」

「……もういい。なんか俺も、怒鳴る気が失せた」

　その後、なぜか和くんママも泣き始めて、病室は騒がしくなった。

　ようやく泣きやんだ2人は、『家に遊びに来てね』と言って去っていった。

和くんと、2人きりに戻る。
「なんでお前はさ……」
　2人きりになった、第一声。
「もっと怒ればよかったのに。お前の怒りが収まるまで、怒鳴り散らしてやったっていいと思ってたのに……」
　ど、怒鳴り散ら……？　え、ええっ……！
　和くんは、2人を罵倒するつもりだったの？
　……でも、そうだよね。和くんからしても、2人にはいい思いはないかもしれないし……。
　呆れたようにため息をついて、私を見つめる和くん。
「はぁ……お前のそういうとこ、すっげー歯がゆい」
「……ご、ごめんなさい……」
「でも……そういうとこが、愛しくてたまらない」
　……え？
　顔を上げれば、困ったように、愛しそうに、ほほ笑む和くんの顔があった。
「雪はそのままでいっか。代わりに、俺がこらしめてやるから」
「こ、こらしめる!?」
「そ。雪に何かしたヤツは、ただじゃおかねー」
　冗談なのか本気なのか、わからない口調。
　でも私は、それを冗談と捉えることにして笑う。
「ふふっ、それじゃあ私は、和くんが人をこらしめなくていいように、悪いことされないようにしなきゃ」
　ニコッと、ほほ笑んでみせた。

「……だーかーらー」
「……？」
「そんなふうに考えられるところが、好きなんだって……バカ」
「なっ……！」
　突然の好きという言葉に、驚いて少し身をそらす。
「あー、ほんとバカ。あー好きだー……」
「か、和くんっ……！」
「ん？　何？」
「そ、そんなさらっと……」
「俺、思ったことは言うことにしたの。今までひどくした分、雪のことすっげー甘やかしたいから」
　和くんはそう言って、手を広げた。
「ほら、おいで」
　ドキンっと、心臓が高鳴る。
　う……ずるいよ、和くん……。
　そんな甘い声で言われたら、拒めない……。
　私はそっと彼のもとへ寄って、その胸に抱きつく。
「大好き」
　耳元でそう囁かれて、もう顔は異常なくらい熱かった。
「さ、残るはあと１つだな」
「あと……１つ？」
「……そ。これはまた明日」
　私は意味がわからなかったけれど、和くんに抱きしめられていることがうれしくて、首を縦に振った。

何よりも愛しい人

　土曜日だったので、今日はいつもより早く和くんのお見舞いにやってきた。
　今日は、待ちに待った退院の日。
　午後3時には病院を出るから、私も準備を手伝わせてもらうことになっていた。
　みんなはまたしても、用事があって来れないと言ったけれど……もしかして、気をつかっている？
　そうだとしたら申し訳ないな……。
「雪、俺さ、治療を始めることにしたんだ」
　そんなことを考えていると、突然、和くんが言った。
「治療……？」
「不妊治療ってやつ。この病院に専門の先生がいて、やってみることにした」
「和くん……」
「俺、やっぱり雪に家族を作ってあげたい。俺も、雪との家族が欲しいんだよ」
　照れくさそうに笑った和くんに、下唇を噛みしめた。
　そんなふうに思ってくれているなんて……。
　うれしくって抱きつこうとした時、タイミングよく病室の扉が開かれる。
　私は慌てて抱きつくのをやめて、平然を装った。
　入ってきたのは和くんパパで、危なかったー……と、こっ

そりと安堵の息を吐く。
「親父」
「車、持ってきたから。退院の準備を手伝うよ」
　そう言って、和くんパパはこちらに歩み寄ってくる。
「親父、話がある」
　その足取りは、和くんの言葉によって止まった。
　話？　……って、私もいていいのかな？
　席……外したほうがいい？
「……僕も、話があるんだ」
「え……何？」
　ますます出ていったほうがいいのではないかと思った時、和くんパパは私と和くんに、座るように言った。
　いても、いいのかな……？
　恐る恐る、ベッド前のイスに腰かける。
「和哉には言っていなかったけど、父さんね、再婚することにしたんだ」
　え……？　言って、なかったの？
　ずいぶん前に聞いた話だったので、和くんが知らなかったという事実に驚いた。
「あ……おめで、と……」
　驚いている様子で、そう言った和くん。
「雪ちゃんには、一足先に言ったよね」
　私は、首を縦に振る。
「は？　なんで？　いつ？」
「雪ちゃんが中学３年生になる少し前、かな」

「……会ってたのか？」
「手紙を出したんだ。ね？」
　そう聞かれ、もう一度、頷く。
「はい……」
「……は？　意味わかんねーんだけど……」
　和くんは私たちが連絡を取っていた……と言っても、一方的に手紙をいただいただけだけど。
　とにかく驚いているのか、交互に私たちを見る。
　和くんパパはその姿をほほ笑ましそうに見つめ、ゆっくりと口を開いた。
「父さんね、もう一度、将来を添い遂げたいと思える人に出会えたんだ」
　私も和くんも、黙って話に耳を傾ける。
「でもね、再婚に踏み込むことが、どうしてもできなかったんだよ」
「……」
「……和哉。父さんは、お前からいろいろなものを奪ってしまった」
　その言葉に、胸がドクンと音を立てた。
「雪ちゃんのことで苦しんでいるのは知っていたよ。和哉が好きな子のために幸せを願って１人悩んでいるのに……父さんだけ幸せになるだなんて、できなかったんだ」
「別に、そんな……」
「お前には父親らしいこと１つしてやれなかったから、せめて、何かしてやれないかと必死に考えた」

そして、あの手紙の真実を知る。
「考えても考えても……お前が幸せになるには、雪ちゃんしか浮かばなかった」
　──あ、だから。
「だからね、雪ちゃんに託そうと思ったんだ」
　和くんパパは、和くんの居場所を教えてくれたんだ。
「お前の高校を、雪ちゃんに教えたんだ。もし彼女がまだ和哉を想ってくれているならば、お前を救ってくれるはずだと信じて」
　そんな想いがあっただなんて初めて知って、胸の奥がじんと熱くなる。
「僕はどうしようもない父親だから、人に頼ることしか思い浮かばなかったんだ」
「……」
「情けない父親で、本当に申し訳ない……」
　そんなこと、ないと思う。
　だって和くんパパは、いちばんまともな親だったはずだ。
　私は詳しいことはわからないけど、そう思う。
「雪ちゃん」
「……はい」
「僕にとって和哉は、大事な大事な……たった1人の家族なんだ。かけがえのない息子です」
　そう言って、優しい優しい、笑顔を向けられる。
「和哉を、よろしくお願いします」
　頭を下げた和くんパパの姿は、父親そのもの。

和くんは家族のことをよく思っていなかったから、本当は心配だったんだ。
　ちゃんと、愛されているのかな……って。
　でも、そんな心配をした自分を叩きたい。
　こんなにも、素敵なお父さんがいるんだ。
「バカ親父……急に父親ヅラすんな……」
　和くんは、きっと照れ隠しだろう。そんな言葉を吐く。
　けれど、少しの間、黙り込んだあと再び言葉を発した。
「……ありがとう。俺、父さんの子どもに産まれてきてよかったよ」
「……っ、和哉」
「再婚も、おめでとう。幸せになって。っつっても、親父は女見る目ないからなー」
「……まったく、失礼なことを言う子に育って……」
　２人の笑顔は、やっぱり親子だなと思うほど似ていた。
　その光景がほほ笑ましくて、素敵で、目に涙が滲む。
「で、話ってなんだい？」
　……あ、そうだ。
　すっかり忘れていたけれど、先に話があると言ったのは和くんのほう。
　私、今度は席を外したほうが……。
「雪と、一緒に暮らさせてください」
　──え？
　出てきた言葉に、驚いて彼を見つめる。
　その眼差しは真剣そのもので、私は言葉を失った。

和くん……?

　私、何も聞いてないよ……?

　和くんは、じっとお父さんだけを見つめ、真剣な口調で話す。

「今、俺はバイトもしていないし、こんなこと言える立場ではないと思うんだ。けど、高校を卒業したら、きっちりバイトもする。大学に通いながら、家賃くらいは自分で稼げるようにします」

「和、くん……」

「大学も、特待制度を取ってみせます」

「……」

「親父が今まで俺に費やしてくれたお金は、働けるようになってから必ず返します。だから、今１人で使っているあのマンションで、雪と暮らすことを許してください」

　そんなの、１人で決めるなんてずるいよっ……。

　私だって、話してくれたら、一緒に考えたのに。

　彼の決意と言葉に、涙はついに溢れた。

「……お前はさ、ほんとお金のかからない子だったよ。何もねだらないし、今の高校だって、特待制度で学費免除だからね」

　頭を下げる和くんを見つめる和くんパパの瞳は、とても優しかった。

「お父さんは、お金を出すことしかできないのに、お金すら出させてもらえなくて……悲しかったんだから」

　冗談めかした言い方で、ふっと笑う。

「滅多に頼みごとをしないお前のお願いを、断れるわけがないだろう」

　笑顔でそう言った和くんパパに、和くんはようやく表情を崩す。

　その顔は、安心したように、笑っていた。

「手続きはすべて任せて。それと、返そうなんて思わなくていい」

「でもそれは……」

「これはね、親の役目だから」

　最後に、「落ちついたら……４人で、食事でもしないか？」とつけ足した和くんパパに、私は何度も首を縦に振った。

「ああ」

「はい、ぜひ……！」

　世界が、瞬く間に輝いていく。

「あんなあっさり許してもらえるとはなー……」

　和くんパパが退院の手続きをしている間に、和くんがそんなことを言った。

「和くん……！　私、何も聞いてないよ！」

「へへ……ごめん」

　同居だなんて……本当に突然。

　私にも教えてほしかったよ……！

　そんな気持ちを込めて、頬を膨らます。

「あんな物騒な場所に、雪を住まわせておきたくなかったんだ……」

最終章　お前じゃないと嫌だよ

「……っ」
「俺と暮らすのは、嫌？」
　ほんとに……ずるい。
「……嫌なわけ、ないよっ……」
　私だって、和くんといたいって……わかっているくせに。
　確信犯の和くんは、安心したように笑う。
「これで……全部解決かな」
　うん。
　不安も、何もない。
「雪」
　愛しい声が、私の名を呼ぶ。
「好きだよ」
　耳元で囁かれた言葉に、私の顔は真っ赤になった。

愛しい時間

　ピンポーン。
　静かな朝の室内に、インターホンの音が鳴り響く。
　私は急いで玄関に向かい、扉を開けた。
　その先に見える、愛しい人の姿。
「おはよう、雪」
　数日前、ようやく松葉杖が取れ、歩いて学校へ通えるようになった和くん。
　朝は私の家まで迎えに来てくれて、2人で通学する。
　一緒に暮らし始めることになる来月までは、これが日常になるだろう。
「おはよう和くん」
「行こっか？」
「うん！」
　差し出された手を握って、2人で学校までの道を歩く。
　ちょうど角を曲がるところで、楓ちゃん、瞳ちゃん、北口先輩、瀧川先輩の4人の姿が目に入った。
「あ！　雪！」
　向こうもこちらに気づいたようで、楓ちゃんが駆け寄ってきてくれた。
「おはよ！」
「おはよう楓ちゃん」
「朝からラブラブだなぁ～」

「えっ……！」

 からかうように、口角の端を吊り上げながらこちらを指さす楓ちゃん。

 他の３人もニヤニヤしながら私たちのほうに歩み寄ってきて、頬に熱が集まるのがわかった。
「ち、違うよっ……！」

 ラブラブ、なんてっ……。
「え？　違うのか？」

 私が慌てて否定すれば、和くんがぽかんとした表情でそう言った。
「か、和くんっ……？」
「俺は雪と、ラブラブしてるつもりだけど？」
「っ……！」

 そ、んな恥ずかしいことを、さらっと……。

 開いた口が塞がらず、魚のようにパクパクと口を動かすことしかできない私。

 そんな私を見つめながら、和くんはいたずらっ子のようにほほ笑んだ。

 私たちを見ていた北口先輩が、はぁ……とため息を１つ漏らす。
「でたよ、和哉のキャラ崩壊」

 続けて、瞳ちゃんもため息をついた。
「恋は盲目って、こういうことを言うんだね」
「お前らうるさい、早く行けよ。俺は雪と２人で通学してぇのに」

あからさまに不機嫌そうな和くんに、苦笑い。
　そう言ってくれるのはうれしいけど、みんなに失礼な気が……。
「はぁ？　行く場所一緒だろ？　なに言ってんだ、お前」
「真人は喋んな。あと雪のこと見んな。俺のだから」
「お前……よくさらっとそんなこと言えんな」
　瀧川先輩までもが、ため息をこぼした。
　和くんと結ばれた日、瀧川先輩にもそのことを伝えた。
　先輩はおめでとうと祝福してくれて、それからもたびたびメールでやりとりしている。
　何もやましいことはないのに、和くんはそれが気に入らないらしく、瀧川先輩と話すと不機嫌になるのだ。
　ヤキモチを焼いてくれているのだと思うと、うれしくなってしまう自分もいて困る。
「そうそう、和哉くん噂されてたぞ。1年の白川って子に近づいたら、生徒会長にすごい顔で睨まれるって」
「当たり前だろ。牽制しとかねーと、雪かわいいから心配なんだよ」
　……うれしい、けど……。
「あ、あの、和くん……」
「ん？　どうした？」
「は……恥ずか、しい、ですっ……」
　さすがにそれ以上みんなの前で言われたら、恥ずかしさで爆発しちゃうっ……。
「雪、顔が真っ赤。かわいい」

追い打ちをかけるような和くんの発言に、顔がぼぼっと音を立てて燃え上がった気がした。
　鬱陶しそうに和くんを見つめる北口先輩が、二度目のため息をつく。
「おいおい、誰かこのバカップルどうにかしろー」
「かわいいものをかわいいって言って何が悪いんだよ」
「お前は少しは自重しろ!!」
「あーあ……せっかく雪といられる貴重な登校時間なのに、邪魔が入って気分悪い」
「お前……いい加減、怒るぞ……！」
「あ、雪、そっち危ない。溝あるから、こっちおいで」
「無視かよ……」
　私の肩を掴んで自分のもとに引き寄せてくれるさりげない動作に、胸がキュンっと高鳴った。
　恥ずかしいけれど、それ以上に幸せでたまらなかった。

「和哉くんって、ずっとあんな感じなの？」
　お昼休みの教室。
　3人でご飯を食べている途中、瞳ちゃんが尋ねてきた。
「……う、うん」
　和くんと和解した日から、和くんはこれでもかってくらい私を甘やかしてくれる。
「愛されてるね〜」
　本当に、毎日のように愛されているのだと、実感させてくれる。

思い出すと恥ずかしくて、火照る顔を冷ますように手で扇いだ。
「でも、最近の和哉くん超幸せそうだよな。マジで頬も緩みっぱなし。ま、雪もだけど」
「……え！　ほ、ほんとっ……？」
「え、気づいてなかったのか？　お前、毎日お花飛ばしてるぞ？」
　お、お花って……？
　そう聞き返そうとした時、背後で愛しい声が聞こえた。
「雪」
　慌てて振り返ると、声の主が私のほうを見てほほ笑んでいた。
「あっ……和くん」
　どうしたんだろう……？
「今　時間大丈夫？」
「うん、大丈夫だよ」
「生徒会室に行こう」
　……え？
「生徒会室？　私が行っても、いいの？」
　役員でもない私が、入ってもいいんだろうか？
　それより、どうして生徒会室に……？
「当たり前だろ。ほら」
　疑問に思ったけれど、どうやらもう決定事項らしい。
「笹川、小泉、雪は連れていくから」
「は〜？　あ、和哉くん、やらしいこと考えてんだろ？」

「おい、雪の前で変なこと言うな」
「ほんと過保護だね……ちょっと引くよ」
「別にお前に引かれてもいいよ。雪以外にどう思われたってかまわないから」
　恥ずかしげもなくそう言い放った和くんが、私の腕を掴んで教室を出た。
「……想像以上にベタ惚れだよな、あれ」
「ま、幸せそうだからいいんじゃない？」
　2人がそんなことを言っているとも知らずに……。

「失礼、します」
　生徒会室につき、和くんの後ろをついていく。
「……雪」
　室内の奥に置いてあった、広いソファ。
　和くんはそこに座って、私に向かい手を広げた。
「おいで」
　隣に座ろうとした私の手を掴み、ぐいっと引っ張った和くん。
「……わっ」
　そのまま私を膝の上に乗せ、後ろからギュッと抱きしめてきた。
「やっと2人きりになれた」
「か、和くんっ……！」
「ん？」
「こ、この体勢、恥ずかしいっ……」

距離がゼロになるくらい密着する体が、驚くほど熱を持っている。
　ドキドキと騒ぐ心臓の音を聞かれたくなくて、和くんから離れようとすると、抱きしめる腕に力を込められた。
「ダーメ、逃がさない」
　耳元でそう囁かれ、耳が焼けちゃいそうなほど熱い。
　……っ、う……。
　逃げ場を失った私は、必死に心臓を落ちつかせようと和くんから意識をそらす。
「雪不足で死にそう……」
　ふと、和くんがそんなことを言った。
　私、不足……？
「毎日会ってるのに……？」
　どうして？
「うん、足りない。もっとそばにいたいし、もっと独占したい」
　……っ。
　本当に、和くんはどこまで私を、ドキドキさせれば気が済むんだろう……。
　でも、私だって、同じ気持ちだった。
　離れていた月日が、私たちは長すぎたんだ。
　それを埋めるように、毎日のようにそばにいて、愛を囁いて……それでも、足りない。
　きっと私は一生、和くんに恋い焦がれるんだろう。
　毎日のように彼を好きになっていって、想いを重ねて、

そしてそれが、たまらなく幸せで。
「はぁ……幸せだ」
　同じことを考えていたことがうれしくて、首をひねり和くんの顔を見る。
　視線が交わって、和くんはふわりと優しくほほ笑んだ。
「好きだよ」
　……私もだと言おうと思ったけれど、和くんに見惚れてしまって、うまく声が出ない。
「好きな人に好きって言えるのって、こんなにも幸せなことなんだな」
　その言葉に、泣きそうになった。
　決して悲しい涙じゃない。
　幸せな、涙。
　それをグッとこらえて、和くんに抱きつく。
　首に腕を回して、首筋に顔を埋めた。
「私も……大好きだよ」
　本当に、心の底から今そう思っているよ。
「……かわいい。心臓が爆発しそう」
「……っ!!」
「すぐ赤くなるのもたまんない。あー！　次の授業サボりたい」
「ふふっ、放課後また会えるよ」
「……んー、1秒も離れたくない」
　うれしいわがままを言ってくれる和くんに頬が緩んだ。
　たまにこうして和くんが甘えてくれるのが、じつは好き

だったりする。
　普段とてもしっかりしていて、あまり弱みを見せてくれない和くんだからこそ。
「な、ちゃんと授業受けるから、今日泊まりに来て」
「え？」
「明日、学校休みだろ？　1日中ずっと、雪のこと独占したい」
　「ダメ？」と甘えるように私を見てくる和くんに、ハートを射抜かれたような衝撃が走る。
　かわいい……っ。
「ふふっ、うん」
　そんなお願いなら、いくつでも叶えてあげたい。
　和くんのお願いならきっと、なんだって聞いてしまう。
　たいしたことはまだしてあげられていないけど、少しでも和くんを幸せにしたいよ。
　私の隣が幸せなんだと、もっともっと思ってもらえますように。
　私の返事に和くんは、ぱあっと表情を明るくさせた。
「ほんとに？　……やった」
　無邪気な表情にもときめいてしまって、もうどうしようもない。
　どんな和くんも、私の心を掴んで離してくれない。
「じゃ、そろそろ戻ろっか」
「うん」
　ソファから立ち上がり、手を繋ぐ。

「和くん」
　名前を呼ぶと、和くんは不思議そうに私を見つめた。
「……っ、雪?」
　えへへ……。
　今度は私から、大きな背中に抱きつく。
　和くんは動揺しているらしく、体を硬直させている。
　自分からは容赦なく触れてくるのに、私からするのは弱いらしい。
　そんな新たな発見がまた愛しさを募らせて、私は胸が熱くなった。
「ちょっと雪……離れたくなくなるから、それ禁止」
「ふふっ、はーい」
「……その代わり、帰ったらいっぱいして」
「うんっ……授業が終わったら、和くんの教室まで迎えに行くね」
「……ダメ。俺が迎えに行くから雪は教室で待ってて」
「えー、いつも和くんが迎えに来てくれるから、たまには私が行くよ?」
「ダメだって。学校の中にも危ないヤツはいっぱいいるんだからな?　雪は大人しく、いい子で待ってて」
　ねぇ、和くん。
　こんな幸せな日々を、いつまでも2人で送ろうね。
　この幸せを、ずっと守っていこうね。

ともに歩んでいこう

　２月の27日。
　今日は、和くんの卒業式だ。
「――卒業生代表、水谷和哉」
　体育館のステージの上に、堂々と立つ和くんの姿。
　その姿がかっこよくて、私はじっと和くんを見つめた。
　和くんは、都内の大学に入学することになっている。
　この高校からは、電車で30分くらいの場所にある大学で、国内トップの学力を誇る大学だ。
　そこの法学部に、特待生として合格した。
　本当にすごいな……。
　この人が自分の恋人だなんて、いまだに夢のようだ。

「和哉くん、かっこよかったわねー」
「あれはまたファンが増えたなー、っつっても、もう卒業だけどさ」
　２人の言葉に、私は「えっ」と反応してしまう。
「モテる彼氏を持つと大変だね？」
「あんなに愛されてたら、不安にもなんないだろー。和哉くん、マジで雪命！って感じだもんな」
　冗談っぽく楓ちゃんがそう言った時、背後から何者かに抱きしめられた。
「雪命だけど……悪い？」

すぐにわかる、和くんの匂い。
　見せつけるようにそんなことを言うものだから、顔に熱が集まるのがわかった。
「うわあー、相変わらずアッツアツ。和哉くん、ほんとキャラ変わったよねー」
「前までは冗談とかぜってー言わなかったのにな！」
「冗談じゃないし。俺、本当に雪命だから」
　私を抱きしめたまま、和くんはニコッと笑った。
「そこ！　イチャイチャしてんじゃねーぞ!!」
　和くんの後ろから、瀧川先輩と北口先輩が走ってくるのが見える。
　い、イチャイチャだなんて……私の恥ずかしさはMAXに達していて、和くんの腕から逃れようと必死にもがく。
　けれども、彼は一向に離してくれない。
「離してやれよ。雪ちゃん、ゆでダコみたいになってるぞ」
と言ってくれた北口先輩が神様に見えた。
　けれど、和くんは離すどころか、抱きしめる腕に力を込めてくる。
「バーカ、雪のこと見んな。雪も、そんなかわいい顔、俺以外に見せちゃダメだろ？」
　……っ。
　完全に、オーバーヒート。
「お前……ほんと頭イカれたよな……」
　瀧川先輩の言うとおりかもしれない……。
　和くんは、私を避けている時には考えられないほど、私

に甘くなった。
「ま、今のお前のほうが好きだけどさ……」
「俺は、お前のこと嫌い」
「ばっ……やっぱりお前なんか嫌いだわ！」

　和くんと瀧川先輩の会話に、みんなが一斉に笑った。
「寂しくなるねー……」

　瞳ちゃんのセリフに、黙って頷く。
「笹川と小泉は、雪に変な虫がつかないようにちゃんと見張っててくれな」
「はいはい、りょーかいりょーかい」

　聞き流すような返事は楓ちゃんのもので、私はおかしくってまた笑ってしまう。
「それじゃ、雪、帰ろ？」

　和くんが、手を差し伸べてきた。
「は？　夜は和哉の家で卒業祝いするって言ったろー！」
「夜だろ？　それまでは２人にさせてくれよ」
「はー！　今からカラオケ行こうって言ってたのによ」
「お前らとカラオケ行くより、俺は雪と２人でいたい」
「お前……。俺たちじゃなかったら、とっくにつるむのやめてるぞ？」

　ごもっともです、北口先輩……。
「じゃーな、また夜」
「はいはい。２人で楽しんでね？」

　少し申し訳ないけれど、私は肩を引かれるまま、和くんについていった。

「近くの駐車場に車を停めてるから、行こう」
　和くんは、1ヶ月前に免許を取ったのだ。
　青い中型車。その色はとても和くんに似合っていた。
「和くん、どこ行くの？」
「んー、内緒」
　私と和くんを乗せた車が、発進する。

　ついたのは、私たちが住んでいたマンションだった。
「ここ……」
「さ、行こう」
　どうして……？
　和くんの考えていることがわからなくて首をかしげる。
　差し伸べられた手を、ただ握った。
　どうやら、目的地はここだったらしい。
　まだ面影の残る、ピアノルーム。
　そこに入った瞬間、いろいろなことを思い出して、なんだか泣きそうになった。
「どうして……ここに？」
「んー……？」
　和くんははぐらかすように、ニヤリと笑う。
「座って」
　言われるがまま、ピアノの前に座った。
「雪……誕生日。おめでとう」
　……え？
「覚えてて、くれたの……？」

「当たり前だろ。好きな女の誕生日、忘れるわけがない」
　その言葉だけで、うれしかった。
「16歳だな」
「うん」
「やっと、渡せる」
　和くんは、カバンの中をガサゴソと漁って、何やら白い箱のようなものを取り出した。
「誕生日プレゼント」
　そう言って、私に渡してくる。
　……誕生日プレゼント？
　私は、ゆっくりとそれを開けた。
　白い箱の中には、さらに青い箱が入っていて、それを開けると――。
　――中には、指輪が入っていた。
「高校はバイト禁止だったから、貯めた小遣いで買ったんだけど……」
「……っ」
　照れくさそうにそう言った和くんに、涙がこぼれる。
「雪……。今はまだ、正式には無理だけど……さ」
　和くんは、私の前にひざまずいた。
　青い箱に入る指輪を取って、私の薬指にはめる。
「……結婚しよう。俺が、自分が稼いだお金で、これよりもっといい指輪をあげられるようになったら……」
　――思っても、みなかった。
　私に、こんな幸せな日が訪れるだなんて。

涙がポロポロとこぼれて止まらない。
「は、はい……っ」
「ははっ、泣くなよ」
「だ、だって……っ」
　泣かずにはいられないよ。
　だって私、今絶対に、世界でいちばん幸せなんだもん。
　立ち上がった和くんに、ギューっと抱きつく。
　和くんは私よりも強い力で抱きしめ返してくれて、愛しさが溢れて止まらなかった。
「雪」
　名前を呼ばれ、和くんの顔を見上げる。
　ゆっくりと、近づいてくる唇。
　とてもとても、幸せな瞬間。
「それと、さ……俺、約束しただろ……？」
「約束？」
「雪のために……曲を作ってやるって……」
「あっ……！」
「帰ったら……聞いてくれる？　すっげー恥ずかしいんだけど……」
「う、うんっ……うれしいっ……！　聞きたい！」
「じゃあ……もうちょっとしたら、家に帰ろうか？」
　私の頭を優しく撫でて、ほほ笑む和くん。
　この人と、これからの人生を歩んでいく。
　――その幸せを噛みしめながら、私たちはどちらからともなく、抱きしめ合った。

エピローグ

　和くんと結婚して、もう2年がたつ。
　今日は、和くんの誕生日。
　自分の収入で養えるようになってから結婚したいと言ってくれた和くん。
　その言葉どおり、和くんが大学を卒業してすぐに婚姻届を提出した。
　私は、心配だからできれば仕事をしてほしくないと言う和くんをなんとか説得し、在宅で翻訳の仕事をしている。
　テーブルに並べた料理を見て、「よしっ」と笑顔を浮かべた。
　お料理もケーキも、プレゼントもばっちり。
　あとは、主役の帰りを待つだけ……。
　──ガチャリ。
　とてもいいタイミングで玄関が開く音がして、私は玄関へ駆け寄った。
「ただいま」
　スーツを着た彼が、靴を脱いでいる最中。
「お帰りなさいっ……！」
　私はしゃがみ込んでいる和くんに、後ろからギューッと抱きつく。
「雪、お帰りのちゅーは？」
　なんて恥ずかしいことを言われたけど、誕生日くらい私

からしてあげたい。
　立ち上がった和くんの首に腕を回して、うんっと背伸びをする。
　ちゅっと、音を立てて唇が触れ合った。
「お誕生日、おめでとう」
「ふっ、ありがとう。今日５回目だ」
「あと10回は言わせて」
　何気ない、会話。
　こんな日常が、幸せでたまらない。

「うわ……俺の好きなものばっかり……！」
　和くんはそう言って、テーブルに並べられた料理を見て笑顔を浮かべた。
「早く食べよ、雪」
「和くん、子どもみたい」
「仕方ないだろ、こんなご馳走を前にしたらさ」
　「早く早く！」と催促され、２人でテーブルを囲むように座った。
　手を合わせて「いただきます」と言ったあと、もう一度「おめでとう」と伝える。
　和くんは笑って頷いて、すぐに料理を口に運んだ。
　ふふっ、いつもおいしそうに食べてくれるから、作り甲斐があるなぁ……。
　和くんの食べっぷりを見ているだけでも、お腹いっぱいになりそうだ。

「はー、腹いっぱい。幸せ……うまかったぁ……」
「ふふっ、ありがとう」
　私は、テーブルの後ろに潜ませていたものを取り出して、和くんの前に差し出す。
「はい！　お誕生日おめでとう！」
「……え？　何これ……」
「誕生日プレゼント」
「……え！　ほんとに？　すっごいうれしい、ありがと」
　和くんは本当にうれしそうな顔をして、「開けていい？」と聞いてきた。
　もちろん、私は頷く。
「……え？　これ……」
　和くんは、箱から出てきたものに目を見開いた。
「なんで知ってんの！　すっげー欲しかったんだ……」
「えへへ……パソコンに履歴が残ってたから……」
「いや、これマジで探しても見つからなくて……！　ちょっと待って、本気でうれしい」
　和くんが好きなアーティストの、フルアルバムＤＶＤ。
　初回生産版はオークションで数十万という値段がつけられるほどで、入手が困難らしい。
　私は、中学時代の友達のレミちゃんがレコード会社に就職し、そのツテで売ってもらったのだ。
　喜んでくれてよかった……。
　私はとてもうれしくなって、頬が緩む。
　そして、両手をテーブルの下でギュッと握り合わせてか

ら口を開いた。
「あのね、和くん」
「ん？　どうした？」
「もう１つ、プレゼントっていうかね、話があるの」
　興味津々な様子で和くんは笑顔を浮かべ、「何？」と聞き返してくる。
　きっとね、喜んでくれると思うんだ。
　だって、私はこの事実を知った時、思わず泣けてしまったほどだ。
　人目もはばからず、こんな幸福なことがあるのかと叫びたくなった。
　すうっと息を吸ってから、笑顔を浮かべる。
「２ヶ月目……だって」
「……え？」
「子どもがね、できたの」
　シーン……と、静まり返るリビング。
　あ、あれ……？
　予想していた反応と違う……？
　和くんは言葉を失ったように固まり、ただ私を見つめるだけ。
「和くん……？」
　首をかしげて名前を呼べば、和くんはハッとしたように瞬きを数度繰り返した。
　そして、今度は私が瞬きを繰り返す。
　和くんの瞳から、ボロボロと涙がこぼれたのだ。

慌てふためいて、どうすればいいかわからず、じっと和くんの様子をうかがった。
「か、和く……」
「俺、どうにかなると思う」
　……え？
「幸せすぎて、どうにかなるって……っ」
　彼から出たのは、そんな言葉。
「こんな、こんな幸せでいいのかな、俺……っ。どうしよう、雪、好きだ……愛してる……」
　イスから立ち上がって私のもとへ来た和くんは、苦しいくらいに私を抱きしめてきた。
　彼の涙が、私の肩を濡らす。
　和くん、それはね……。
　──私の、セリフなんだよ。
　強く抱きしめてくれる和くんを、私も強く抱きしめる。
　今、ここには幸せしか存在しなくて、私の瞳からも、涙が溢れていた。

　ねぇ、和くん。
　いろいろなことがあったね。
　私たちは本当にたくさんのことを乗り越えてきたよね。
　何度もくじけそうになって、何度も諦めそうになって、それでも、手を伸ばしたのは……。
　──紛れもなく、あなただったから。
　あなただから、私は愛し通すことができたんだ。

あなた以外じゃ無理だった。
「よかったね、和くんの治療が報われたんだよっ……」
「バカ！　頑張ったのは雪だろ。本当に……ありがとう」
　世界一愛しい彼が、そっと私の頬に手を添える。
　見つめ合っている間、まるで時間が止まっているようで、私は息をのんだ。
「俺を選んでくれて、ありがとう……」
　触れるだけの、愛を伝え合うキスを交わしてから、私は彼に告げた。
「私のほうこそ、ありがとう」

　七夕の短冊、初詣の願いごと、希代の流れ星……。
　願うのは、ずっと変わらず同じこと。
　――大好きな和くんと、ずっと一緒にいられますように、と。

　私たちは、互いに見つめ合いながらほほ笑み合った。

END

あとがき

はじめまして、こんにちは。＊あいら＊と申します。

この度は、数ある書籍の中から『お前だけは無理。』を手に取ってくださり、ありがとうございます。

『お前だけは無理。』いかがでしたでしょうか？

私は夜、寝るためにベッドに入った後、物語を考えるのが小さい頃からの日課です。そんな中、「一途な恋を書きたい」と思い、私の頭の中に現れてくれたのが雪と和哉でした。

互いに強く思い合っていたからこそ、すれ違い続けた雪と和哉。「絶対にこの二人に幸せな結末を迎えさせてあげよう！」と決意し、書き始めました。

書いている途中、「どうして私はこんなにも二人に試練を与えているんだろう……」と、自己嫌悪に陥ったこともありました……（笑）。

ですので二人が結ばれたシーンは、綴りながらとても幸福な気持ちでいました。無事ハッピーエンドを迎えることができたかなと、満足しています。

そしてこの作品は、読み終わった後、「読者様が幸せな気持ちになれますように」、という思いを込めて書きました。

読者様が少しでも私の作品を通して「ときめき」と「幸せ」を感じてくだされば作者としてとても嬉しいです。

私の中では初めて書く「切ない恋」でしたので、難しい部分もありましたが、とても思い出に残っている作品です。
　そんな『お前だけは無理。』をこうして書籍として形に残せることができ、本当に幸せです。

　今回の刊行にあたって、たくさんの方のお世話になりました。私の拙い文章をここまでまとめてくださり、丁寧にご指導くださった編集の相川様。私が気づかないようなところまでいつもご指摘くださって、本当に頼もしかったです……！　同じく編集作業でお世話になりました酒井様。そしていつもお世話になっております、担当編集の飯野様。カバーイラストを担当してくださった覡あおひ様。
　私の創作活動を誰よりも応援してくれるお母さん、お父さん。家族の皆様。書籍化の度に喜んでくれる親族。そしてこの作品を応援してくださったすべての方に、感謝の言葉を捧げます。本当にありがとうございました。

　これからも、執筆活動に励みますので、どうぞ応援のほどよろしくお願いいたします。
　また別の作品でもお目にかかることができましたら嬉しいです。
　ここまで読んでくださり、ありがとうございました！

2017.12.25　＊あいら＊

この物語はフィクションです。
実在の人物、団体等とは一切関係がありません。

♥
＊あいら＊先生への
ファンレターのあて先

〒104-0031
東京都中央区京橋1-3-1
八重洲口大栄ビル7F

スターツ出版（株）書籍編集部 気付
＊あいら＊先生

お前だけは無理。

2017年12月25日 初版第1刷発行
2019年 4 月13日   第3刷発行

著 者	＊あいら＊
	©＊Aira＊ 2017
発行人	松島滋
デザイン	カバー　金子歩未（hive&co.,ltd.）
	フォーマット　黒門ビリー＆フラミンゴスタジオ
DTP	朝日メディアインターナショナル株式会社
編 集	相川有希子　酒井久美子
発行所	スターツ出版株式会社
	〒104-0031 東京都中央区京橋1-3-1　八重洲口大栄ビル7F
	出版マーケティンググループ　TEL03-6202-0386
	（ご注文等に関するお問い合わせ）
	https://starts-pub.jp/
印刷所	共同印刷株式会社
	Printed in Japan

乱丁・落丁などの不良品はお取り替えいたします。上記出版マーケティンググループまでお問い合わせください。
本書を無断で複写することは、著作権法により禁じられています。
定価はカバーに記載されています。

ISBN 978-4-8137-0369-3　C0193

ケータイ小説文庫 2017年12月発売

『新装版 地味子の秘密』牡丹杏・著

みつ編みにメガネの地味子・杏樹の家は、代々続く陰陽師の家系。美少女の姿を隠して、学校の妖怪を退治している。誰にも内緒のはずなのに、学校イチのモテ男子・陸に正体がバレてしまった！そんな中、巨大な妖怪が杏樹に近づいてきて…。大ヒット人気作が新装版として登場！
ISBN978-4-8137-0370-9
定価：本体620円+税

ピンクレーベル

『新装版 粉雪』ユウチャン・著

千里はめったに人に心を開かない、ちょっと冷めた女子高生。雨の日に出会った笑顔の優しい隼人に、少しずつ惹かれていく。誰からも祝福されなくてもいい。幸せな家庭なんていらない――。全てを犠牲にして、千里は隼人と生きていこうと決意するけれど…。ふたりを待ち受ける運命に大号泣！
ISBN978-4-8137-0371-6
定価：本体590円+税

ブルーレーベル

『逢いたい夜は、涙星に君を想うから。』白いゆき・著

過去のいじめ、両親の離婚で心を閉ざしてしまった凛は、高校生になっても友達を作れず、1人ぼっちだった。そんな凛を気にかけていたのは、同じクラスで人気者の橘くん。修学旅行の夜、星空の下で距離を近づける2人。だけど、凛には悲しい運命が待ち受けていた…。一途で切ない初恋ストーリー。
ISBN978-4-8137-0372-3
定価：本体590円+税

ブルーレーベル

『イジメ返し 恐怖の復讐劇』なぁな・著

正義感の強い優亜は、イジメられていた子を助けたことがきっかけでイジメの標的になってしまう。優亜への仕打ちはどんどんひどくなるけれど、担任は見て見ぬフリ。親友も、優亜をかばったせいで不登校になってしまう。孤立し絶望した優亜は、隣のクラスのカンナに「イジメ返し」を提案され…？
ISBN978-4-8137-0373-0
定価：本体590円+税

ブラックレーベル

ケータイ小説文庫　好評の既刊

『クールな彼とルームシェア♡』 ＊あいら＊・著

天然で男子が苦手な高1のつぼみは、母の再婚相手の家で暮らすことになるが、再婚相手の息子は学校の王子・舜だった‼ クールだけど優しい舜に痴漢から守ってもらい、つぼみは舜に惹かれていくけど、人気者のコウタ先輩からも迫られて…？　大人気作家＊あいら＊が贈る、甘々同居ラブ‼

ISBN978-4-8137-0196-5
定価：本体 570 円＋税

ピンクレーベル

『甘々100％』 ＊あいら＊・著

高1の雪夜はクールで美形でケンカも強い一匹狼の不良くん。だけど、大好きなカナコの前ではデレデレで人が変わってしまう。一方でカナコはツンデレ気味で、素直に雪夜に「好き」と言えないのが悩みだった。そんなある日、カナコが不良たちに捕まってしまい…！　甘々度MAXの学園ラブストーリー！

ISBN978-4-8137-0077-7
定価：本体 580 円＋税

ピンクレーベル

『悪魔彼氏にKISS』 ＊あいら＊・著

素直で一途な女の子、花は高校に入学したばっかり。しかし、なんとそこには、中1の時に離ればなれになった腹黒＆意地悪すぎる美形男子、翼がいた！　過去に翼から告白されたことのある花は、悪魔みたいな翼に振りまわされて…。ケータイ小説文庫史上最年少作家の＊あいら＊最新作‼

ISBN978-4-88381-608-8
定価：本体 530 円＋税

ピンクレーベル

『♥ LOVE LESSON ♥』 ＊あいら＊・著

恋に奥手な桃が、とうとう先輩に初恋！　それを見て、幼なじみの恭平は焦りまくり。実はずっと桃のことが好きだったのだ。しかし、今さら自分の気持ちを伝えられない恭平は、先輩との恋がうまくいくように恋を教えてやるよ、なんて言っちゃって…。"恋人のふり"から始まる超トキメキラブ☆

ISBN978-4-88381-581-4
定価：本体 500 円＋税

ピンクレーベル

ケータイ小説文庫　好評の既刊

『極上♥恋愛主義』＊あいら＊・著

高1の胡桃はモテるのに恋愛未経験。ある日、資料室の掃除をしてたら、巨大な本が落下! それを救ってくれたのは学校1のモテ男・斗真だった。お礼をしようとする胡桃に、斗真は「毎日、昼休みに屋上来いよ」と俺様な要求を…。天然女子と初恋男子、そんなふたりが突き進む極上ラブストーリー！

ISBN978-4-88381-560-9
定価:本体510円+税

ピンクレーベル

『地味子の"別れ!?"大作戦!!』花音莉亜・著

高2の陽菜子は地味子だけど、イケメンの俊久と付き合うことに。でも、じつは罰ゲームで、それを知った陽菜子は傷つくが、俊久と並ぶイケメンの拓真が「あいつを見返してみないか?」と陽菜子に提案。脱・地味子作戦が動き出す。くじけそうになるたびに励ましてくれる拓真に惹かれていくけど…?

ISBN978-4-8137-0354-9
定価:本体550円+税

ピンクレーベル

『手をつないで帰ろうよ。』嶺央・著

4年前に引っ越した幼なじみの麻耶を密かに思い続けていた明菜。再会した彼は、目も合わせてくれないくらい冷たい男に変わってしまっていた。ショックをうけた明菜は、元の麻耶にもどすため、彼の家で同居することを決意!ときどき昔の優しい顔を見せる麻耶を変えてしまったのは一体…?

ISBN978-4-8137-0353-2
定価:本体590円+税

ピンクレーベル

『日向くんを本気にさせるには。』みゅーな**・著

高2の雫は、保健室で出会った無気力系イケメンの日向くんに一目惚れ。特定の彼女を作らない日向くんだけど、素直な雫のことを気に入っているみたいで、雫を特別扱いにしたり、何かとドキドキさせてくる。少しは日向くんに近づけてるのかな…なんて思っていたある日、元カノが復学してきて…?

ISBN978-4-8137-0337-2
定価:本体590円+税

ピンクレーベル

ケータイ小説文庫 好評の既刊

『ほんとのキミを、おしえてよ。』あよな・著

有紗のクラスメイトの五十嵐くんは、通称王子様。爽やかイケメンで優しくて面白い、完璧素敵男子だ。有紗は王子様の弱点を見つけようと、彼に近付いていく。どんなに有紗が騒いでもしつこく構っても、余裕の笑顔。弱点が見つからない上に、有紗はだんだん彼に惹かれていって…。

ISBN978-4-8137-0336-5
定価:本体590円+税

ピンクレーベル

『ぎゅっとしててね?』小粋・著

小悪魔系美少女・芙祐は、彼氏が途切れたことはないけど初恋もまだの女子高生。同級生のモテ男・慶太と付き合い芙祐は初恋を経験するけど、芙祐に思いを寄せるイケメン・弥生の存在が気になりはじめ…。人気作品『キミと生きた証』の作家が送る、究極の胸キュンラブストーリー!

ISBN978-4-8137-0303-7
定価:本体600円+税

ピンクレーベル

『今宵、君の翼で』Rin・著

兄の事故死がきっかけで、夜の街をさまようようになった美羽は、関東ナンバー1の暴走族phoenixの総長・翼に出会う。翼の態度に反発していた美羽だが、お互いに惹かれていき、ついに結ばれた。ところが、美羽の兄の事故に翼が関係していたことがわかり…。壮絶な愛と悲しい運命の物語。

ISBN978-4-8137-0320-4
定価:本体590円+税

ピンクレーベル

『無糖バニラ』榊あおい・著

高1のこのはは隣のケーキ屋の息子で、カッコよくてモテるけどクールで女嫌いな翼と幼なじみ。翼とは、1年前寝ているときにキスされて以来、距離ができていた。翼の気持ちがわからずモヤモヤするこのはだけど、爽やか男子の小嶋に告白されて…? クールな幼なじみとの切甘ラブ!!

ISBN978-4-8137-0321-1
定価:本体590円+税

ピンクレーベル

ケータイ小説文庫　好評の既刊

『また、キミに逢えたなら。』miNato・著

高1の夏休み、肺炎で入院した莉乃は、同い年の美少年・真白に出会う。重い病気を抱え、すべてをあきらめていた真白。しかし、莉乃に励まされ、徐々に「生きたい」と願いはじめる。そんな彼に恋した莉乃は、いつか真白の病気が治ったら想いを伝えようと心に決めるが、病状は悪化する一方で…。

ISBN978-4-8137-0356-3
定価：本体590円+税

ブルーレーベル

『あの日失くした星空に、君を映して。』桃風紫苑・著

クラスメイトに嫌がらせをされて階段から落ち、右目を失った高2の鏡華。その時の記憶から逃れるために田舎へ引っ越すが、そこで明るく優しい同級生・深影と出会い心を通わせる。自分の世界を変えてくれた深影に惹かれていくけれど、彼もまた、ある過去を乗り越えられずにもがいていて…。

ISBN978-4-8137-0355-6
定価：本体590円+税

ブルーレーベル

『この想い、君に伝えたい』善生茉由佳・著

中2の奈々美は、クラスの人気者の佐野くんに密かに憧れを抱いている。そんなことを知らない奈々美の兄が、突然彼を家に連れてきて、ふたりは急接近。ドキドキしながらも楽しい時間を過ごしていた奈々美だけど、運命はとても残酷で…。ふたりを引き裂く悲しい真実と突然の死に涙が止まらない！

ISBN978-4-8137-0338-9
定価：本体590円+税

ブルーレーベル

『この胸いっぱいの好きを、永遠に忘れないから。』夕雪＊・著

高校に入学した緋沙は、ある指輪をきっかけに生徒会長の優也先輩と仲良くなり、優しい先輩に恋をする。文化祭の日、緋沙は先輩にキスをされる。だけど、その日以降、先輩は学校を休むようになり、先輩に会えない日々が続く。そんな中、緋沙は先輩が少しずつ記憶を失っていく病気であること知り…。

ISBN978-4-8137-0339-6
定価：本体570円+税

ブルーレーベル

ケータイ小説文庫　2018年1月発売

『ほんとはずっと、君が好き。』善生菜由佳・著

高1の雛子は駄菓子屋の娘。クールだけど面倒見がいい蛍と、チャラいけど優しい光希と幼なじみ。雛子は光希にずっと片想いしているけど、光希には「ヒナは本当の意味で俺に恋してるわけじゃないよ」と言われてしまう。そんな光希の態度に雛子は傷つくけど、蛍は不器用ながらも優しくて…？
ISBN978-4-8137-0386-0
予価：本体500円+税

ピンクレーベル

『俺だけのプリンセス(仮)』青山そらら・著

お嬢様の桃果は16歳の誕生日に、学園の王子様の翼を婚約者として紹介される。普通の恋愛に憧れる桃果は、親が決めた婚約に猛反発！　優しい爽やか男子の翼に次第に心を動かされていくものの、意地っぱりな桃果は自分の気持ちに気づかないふりをしていた。ある日、美人な転校生がやってきて…。
ISBN978-4-8137-0387-7
予価：本体500円+税

ピンクレーベル

『大切なキミの一番になりたかった。』田崎くるみ・著

知花と美野里、美野里の兄の勇心、美野里の彼氏の一馬は幼なじみ。ところが、美野里が中2の時に事故で命を落とし、ショックを受けた3人は高校生になっても現実を受け入れずにいたけど…。大切な人を失った悲しみから立ち直ろうと、もがきながらもそれぞれの幸せを見つけていく青春ストーリー。
ISBN978-4-8137-0388-4
予価：本体500円+税

ブルーレーベル

『それは、きみと築く砂の城(仮)』涙鳴・著

心臓病の風花は、過保護な両親や入院生活に息苦しさを感じていた。高3の冬、手術を受けることになるが、自由な外の世界を知らないまま死にたくないと苦悩する。それを知った同じく心臓病のヤンキー・夏樹は、風花を病院から連れ出す。唯一の永遠を探す、二人の命がけの逃避行の行方は…？
ISBN978-4-8137-0389-1
予価：本体500円+税

ブルーレーベル

書店店頭にご希望の本がない場合は、
書店にてご注文いただけます。

恋するキミのそばに。
♥ 野いちご文庫 ♥

それぞれの片想いに涙!!

早く俺を、好きになれ。

「ずっと、お前しか見てねーよ」
照れくさそうに笑うキミに、
私はいつからドキドキしてたのかな…?

miNato・著
本体:600円+税
イラスト:池田春香
ISBN:978-4-8137-0308-2

高2の咲彩は同じクラスの武富君が好き。彼女がいると知りながらも諦めることができず、切ない片想いをしていた咲彩だけど、ある日、隣の席の虎ちゃんから告白をされて驚く。バスケ部エースの虎ちゃんは、見た目はチャラいけど意外とマジメ。昔から仲のいい友達で、お互いに意識なんてしてないと思っていたから、戸惑いを隠せず、ぎくしゃくするようになってしまって…。

感動の声が、たくさん届いています!

虎ちゃんの何気ない優しさとか、恋心にキュン♡ッッとしました。
(*プチケーキ*さん)

切ないけれど、それ以上に可愛くて爽やかなお話し
(かなさん)

一途男子ってすごい大好きです!!
(青竜さん)